U0038152

\攜帶版/

初學者 안녕하세요! 開口説韓語

택시!

DT企劃・張亞薇／著

阿吐・北極豆／繪

笛藤出版

目 次

Part2 單字入門通 p.43

● 韓文四十音對照表 ●

母音　　　　　子音		ㅏ a	ㅑ ya	ㅓ eo	ㅕ yeo	ㅗ o	ㅛ yo	ㅜ u	ㅠ yu	ㅡ eu	ㅣ i
ㄱ	k/g	가 ga	갸 gya	거 geo	겨 gyeo	고 go	교 gyo	구 gu	규 gyu	그 geu	기 gi
ㄴ	n	나 na	냐 nya	너 neo	녀 nyeo	노 no	뇨 nyo	누 nu	뉴 nyu	느 neu	니 ni
ㄷ	t/d	다 da	댜 dya	더 deo	뎌 dyeo	도 do	됴 dyo	두 du	듀 dyu	드 deu	디 di
ㄹ	r	라 ra	랴 rya	러 reo	려 ryeo	로 ro	료 ryo	루 ru	류 ryu	르 reu	리 ri
ㅁ	m	마 ma	먀 mya	머 meo	며 myeo	모 mo	묘 myo	무 mu	뮤 myu	므 meu	미 mi
ㅂ	p/b	바 ba	뱌 bya	버 beo	벼 byeo	보 bo	뵤 byo	부 bu	뷰 byu	브 beu	비 bi
ㅅ	s	사 sa	샤 sya	서 seo	셔 syeo	소 so	쇼 syo	수 su	슈 syu	스 seu	시 si
ㅇ	o	아 a	야 ya	어 eo	여 yeo	오 o	요 yo	우 u	유 yu	으 eu	이 i
ㅈ	j	자 ja	쟈 jya	저 jeo	져 jyeo	조 jo	죠 jyo	주 ju	쥬 jyu	즈 jeu	지 ji
ㅊ	ch	차 cha	챠 chya	처 cheo	쳐 chyeo	초 cho	쵸 chyo	추 chu	츄 chyu	츠 cheu	치 chi
ㅋ	kk	카 ka	캬 kya	커 keo	켜 kyeo	코 ko	쿄 kyo	쿠 ku	큐 kyu	크 keu	키 ki
ㅌ	tt	타 ta	탸 tya	터 teo	텨 tyeo	토 to	툐 tyo	투 tu	튜 tyu	트 teu	티 ti
ㅍ	pp	파 pa	퍄 pya	퍼 peo	펴 pyeo	포 po	표 pyo	푸 pu	퓨 pyu	프 peu	피 pi
ㅎ	h	하 ha	햐 hya	허 heo	혀 hyeo	호 ho	효 hyo	후 hu	휴 hyu	흐 heu	히 hi

母音 / 子音		ㅏ	ㅑ	ㅓ	ㅕ	ㅗ	ㅛ	ㅜ	ㅠ	ㅡ	ㅣ
		a	ya	eo	yeo	o	yo	u	yu	eu	i
ㄲ	gg	까 gga	꺄 ggya	꺼 ggeo	껴 ggyeo	꼬 ggeo	꾜 ggyo	꾸 ggu	뀨 ggyu	끄 ggeu	끼 ggi
ㄸ	dd	따 dda	땨 ddya	떠 ddeo	뗘 ddyeo	또 ddo	뚀 ddyo	뚜 ddu	뜌 ddyu	뜨 ddeu	띠 ddi
ㅃ	bb	빠 bba	뺘 bbya	뻐 bbeo	뼈 bbyeo	뽀 bbo	뾰 bbyo	뿌 bbu	쀼 bbyu	쁘 bbeu	삐 bbi
ㅆ	ss	싸 ssa	쌰 ssya	써 sseo	쎠 ssyeo	쏘 sso	쑈 ssyo	쑤 ssu	쓔 ssyu	쓰 sseu	씨 ssi
ㅉ	jj	짜 jja	쨔 jjya	쩌 jjeo	쪄 jjyeo	쪼 jjo	쬬 jjyo	쭈 jju	쮸 jjyu	쯔 jjeu	찌 jji

雙母音 / 子音	ㅐ	ㅒ	ㅔ	ㅖ	ㅘ	ㅙ	ㅚ	ㅝ	ㅞ	ㅟ	ㅢ
	ae	yae	e	ye	wa	wae	oe	wo	we	wi	ui
ㅇ	애 ae	얘 yae	에 e	예 ye	와 wa	왜 wae	외 oe	워 wo	웨 we	위 wi	의 ui

分類	收尾子音						發音	
1	ㄱ	ㅋ	ㄲ	ㄳ	ㄺ		ㄱ	k
2	ㄴ	ㄵ	ㄶ				ㄴ	n
3	ㄷ	ㅅ	ㅈ	ㅊ	ㅌ	ㅎ ㅆ	ㄷ	t
4	ㄹ	ㄼ	ㄽ	ㄾ	ㅀ	ㄿ	ㄹ	l
5	ㅁ	ㄻ					ㅁ	m
6	ㅂ	ㅍ	ㅄ	ㄿ			ㅂ	p
7	ㅇ						ㅇ	ng

※ ㄿ 亦發 ㅂ(P) 音。

PART 1

會話即時通

안녕히 주무
셨어요?
睡的好嗎？

打招呼

😊 日常招呼

1 안녕히 주무셨어요? `[安寧]`
an.nyeong.hi.ju.mu.syeo.sseo.yo

早安。

2 안녕하세요? `[安寧]`
an.nyeong.ha.se.yo

你好。

3 안녕히 주무세요. `[安寧]`
an.nyeong.hi.ju.mu.se.yo

晚安。（敬語）

4 잘 자.
jal.ja

晚安。（半語）

5 안녕히 가세요. `[安寧]`
an.nyeong.hi.ka.se.yo

再見。
（敬語，對離開的人說）

6 안녕히 계세요. `[安寧]`
an.nyeong.hi.kye.se.yo

再見。
（敬語，對留在現場的人說）

7 나중에 봐요.
na.jung.e.pwa.yo

再見、改天見。

↳ 你也可以這樣說喔！

● 다음에 봐요.
ta.eu.me.pwa.yo

下次見、改天見。

● 이따가 봐요.
i.dda.ga.pwa.yo

待會見。

[安寧]
안녕하세요? 어떻게 지내세요?
an.nyeong.ha.se.yo.eo.ddeo.kke.ji.nae.se.yo

你好，最近過得好嗎？

[金泰中]
네, 잘 지내고 있어요. 김태중 씨는요?
ne.jal.ji.nae.go.i.sseo.yo.kim.ttae.jung.ssi.neu.nyo

是的，我很好，金泰中先生你呢？

저도 잘 지내고 있어요.
jeo.do.jal.ji.nae.go.i.sseo.yo

我也很好。

初次見面

[金美靜]
1 제 이름은 김미경이라고 합니다.
je.i.leu.meun.kim.mi.gyeong.i.la.go.ham.ni.da

我的名字是金美靜。

[美靜]
2 미경이라고 불러 주세요.
mi.gyeong.i.la.go.pul.leo.ju.se.yo

叫我美靜就可以了。

會話❷

[安寧]   [林秀晶]
안녕하세요? 저는 임수정이라고
합니다.
an.nyeong.ha.se.yo.jeo.neun.im.su.jeong.i.la.
go.ham.ni.da

你好，我叫林秀晶。

[付託]
잘 부탁드립니다.
jal.pu.ttak.ddeu.lim.ni.da

請多多指教。

[秀哲]
저는 수철이라고 합니다.
jeo.neun.su.cheo.li.la.go.ham.ni.da

我叫秀哲。

[付託]
잘 부탁드립니다.
jal.pu.ttak.ddeu.lim.ni.da

也請你多多指教。

만나서 반갑습니다.
man.na.seo.pan.gap.sseum.ni.da

很高興見到你。

🌸 到別人家拜訪

會話 ❶

[罪悚]
죄송합니다 .
joe.song.ham.ni.da
打擾了。

들어오세요 .
teu.leo.o.se.yo
請進。

會話 ❷

마실 거 드릴까요?
ma.sil.ggeo.deu.lil.kka.yo
要不要喝點東西呢?

괜찮아요 .
kwaen.cha.na.yo
不用麻煩了。

🌸 到別人公司

會話

[失禮]
실례합니다 .
sil.le.ham.ni.da
打擾了。

들어오세요 .
teu.leo.o.se.yo
請進。

들어오세요
快進來

18 🌸 打招呼・告別語

다음에
또 만나요.
下次見

告別語

🌸 日常告別

會話

[來日]
내일 만나요 .
nae.il-man.na.yo
明天見。

[來日]
내일 봐요 .
nae.il-pwa.yo
明天見。

[操心]
조심히 가세요 .
jo.si.mi-ka.se.yo
路上小心。

🌸 拜訪結束

[菲悚]
1 **귀찮게 해 드려서 죄송해요 .**
kwi.chan.kke-hae.deu.lyeo.seo-joe.
song.hae.yo
不好意思打擾您了。

2 **먼저 갈게요 .**
meon.jeo-kal.gge.yo
先告辭了。

會話❶

가야 될 것 같아요 .
ka.ya-toel-ggeot-gga.tta.yo
我差不多該走了。

그래요 . 다음에 또 놀러 오세요 .
keu.lae.yo-ta.eu.me-ddo-nol.leo-o.se.yo
這樣啊，下次再來玩。

會話 ❷

가야 되겠어요 .
ka.ya.toe.ge.sseo.yo
我得走了。

[時間]
아쉽네요 . 시간이 되면 또 놀러 오세요 .
a.swim.ne.yo-si.ga.ni-toe.myeon-ddo-nol.
leo-o.se.yo
真可惜，有空再來玩。

꼭이요 .
ggo.gi.yo
一定會的！

會話 ❸

[招待]
초대해 주셔서 고마워요 .
cho.dae.hae-ju.syeo.seo-ko.ma.wo.yo
今天非常謝謝您的招待。

별 말씀을요 .
pyeol-mal.sseu.meu.lyo-si.ga.ni-na.
myeon-ddo-nol.leo-o.se.yo
哪裡，

[時間]
시간이 나면 또 놀러 오세요 .
有時間的話，歡迎再來。

❀ 抒發感想

會話 ❶

오늘 즐거웠어요 .
o.neul-jeul.geo.wo.sseo.yo
我今天過得很愉快。

저도요 .
jeo.do.yo
我也是。

會話 ❷

이야기를 나눠서 너무 즐거웠어요 .
i.ya.gi.leul-na.nwo.seo-neo.mu-jeul.geo.
wo.sseo.yo

很高興能夠和你聊天。

저도요 .
jeo.do.yo

我也是。

下班先行離開

會話

(下屬)
먼저 가겠습니다 .
meon.jeo-ka.get.sseum.ni.da

我先走了。

(上司)
수고해 .
su.go.hae

辛苦了。

(同事)
수고해요 .
su.go.hae.yo

辛苦了。

(下屬)
수고하십시오 . / 수고하세요 .
su.go.ha.sip.ssi.o / su.go.ha.se.yo

辛苦了。

托人轉告事情

會話 ❶

[秀珍]   [傳]
수진 씨한테 전해 주세요 .
su.jin-ssi.han.tte-cheo.nae-chu.se.yo

請代我向秀珍小姐
說一聲。

[傳]
네 , 전해 드릴게요 .
ne , jeo.nae-teu.lil.gge.yo

好的，我會轉告她的。

會話 ②

安否 傳
안부를 전해 주세요.
an.bu.leul-jeo.nae-ju.se.yo

代我向大家問好。

傳
네, 전해 줄게요.
ne-jeo.nae-jul.gge.yo

好的,我會替你轉達。

會話 ③

miss朴 傳
이걸 미쓰 박한테 전해 주세요.
i-geol-mi.sseu-pa.kkan.tte-jeo.nae.ju.
se.yo

麻煩你把這個交給
朴小姐。

그럴게요.
keu.leol.gge.yo

好的。

❀ 約定下次相見

會話 ①

언제 또 만날까요?
eon.je-ddo-man.nal.gga.yo

下次何時可以見面呢?

週 火曜日
다음 주 화요일은 어때요?
ta.eum.ju-hwa.yo.i.leun-eo.ddae.yo

下星期二如何?

좋아요.
jo.a.yo

好啊。

週 火曜日
다음 주 화요일날에 봐요.
ta.eum.ju-hwa.yo.il.la.le-pwa.yo

下星期二見囉!

22 ● 告別語

會話 ②

잘 가요 . 다음에 봐요 .
jal-ga.yo-ta.eu.me-pwa.yo

保重。下次見！

그래 , 다음에 봐 .
keu.lae-ta.eu.me-pwa

嗯，下次再見。

會話 ③

다음에 또 만나요 .
ta.eu.me-ddo-man.na.yo

改天再見面吧！

그래요 . 연락해 주세요 .
[連絡]
keu.lae.yo-yeol.la.kkae-ju.se.yo

好啊，請再跟我連絡。

探訪完病人時

1 몸을 잘 챙기세요 .
mo.meul-jal-chaeng.gi.se.yo

多保重。

2 빨리 완쾌하길 바라요 .
[完快]
bbal.li-wan.kkwae.ha.gil-pa.la.yo

祝你早日康復。

要分離很久時

會話

몸조리 잘하세요 .
[調理]
mom.jo.li-cha.la.se.yo

請好好保重身體。

당신도요 .
tang.sin.do.yo

你也保重。

이메일을 기다릴게요 .
[email]
i.me.i.leul-ki.da.lil.gge.yo

期待你的 email。

축하해요!
恭喜你!

祝賀語

🌸 日常祝賀語

[祝賀]
1 축하해요 .
chu.kka.hae.yo

恭喜。

[入學] [卒業] [祝賀]
2 입학／졸업을 축하해요 .
i.ppak.jo.leo.beul-chu.kka.hae.yo

恭喜你入學／畢業。

[就職] [祝賀]
3 취직을 축하해요 .
chwi.ji.geul-chu.kka.hae.yo

恭喜你就職。

[昇進] [祝賀]
4 승진을 축하드립니다 .
seung.ji.neul-chu.kka.deu.lim.ni.da

恭喜你升職。

[退院] [祝賀]
5 퇴원을 축하드려요 .
ttoe.wo.neul-chu.kka.deu.lyeo.yo

恭喜你出院。

[成人]
6 성인이 된 것을 축하해요 .
seong.i.ni-toen.keo.seul-chu.kka.hae.yo

恭喜你成年。

[新婚]
7 신혼을 잘 보내세요 .
si.no.neul-jal-po.nae.se.yo

新婚愉快。

[生日祝賀]
8 생일 축하해요 .
saeng.il-chu.kka.hae.yo

生日快樂。

[merry christmas]
9 메리 크리스마스 .
me.li-kkeu.li.seu.ma.seu

聖誕快樂。

[結婚紀念日] [祝賀]
10 결혼기념일을 축하합니다 .
kyeo.lon.gi.nyeo.mi.leul-chu.kka.ham.ni.da

結婚紀念日快樂。

11 어버이날 잘 보내세요 .
eo.beo.i.nal-jal-po.nae.se.yo

父母節快樂。

（韓國的父親節和母親節為同一天，在每年的五月八日）

🌸 新年祝賀語

1 새해 복 많이 받으세요 .
[福]
sae.hae-pong-ma.ni-pa.deu.se.yo
新年快樂。

2 지난 일년동안 많이 챙겨 주셔서
[一年]
감사합니다 .
[感謝]
ji.nan-il.lyeon.dong.an-ma.ni-chaeng.
gyeo-ju.syeo.seo-kam.sa.ham.ni.da
謝謝過去一年的關照。

3 올해 모든 일이 잘 풀리길 바라요 .
o.lae-mo.deun-i.li-jal-ppul.li.gil-pa.la.yo
祝你今年事事如意。

💬 會話

새해 복 많이 받으세요 .
[福]
sae.hae-pong-ma.ni-pa.deu.se.yo
新年快樂。

올해도 잘 부탁드립니다 .
[付託]
o.lae.do-jal-pu.ttak.ddeu.lim.ni.da
今年還請多多關照。

별말씀을요 . 저도 잘 부탁드립니다 .
[別]   [付託]
pyeol-mal.sseu.meu.lyo-jeo.do-jal-pu.
ttak.ddeu.lim.ni.da
哪裡哪裡。
我也要請你多多關照。

생일
축하해요 !
生日快樂！

죄송해요!
對不起!

感謝、道歉

🌸 日常感謝語

[正]　[感謝]
1 정말 감사합니다 .
jeong.mal-kam.sa.ham.ni.da

非常謝謝你。

會話

[感謝]
감사합니다 .
kam.sa.ham.ni.da

謝謝你。

[千萬]
천만에요 .
cheon.ma.ne.yo

不客氣。

🌸 接受別人幫忙

[感謝]
1 도와 주셔서 감사합니다 .
to.wa-ju.syeo.seo-kam.sa.ham.ni.da

謝謝你的關照。

2 수고하셨어요 .
su.go.ha.syeo.sseo.yo

真是辛苦你了。

3 고맙지만 마음만 받을게요 .
ko.map.jji.man-ma.eum.man-pa.deul.gge.yo

多謝你的好意，
我心領了。

會話❶

[正]
정말 많은 도움을 주셨어요 .
jeong.mal-ma.neun-to.u.meul-ju.syeo.sseo.yo

你真的幫了我一個大忙。

아니요 . 일이 있으면 말해요 .
a.ni.yo-i.li-i.sseu.myeon-ma.lae.yo

哪裡。有問題隨時都
歡迎。

잘 챙겨 주셔서 고마워요 .
jal-chaeng.gyeo-ju.syeo.seo-ko.ma.wo.yo
[別]

承蒙您多方關照。

별말씀을요 .
pyeol-mal.sseu.meu.lyo

哪裡哪裡。

道歉與回應

● 道歉

[未安]
1 미안합니다 .
mi.a.nam.ni.da

對不起。

[失禮]
2 실례합니다 .
sil.le.ham.ni.da

不好意思。

[罪悚]
3 죄송합니다 .
joe.song.ham.ni.da

抱歉。

4 수고하셨어요 .
su.go.ha.syeo.sseo.yo

真是麻煩/辛苦您了。

[不便]   [罪悚]
5 불편을 드려서 죄송합니다 .
pul.ppyeo.neul.teu.lyeo.seo-joe.song.ham.ni.da

不好意思給您帶來困擾。

[正]   [未安]
6 정말 미안해요 .
jeong.mal-mi.a.nae.yo

非常對不起。

● 回應

1 걱정하지 말아요 .
keok.jjeong.ha.ji.ma.la.yo

不用擔心。

2 신경 쓰지 마세요 .
sin.gyeong.sseu.ji.ma.se.yo

請不要放在心上。

3 걱정하지 마세요 .
keok.jjeong.ha.ji.ma.se.yo

請你不用擔心。

🌸 讓別人久等時

會話 ❶

많이 기다렸죠?
ma.ni-ki.da.lyeot.jjyo

你等很久了吧?

괜찮아요. 저도 방금[方今] 왔어요.
kwaen.cha.na.yo-jeo.do-pang.
geum-wa.sseo.yo

沒關係,我也剛到而已。

會話 ❷

많이 기다렸어요?
ma.ni-ki.da.lyeo.sseo.yo

等很久了嗎?

괜찮아요. 저도 이제 막 도착[到著]했는데요.
kwaen.cha.na.yo-jeo.do-i.je-mak-to.
cha.kkaen.neun.de.yo

沒關係,
我也才剛到而已。

會話 ❸

늦어서 미안[未安]해요.
neu.jeo.seo-mi.a.nae.yo

對不起,我遲到了。

괜찮아요.
kwaen.cha.na.yo

沒關係。

학교에
늦었어요!
上學要遲到了!

도와주세요! 請幫幫我!

拜託

 麻煩別人

會話 ❶

[付託]
부탁드려요 .
pu.ttak.ddeu.lyeo.yo

拜託，麻煩您了。

네 . 알겠습니다 . 제가 다 해 드릴게요 .
ne.al.get.sseum.ni.da.je.ga.ta.hae.teu.
lil.gge.yo

好的，了解了，
包在我身上。

會話 ❷

[付託]
부탁 하나만 들어 줘도 돼요 ?
pu.ttak.ha.na.man.teu.leo.jwo.do.twae.yo

可以拜託你一下嗎？

그래요 . 좋아요 .
keu.lae.yo.jo.a.yo

可以啊，沒問題！

會話 ❸

[罪悚]
죄송합니다 .
joe.song.ham.ni.da

打擾一下了。

들어오세요 .
teu.leo.o.se.yo

請進。

도와 주실 수 있으세요?
to.wa-ju.sil-ssu-i.sseu.se.yo

그럴게요 .
keu.leol.gge.yo

可以請你幫一下忙嗎？

我很樂意。

🌸 請別人等一下

1 잠깐만요 .
jam.ggan.ma.nyo

請等一下。

2 조금만 기다려 주세요 .
jo.geum.man-ki.da.lyeo-ju.se.yo

請稍等一下。

3 조금만 기다려 주시겠어요?
jo.geum.man-ki.da.lyeo-ju.si.ge.sseo.yo

能不能請你稍待片刻？

4 2,3 분 더 기다려 주시겠어요?
[分]
i.sam.bun-teo-ki.da.lyeo-ju.si.ge.sseo.yo

能不能請你再稍等兩、三分鐘？

5 30 분 늦게 도착할 것 같아요 .
[分]   [到著]
sam.sip.bbun-neut.gge-to.cha.
kkal.ggeot-gga.tta.yo

我大概會晚三十分鐘到。

여기가 어디에요?
這裡是哪裡?

問路

問路

[罪悚]
1 죄송한데 길을 좀 물어보려고요 .
joe.song.han.de.ki.leul.jom.mu.
leo.bo.lyeo.go.yo

對不起，我想問個路。

[南山tower]　　　　　　　[首爾驛近處]
2 남산타워는 서울역 근처에 있어요 ?
nam.san.tta.wo.neun.seo.ul.lyeok.keun.
cheo.e.i.sseo.yo

南山塔在首爾車站
附近嗎？

[程度]
3 여기서 저기까지 어느 정도 걸려요 ?
yeo.gi.seo.jeo.gi.gga.ji.eo.neu.jeong.
do.keol.lyeo.yo

從這裡到那裡有多遠？

[時間]
4 걸어가면 시간이 얼마나 걸려요 ?
keo.leo.ga.myeon.si.ga.ni.eol.ma.
na.keol.lyeo.yo

走路要花多久時間呢？

[鍾路]
5 종로에 가려면 어떻게 가요 ?
jong.no.e.ka.lyeo.myeon.eo.ddeo.
kke.ka.yo

如果要去鐘路該怎麼
走？

[地圖]
6 지도를 그려 주시겠어요 ?
ji.do.leul.keu.lyeo.ju.si.ge.sseo.yo

可以幫我畫一下
地圖嗎？

[地圖]　　　　　　[現位置]
7 이 지도에서 현위치가 어디에 있죠 ?
i.ji.do.e.seo.hyeo.nwi.chi.ga.eo.di.e.it.jjyo

以這地圖來看，
我們現在在哪裡呢？

[地下鐵驛]
8 여기 지하철역이 있나요 ?
yeo.gi.ji.ha.cheol.lyeo.gi.in.na.yo

這附近有沒有地鐵車
站？

[明洞]
9 명동에 가는 길이 어느 쪽이죠 ?
myeong.dong.e.ka.neun.ki.li.eo.neu.jjo.gi.jyo

往明洞該走哪一條路
呢？

10 길을 잃어버렸어요 .
ki.leul.i.leo.beo.lyeo.sseo.yo

我迷路了。

알겠습니다!
我知道了!

答覆

肯定的回答

1 네.
ne

是的。

2 네, 알겠습니다.
ne-al.get.sseum.ni.da

我懂了,我知道了。

3 알아요.
a.la.yo

我知道。

4 저도 그렇게 생각해요.
jeo.do-keu.leo.kke-saeng.ga.kkae.yo

我也這麼覺得。

5 알았어요.
a.la.sseo.yo

我明白了。

6 생각이 나요.
saeng.ga.gi-na.yo

我記得。

7 틀림없어요.
tteul.li.meop.sseo.yo

沒有錯。

8 그래요.
keu.lae.yo

確實如此。

9 맞아요.
ma.ja.yo

對的。

否定的回答

1 아니에요 .
a.ni.e.yo
不是。

2 모르겠어요 .
mo.leu.ge.sseo.yo
我不懂、我不知道。

3 잘 모르겠는데요 .
jal-mo.leu.gen.neun.de.yo
我不是很清楚。

4 저 그렇게 생각하지 않아요 .
jeo-keu.leo.kke-saeng.ga.kka.ji-a.na.yo
我不這麼覺得。

5 그거 저도 모르겠어요 .
keu.geo-jeo.do-mo.leu.ge.sseo.yo
[記憶]
這我也不知道。

6 기억이 잘 안 나요 .
ki.eo.gi-jal-an-na.yo
我不太記得。

7 아니요 .
a.ni.yo
不對。

8 그렇지 않아요 .
keu.leo.chi-a.na.yo
並非如此。

9 아니요 . 안 그래요 .
a.ni.yo-an-keu.lae.yo
[誤會]
不、不是這樣的

10 오해하지 마요 .
o.hae.ha.ji-ma.yo
請不要誤會。

拒絕

1 됐어요 .
twae.sseo.yo
[必要]
不用了。

2 필요없어요 .
ppi.lyo.eop.sseo.yo
[別]
我不需要。

3 별로 좋아하지 않아요 .
pyeol.lo-jo.a.ha.ji-a.na.yo
[罪悚]
我不太喜歡。

4 죄송한데 . 전 할 줄 몰라요 .
joe.song.han.de-jeon-hal-jul-mol.la.yo
抱歉,我不會。

5 저 못해요 .
jeo-mo.ttae.yo
我做不到。

무슨 뜻이에요?
什麼意思?

語言不通

聽不懂韓語時

1 죄송한데 아까 못 들었어요 .
joe.song.han.de-a.gga-mot-ddeu.
leo.sseo.yo
對不起,
我剛剛沒聽到。

2 다시 한번 말해 주세요 .
ta.si-han.beon-ma.lae-ju.se.yo
麻煩你再說一次。

3 천천히 말씀을 해 주시겠습니까 ?
cheon.cheo.ni-mal.sseu.meul-hae-ju.
si.get.sseum.ni.gga
可以請你說慢一點嗎?
[英語]

4 영어로 말해 주세요 .
yeong.eo.lo-ma.lae-ju.se.yo
麻煩你用英文說。

5 그분이 아까 뭐라고 하셨어요 ?
keu.bu.ni-a.gga-mwo.la.go-ha.syeo.sseo.yo
他剛剛說什麼?

6 무슨 뜻이에요?　　　　　　　　　　什麼意思？
mu.seun-ddeu.si.e.yo

7 여기에다 적어 주세요.　　　　　　幫我寫在這。
yeo.gi.e.da-jeo.geo-ju.se.yo

🌸 告訴對方自己不會韓語

[韓國語]

1 제 한국어가 좀 서툴러요.　　　　　我不太會講韓語。
je-han.gu.geo.ga-jom-seo.ttul.leo.yo

[完全]

2 완전히 못해요.　　　　　　　　　　我完全不會。
wan.jeo.ni-mo.ttae.yo

↳ 加上程度副詞，可以讓對方更了解你的理解狀況喔！

肯定說法	● 잘 알아요. jal-a.la.yo	我非常了解。
	● 대충 알아요. tae.chung-a.la.yo	我大概知道。
	● 조금 알아요. jo.geum-a.la.yo	我稍微知道
否定說法	● 잘 모르겠어요. jal-mo.leu.ge.sseo.yo	我不太知道。
	[完全] ● 완전히 몰라요. wan.jeo.ni-mol.la.yo	我完全不知道。

어디에 사세요?
你住在哪裡?

自我介紹

初次見面的對話

會話 ①

 성함이 어떻게 되세요?
seong.ha.mi.eo.ddeo.kke-toe.se.yo

可以請教你的大名嗎?

[美靜]
미정이라고 해요.
mi.jeong.i.la.go-hae.yo

我叫美靜。

會話 ②

어디서 오셨어요?
eo.di.seo-o.syeo.sseo.yo

你從哪裡來的?

[台灣]
저는 대만에서 왔어요.
jeo.neun-tae.ma.ne.seo-wa.sseo.yo

我從台灣來的。

會話 ③

어느 나라에서 왔어요?
eo.neu.na.la.e.seo-wa.sseo.yo

你來自哪一國?

[台灣]
대만요.
tae.ma.nyo

台灣。

會話 ④

[韓國]
한국에 온 지 얼마나 됐어요?
han.gu.ge-on-ji-eol.ma.na-twae.sseo.yo

你來韓國多久了?

[年半]
1년 반이 됐어요.
il.lyeon-pa.ni-twae.sseo.yo

一年半。

會話 ❺

[韓國]
어떻게 한국에 왔어요?
eo.ddeo.kke-han.gu.ge-wa.sseo.yo

你為什麼來韓國呢?

[韓國語]
한국어를 배우러 왔어요.
han.gu.geo.leul-pae.u.leo-wa.sseo.yo

我是來學韓語的。

會話 ❻

여행사를 끼고 왔어요?
yeo.haeng.sa.leul-ggi.go-wa.sseo.yo

你是跟團來的嗎?

아니요. 저 혼자 왔어요.
a.ni.yo-jeo-hon.ja-wa.sseo.yo

不是,我一個人來的。

[泊] [日] [背囊旅行]
2 박 3 일 배낭여행을 하러 왔어요.
i.bak-sa.mil-pae.nang.yeo.haeng.eul-ha.leo-wa.
sseo.yo

我參加三天兩夜的
自由行。

↳ 你也可以這樣回答:
[觀光]
● 관광하러 왔어요.
kwan.gwang.ha.leo-wa.sseo.yo

我是來觀光的。

[business]
● 비즈니스로 왔어요.
pi.jeu.ni.seu.lo-wa.sseo.yo

我是來工作的。

[出張]
● 출장하러 왔어요.
chul.jjang.ha.leo-wa.sseo.yo

我是來出差的。

● 콘서트를 보러 왔어요.
kkon.seo.tteu.leul-po.leo-wa.
sseo.yo

我是來看演唱會的。

會話 ❼

[工夫]
어디서 공부해요?
eo.di.seo-kong.bu.hae.yo

你在哪裡唸書呢?

[首爾大]
서울대에 다니고 있어요.
seo.ul.dae.e-ta.ni.go-i.sseo.yo

我在首爾大學唸書。

會話 ⑧

어떤 일을 해요?
eo.ddeon-ni.leul-hae.yo

你在做什麼工作呢？

[通譯]
통역 일을 하고 있어요.
tong.yeok-i.leul-ha.go-i.sseo.yo

我在做口譯。

會話 ⑨

어디에 사세요?
eo.di.e-sa.se.yo

你住在哪裡？

[江南]
집이 강남요.
ji.bi-kang.na.myo

我家在江南。

會話 ⑩

[映畫]
영화를 좋아하세요?
yeong.hwa.leul-jo.a.ha.se.yo

你喜歡看電影嗎？

아주 좋아해요.
a.ju-jo.a.hae.yo

非常喜歡。

會話 ⑪

[趣味]
취미가 뭐예요?
chwi.mi.ga-mwo.ye.yo

你的興趣是什麼？

[趣味]   [piano]
취미는 피아노 치기요.
chwi.mi.neun-pi.a.no.chi.gi.yo

我的興趣是彈鋼琴。

會話 ⑫

[韓國]
한국에 얼마동안 있을 거예요?
han.gu.ge-eol.ma.dong.an-i.sseul-ggeo.ye.yo

你預定在韓國待多久？

[個月]
10 개월요.
sip.ggae.wo.lyo

十個月。

누구세요?
你是誰?

詢問

🌸 針對語言詢問

1 이 글씨는 어떻게 읽어요?
i-keul.ssi.neun-eo.ddeo.kke-il.geo.yo
[單語]

這個字怎麼唸?

2 이 단어는 무슨 뜻이에요?
i-ta.neo.neun-mu.seun-ddeu.si.e.yo
[韓國語]

這個字是什麼意思?

3 이거 한국어로 어떻게 말해요?
i.geo-han.gu.geo.lo-eo.ddeo.kke-ma.lae.yo

這個用韓文怎麼說?

🌸 詢問地點

1 여기가 어디예요?
yeo.gi.ga-eo.di.ye.yo
[化妝室]

這裡是哪裡?

2 화장실이 어디예요?
hwa.jang.si.li-eo.di.ye.yo

洗手間在哪裡?

🌸 詢問人

1 그 사람이 누구예요?
keu.sa.la.mi-nu.gu.ye.yo

那個人是誰?

2 그분이 누구세요?
keu.bu.ni-nu.gu.se.yo

他是哪位?

🌸 詢問原因、理由

1 왜요?
wae.yo

為什麼?

2 어떻게 불이 났어요?
eo.ddeo.kke-pu.li-na.sseo.yo

為什麼會發生火災?

[原因]
3 원인이 뭐예요?
wo.ni.ni-mwo.ye.yo

原因是什麼？

[仔細]　　[說明]
4 자세히 설명해 주세요.
ja.se.hi-seol.myeong.hae-ju.se.yo

請你詳細說明。

[理由]
5 이유를 말해 주세요.
i.yu.leul-ma.lae-ju.se.yo

請你告訴我理由。

會話 ❶

무슨 일이 있었어요?
mu.seun-ni.li-i.sseo.sseo.yo

發生了什麼事？

[交通事故]
교통사고가 났어요.
kyo.ttong.sa.go.ga-na.sseo.yo

出車禍了。

會話 ❷

어떻게 됐어요?
eo.ddeo.kke-twae.sseo.yo

怎麼了？

[化妝室]
화장실 물이 안 나와요.
hwa.jang.sil-mu.li-an-na.wa.yo

廁所的水流不出來。

會話 ❸

[通行禁止]
오늘 이 길은 통행금지입니다.
o.neul-i-ki.leun-ttong.haeng.geum.ji.im.ni.da

今天這條路禁止通行。

왜요?
wae.yo

為什麼？

[marathon大會]
마라톤대회 때문요.
ma.la.tton.dae.hoe-ddae.mu.nyo

因為有馬拉松比賽。

要求對方允許

1 이렇게 해도 돼요?
i.leo.kke-hae.do-twae.yo
[寫真]

這樣可以嗎?

2 사진을 찍어도 되나요?
sa.ji.neul-jji.geo.do-toe.na.yo

可以拍照嗎?

3 담배를 피워도 되나요?
tam.bae.leul-ppi.wo.do-toe.na.yo

可以抽菸嗎?

4 보여 줄 수 있나요?
po.yeo-jul-su.in.na.yo

可以讓我看一下嗎?

5 여기서 앉아도 돼요?
yeo.gi.seo-an.ja.do-twae.yo
[罪悚]

我可以坐這裡嗎?

6 죄송한데요.
joe.song.han.de.yo

不好意思

7 입어 봐도 돼요?
i.beo-pwa.do-twae.yo
[試食]

可以試穿嗎?

8 시식해도 돼요?
si.si.kkae.do-twae.yo

可以試吃嗎?

9 써 볼 수 있어요?
sseo-pol-su.i.sseo.yo

可以試用嗎?

10 만져 봐도 돼요?
man.jyeo-pwa.do-twae.yo

可以摸摸看嗎?

韓國的燒酒文化

column 1

韓國是個無酒不歡的國家，不只是特殊節慶的日子，就連一般的聚會上也都一定要喝個痛快才行。愛喝酒的程度甚至讓韓國的燒酒品牌「真露」，一躍成為世界銷量最高的蒸餾酒！然而燒酒的崛起卻是一段略顯哀愁的故事。

西元1965年到1999年間，韓國正面臨糧食短缺的問題，為此政府下令禁止使用穀物釀酒。生活已經很辛苦了還要過著沒有酒喝的日子，除了人民們苦不堪言之外，更有許多廠商因此倒閉。釀酒商轉用甘藷來提煉酒精，再加入水和香料使其順口，才演變成現在的燒酒。這個研發出來的新味道可能不是很好，甚至有人說喝起來就像工業酒精，但它低廉的價格在當時的韓國成為了一種救贖。

不管是大學生還是上班族的大叔，一起出去吃飯喝酒是增進感情最快的方法。新進員工歡迎會、大學社團聯誼會、女子會等等，各式各樣的聚會都少不了燒酒，因此每到夜晚總是能看到成群的人們一攤接一攤地喝。

在韓國，喝酒的時候也有一套禮儀。像是在長輩面前要側過身喝酒、乾杯的時候杯子要拿的比長輩低一點、倒酒時要等對方杯子空了才可以幫忙加滿等等，看韓劇的時候可以多多觀察這些有趣的文化。

除了原味之外最近也推出葡萄柚、柚子、水蜜桃等等口味，跟原本的燒酒比起來口味豐富許多，廣受女性的歡迎。到韓國旅遊的時候不妨邊吃烤肉邊小酌一杯，跟朋友一起度過快樂的晚餐時間，體會韓國式的夜晚！

一瓶台幣30元左右的親民價格，卻能串起每個孤單寂寞的靈魂，更發展出許多特殊的文化，這就是燒酒的力量。

代名詞

你我他

1 **저**
jeo
我（謙稱）

2 **나**
na
我

3 **저희／저희들**
jeo.hi／jeo.hi.deul
我們（謙稱）

4 **우리／우리들**
wu.li／wu.li.deul
我們

5 **당신**
[當身]
tang.sin
您（尊稱）

6 **너**
neo
你

7 **여러분**
yeo.leo.bun
你們、各位（尊稱）

8 **너희／너희들**
neo.hi／neo.hi.deul
你們

9 **～들**
deul
～們

10 **그분**
keu.bun
他／她（尊稱）

11 **그녀**
[女]
keu.nyeo
她

12 그
keu
他

13 그들
keu.deul
他們／她們

14 이것／저것／그것
i.geot／jeo.geot／keu.geot
這個／那個／那個

15 이것들／저것들／그것들
i.geot.ddeul／jeo.geot.ddeul／keu.geot.ddeul
這些／那些／那些

16 이／저／그
i／jeo／keu
這／那／那

17 저의／제
jeo.e／je
我的（謙稱）

18 나의／내
na.e／nae
[當身]
我的

19 당신의
tang.si.ne
您的（尊稱）

20 너의／네
neo.e／ne
你的

21 ～의
e
～的

家庭成員

아버지 a.beo.ji 父親	어머니 eo.meo.ni 母親	[兄] [男叫男]　[女叫男] 형／오빠 hyeong／o.bba 哥哥	[男叫女]　[女叫女] 누나／언니 nu.na／eon.ni 姊姊
남동생 nam.dong.saeng 弟弟	여동생 yeo.dong.saeng 妹妹	할아버지 ha.la.beo.ji ／ [外] 외할아버지 oe.ha.la.beo.ji 祖父／外公	할머니 hal.meo.ni ／ [外] 외할머니 oe.hal.meo.ni 祖母／外婆
작은아버지 ja.geu.na.beo.ji ／ 큰아버지 kkeu.na.beo.ji 叔叔／伯伯	[姑母]　[姨母] 고모／이모 ko.mo／i.mo 姑姑／阿姨	[四寸]　[外四寸] 사촌／외사촌 sa.chon／oe.sa.chon 堂兄弟姐妹／ 表兄弟姊妹	[夫人] 부인 pu.in ／ [男便] 남편분 nam.ppyeon.bun 夫人／先生
[外三寸] 외삼촌 oe.sam.chon 舅舅	아들／아드님 a.deul／a.deu.nim 兒子／令郎	딸／따님 ddal／dda.nim 女兒／令嬡	[子女] 자녀 cha.nyeo 子女

形容詞

 對比詞

좋다 jo.tta 好	⟷	나쁘다 na.bbeu.da 壞	
굵다 kuk.dda 粗	⟷	가늘다 ka.neul.da 細	

 뚱뚱하다
ddung.ddung.ha.da
胖 ⟷ 마르다
ma.leu.da
瘦

 이르다
i.leu.da
早 ⟷ 늦다
neut.dda
晚

 두껍다
tu.ggeop.dda
厚 ⟷ 얇다
yal.da
薄

빠르다
bba.leu.da
快 ⟷ 느리다
neu.li.da
慢

길다
kil.da
長 ⟷ 짧다
jjal.da
短

넓다
neol.da
寬廣 ⟷ 좁다
jop.dda
狹窄

 부드럽다
pu.deu.leop.dda
軟 ⟷ 딱딱하다
ddak.dda.kka.da
硬

크다
kkeu.da
大 ⟷ 작다
jak.dda
小

 [強]
강하다
kang.ha.da
強 ⟷ [弱]
약하다
ya.kka.da
弱

무겁다
mu.geop.dda
重 ⟷ 가볍다
ka.byeop.dda
輕

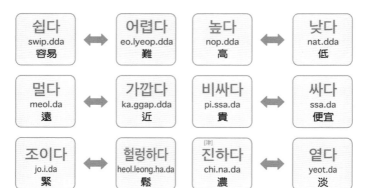

쉽다 swip.dda 容易	⬌	어렵다 eo.lyeop.dda 難	높다 nop.dda 高	⬌	낮다 nat.dda 低
멀다 meol.da 遠	⬌	가깝다 ka.ggap.dda 近	비싸다 pi.ssa.da 貴	⬌	싸다 ssa.da 便宜
조이다 jo.i.da 緊	⬌	헐렁하다 heol.leong.ha.da 鬆	[津] 진하다 chi.na.da 濃	⬌	옅다 yeot.da 淡

🍀 味覺

달다 tal.da 甜	맵다 maep.dda 辣	짜다 jja.da 鹹	쓰다 sseu.da 苦

시다 si.da 酸	맛있다 ma.sit.dda 好吃	맛없다 ma.deop.dda 難吃

🍀 形狀

동글다 tong.geul.da 圓的	[四角型] 네모나다／사각형 ne.mo.na.da ／ sa.ga.kkyeong 方形的／四角型

數字

🌸 漢語數字

[案] [空] 영／공 yeong／kong 0／零	[一／壹] 일 il 一	[二／貳] 이 i 二	[三] 삼 sam 三
[四] 사 sa 四	[五] 오 o 五	[六] 육 yuk 六	[七] 칠 chil 七
[八] 팔 ppal 八	[九] 구 ku 九	[十] 십 sip 十	십일 si.bil 十一
십이 si.bi 十二	십삼 sip.ssam 十三	십사 sip.ssa 十四	십오 si.bo 十五
십육 sim.nyuk 十六	십칠 sip.chil 十七	십팔 sip.ppal 十八	십구 sip.ggu 十九
이십 i.sip 二十	삼십 sam.sip 三十	사십 sa.sip 四十	오십 o.sip 五十
육십 yuk.ssip 六十	칠십 chil.ssip 七十	팔십 ppal.ssip 八十	구십 ku.sip 九十

백 [百]	이백	삼백	사백
paek	i.baek	sam.baek	sa.baek
一百	兩百	三百	四百
오백	육백	칠백	팔백
o.baek	yuk.bbaek	chil.baek	ppal.baek
五百	六百	七百	八百
구백	천 [千]	이천	삼천
ku.baek	cheon	i.cheon	sam.cheon
九百	一千	兩千	三千
사천	오천	육천	칠천
sa.cheon	o.cheon	yuk.cheon	chil.cheon
四千	五千	六千	七千
팔천	구천	만 [萬]	십만
ppal.cheon	ku.cheon	man	sim.man
八千	九千	一萬	十萬
백만 [百萬]	천만 [千萬]	억 [億]	
paeng.man	cheon.man	eok	
一百萬	一千萬	一億	

그러네.
對啊

날씨가 좋다.
天氣真好

하나	둘	셋	넷
ha.na	tul	set	net
1	2	3	4
다섯	여섯	일곱	여덟
ta.seot	yeo.seot	il.gop	yeo.deol
5	6	7	8
아홉	열	열 하나	열 둘
a.hop	yeol	yeol.ha.na	yeol.dul
9	10	11	12
열 셋	열 넷	열 다섯	열 여섯
yeol.set	yeol.let	yeol.da.seot	yeo.lyeo.seot
13	14	15	16
열 일곱	열 여덟	열 아홉	스물
yeo.lil.gop	yeo.leo.deol	yeo.la.hop	seu.mul
17	18	19	20
서른	마흔	쉰	예순
seo.leun	ma.heun	swin	ye.sun
30	40	50	60
일흔	여든	아흔	
i.leun	yeo.deun	a.heun	
70	80	90	

감기에 걸렸어요. 我感冒了

時間

月份

1 **몇 월요?** [月]
myeo-dwo.lyo

幾月？

1 月	일 월 [月] i.lwol 一月
2 月	이 월 [月] i.wol 二月
3 月	삼 월 [月] sa.mwol 三月
4 月	사 월 [月] sa.wol 四月
5 月	오 월 [月] o.wol 五月
6 月	유 월 [月] yu.wol 六月
7 月	칠 월 [月] chi.lwol 七月
8 月	팔 월 [月] ppa.lwol 八月
9 月	구 월 [月] ku.wol 九月
10 日	시 월 [月] si.wol 十月

| 11月 | 십일 월 [月]
si.bi.lwol
十一月 |

| 12月 | 십이 월 [月]
si.bi.wol
十二月 |

日期

1 며칠요?
myeo.chi.lyo

幾號?

| 1日 | 일 일 [日]
i.lil
一號 |

| 2日 | 이 일 [日]
i.il
二號 |

| 3日 | 삼 일 [日]
sa.mil
三號 |

| 4日 | 사 일 [日]
sa.il
四號 |

| 5日 | 오 일 [日]
o.il
五號 |

| 6日 | 육 일 [日]
yu.gil
六號 |

| 7日 | 칠 일 [日]
chi.lil
七號 |

| 8日 | 팔 일 [日]
ppa.lil
八號 |

| 9日 | 구 일 [日]
ku.il
九號 |

| 10日 | 십 일 [日]
si.bil
十號 |

11日	십일 일 [日] si.bi.lil 十一號	**12**日	십이 일 [日] si.bi.il 十二號
13日	십삼 일 [日] sip.ssa.mil 十三號	**14**日	십사 일 [日] sip.ssa.il 十四號
15日	십오 일 [日] si.bo.il 十五號	**16**日	십육 일 [日] sim.nyu.gil 十六號
17日	십칠 일 [日] sip.chi.lil 十七號	**18**日	십팔 일 [日] sip.ppa.lil 十八號
19日	십구 일 [日] sip.ggu.il 十九號	**20**日	이십 일 [日] i.si.bil 二十號
21日	이십일 일 [日] i.si.bi.lil 二十一號	**22**日	이십이 일 [日] i.si.bi.il 二十二號
23日	이십삼 일 [日] i.sip.ssa.mil 二十三號	**24**日	이십사 일 [日] i.sip.ssa.il 二十四號

25 日	[日] 이십오 일 i.si.bo.il 二十五號

26 日	[日] 이십육 일 i.sim.nyu.gil 二十六號

27 日	[日] 이십칠 일 i.sip.chi.lil 二十七號

28 日	[日] 이십팔 일 i.sip.ppa.lil 二十八號

29 日	[日] 이십구 일 i.sip.ggu.il 二十九號

30 日	[日] 삼십 일 sam.si.bil 三十號

31 日	[日] 삼십일 일 sam.si.bi.lil 三十一號

🌸 **星期**

[曜日]
1 무슨 요일요 ?
mu.seun-nyo.i.lyo

星期幾?

日 曜日	[日曜日] 일요일 i.lyo.il 星期日

月 曜日	[月曜日] 월요일 wo.lyo.il 星期一

火 曜日	[火曜日] 화요일 hwa.yo.il 星期二

水 曜日	[水曜日] 수요일 su.yo.il 星期三

[木曜日]
목요일
mo.gyo.il
星期四

[金曜日]
금요일
keu.myo.il
星期五

[土曜日]
토요일
tto.yo.il
星期六

時針 (韓字音數字)

[時]
1 몇 시요?
myeot-ssi.yo

幾點?

 00 : 00
[子正] [時]
자정 열두 시
cha.jeong-yeol.du-si
午夜十二點

01 : 00
[時]
한 시
han-si
一點

02 : 00
[時]
두 시
tu-si
兩點

03 : 00
[時]
세 시
se-si
三點

04 : 00
[時]
네 시
ne-si
四點

05 : 00
[時]
다섯 시
ta.seot-ssi
五點

 06 : 00
[時]
여섯 시
yeo.seot-ssi
六點

07 : 00
[時]
일곱 시
il.gop-ssi
七點

[時]
여덟 시
yeo.deol-ssi
八點

[時]
아홉 시
a.hop-ssi
九點

[時]
열 시
yeol-ssi
十點

[時]
열한 시
yeo.lan-si
十一點

[時]
열두 시
yeol.ddu-si
十二點

🌸 分針、秒針 (漢字音數字)

1 [分]
몇 분요?
myeot-bbu.nyo

幾分？

2 [秒]
몇 초요?
myeot-cho.yo

幾秒？

[一分]　　[秒]
일 분／초
il.bun ／ cho
一分／秒

[二分]　　[秒]
이 분／초
i.bun ／ cho
兩分／秒

[三分]　　[秒]
삼 분／초
sam.bun ／ cho
三分／秒

[四分]　　[秒]
사 분／초
sa.bun ／ cho
四分／秒

[五分] [秒]
오 분／초
o.bun / cho
五分／秒

[六分] [秒]
육 분／초
yuk.bbun / cho
六分／秒

[七分] [秒]
칠 분／초
chil.bun / cho
七分／秒

[八分] [秒]
팔 분／초
ppal.bun / cho
八分／秒

[九分] [秒]
구 분／초
ku.bun / cho
九分／秒

[十分] [秒]
십 분／초
sip.bbun / cho
十分／秒

[十五分] [秒]
십오 분／초
si.bo.bun / cho
十五分／秒

[二十分] [秒]
이십 분／초
i.sip.bbun / cho
二十分／秒

[三十分] [秒]
삼십 분／초
sam.sip.bbun / cho
三十分／秒

[四十分] [秒]
사십 분／초
sa.sip.bbun / cho
四十分／秒

[五十分] [秒]
오십 분／초
o.sip.bbun / cho
五十分／秒

時數（韓字音數字）

[時間]
한 시간
han.si.gan
一小時

[時間]
두 시간
tu.si.gan
兩小時

[時間]
세 시간
se.si.gan
三小時

[時間]
네 시간
ne.si.gan
四小時

[時間]
다섯 시간
ta.seot.ssi.gan
五小時

[時間]
여섯 시간
yeo.seot.ssi.gan
六小時

[時間]
일곱 시간
il.gop.ssi.gan
七小時

[時間]
여덟 시간
yeo.deol.si.gan
八小時

[時間]
아홉 시간
a.hop.ssi.gan
九小時

[時間]
열 시간
yeol.si.gan
十小時

[時間]
몇 시간
myeot.ssi.gan
幾小時

[半時間]
반 시간
pan.si.gan
半小時

🌸 其他時間說法

지금 ji.geum 現在	나중에 na.jung.e 以後	이따가 i.dda.ga 稍後、隨後		예전 ye.jeon 以前

오늘 o.neul 今天	어제 eo.je 昨天	[来日] 그저께 keu.jeo.gge 前天	내일 nae.il 明天	모레 mo.le 後天

[週] 이번주 i.beon.ju 本週	[週] 지난주 ji.nan.ju 上週	[週] 지지난주 ji.ji.nan.ju 上上週	[週] 다음주 ta.eum.ju 下週	[週] 다다음주 ta.da.eum.ju 下下週

[週末] 주말 chu.mal 週末	이번 달 i.beon.dal 本月	지난달 ji.nan.dal 上個月	지지난달 ji.ji.nan.dal 上上個月	다다음달 ta.da.eum.dal 下下個月

올해 o.lae 今年	지난해 ji.na.nae 去年	지지난해 ji.ji.na.nae 前年	[来年] 내년 nae.nyeon 明年	[後年] 후년 hu.nyeon 後年

아침 a.chim 早晨	[午前] 오전 o.jeon 上午	[點心] 점심 jeom.sim 中午	[午後] 오후 o.hu 下午	저녁 jeo.nyeok 傍晚

밤 pam 晚上	새벽 sae.byeok 半夜

오늘이 무슨 날이에요？ 今天是什麼日子？

節日、季節

 韓國節日

[名節]
명절
myeong.jeol
名節

[新正]
신정
sin.jeong
元旦（國曆）

설날
seol.lal
大年初一（農曆）

[陽曆]
양력
yang.nyeok
國曆

[陰曆]
음력
eum.nyeok
農曆

[正月大]
정월대보름
jeong.wol.dae.bo.leum
元宵節（農曆 1 月 15 日）

[三一節]
삼일절
sa.mil.jjeol
三一節（3 月 1 日）

[植木日]
식목일
sing.mo.gil
植樹節（4 月 5 日）

[端午]
단오
ta.no
端午節（農曆 5 月 5 日）

어린이날
eo.li.ni.nal
兒童節（5 月 5 日）

어버이날
eo.beo.i.nal
父母節（5月8日）

[釋迦誕辰日]
석가탄신일
seo.gga.ttan.si.nil
釋迦摩尼誕辰（5月28日）

[顯忠日]
현충일
hyeon.chung.il
顯忠日（6月6日）

[光復節]
광복절
kwang.bok.jjeol
光復節（8月15日）

[秋夕]
추석
chu.seok
中秋節（農曆8月15日）

[國軍]
국군의 날
kuk.ggu.ne.nal
國軍節（10月1日）

[開天節]
개천절
kae.cheon.jeol
開天節（10月3日）

한글날
han.geul.lal
諺文日（10月9日）

[聖誕節]
성탄절／크리스마스
seong.ttan.jeol／keu.ri.seu.ma.seu
聖誕節（12月25日）

四季

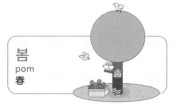

봄
pom
春

여름
yeo.leum
夏

가을
ka.eul
秋

겨울
kyeo.ul
冬

서울의 겨울은
너무 추워요 !
首爾的冬天好冷 !

어디에 있어요?
在哪裡？

方位

位置

위 wi 上面	아래 a.lae 下面	[中間] 중간／가운데 jung.gan / ka.un.de 中間	오른쪽 o.leun.jjok 右邊

왼쪽 wen.jjok 左邊	앞 ap 前面	뒤 twi 後面	[內部] 내부 nae.bu 內部	안／속 an / sok 裡面

밖 pak 外面	거기／저기 keo.gi / jeo.gi 那裡	여기 yeo.gi 這裡

方向

[東]
동
tong
東

[西]
서
seo
西

[南]
남
nam
南

[北]
북
puk
北

色彩

🌸 顏色

1 무슨 색깔을 좋아하세요?
[色]
mu.seun-saek.gga.leul-jo.a.ha.se.yo

你喜歡什麼顏色？

흰색
[色]
hin.saek
白色

검은색
[色]
keo.meun.saek
黑色

빨간색
[色]
bbal.gan.saek
紅色

남색
[藍色]
nam.saek
藍色

보라색
[色]
po.la.ssaek
紫色

노란색
[色]
no.lan.saek
黃色

갈색
[色]
kal.saek
褐色

하늘색
[天空] [色]
ha.neul.saek
淺藍色（天空藍）

분홍색
[粉紅色]
pu.nong.saek
粉紅色

진빨강색
[津] [色]
jin.bbal.gang.saek
暗紅色

아이보리
[ivory]
a.i.bo.li
象牙、米白色

 주황색
[朱黃色]
ju.hwang.saek
橘色

 회색
[灰色]
hoe.saek
灰色

 금색
[金色]
keum.saek
金色

 은색
[銀色]
eun.saek
銀色

연한 색
[軟] [色]
yeo.nan.saek
淺色

진한 색
[津] [色]
ji.nan.saek
深色

밝은색
[色]
pal.geun.saek
亮色

어두운색
[色]
eo.du.un.saek
暗色

핑크색을 너무
좋아해요!
好喜歡粉紅色!

次序

第幾個／次

1 첫 번째
cheot.bbeon.jjae

第一個／次

2 두 번째
tu.beon.jjae

第二個／次

3 세 번째
se.beon.jjae

第三個／次

4 네 번째
ne.beon.jjae

第四個／次

5 다섯 번째
ta.seot.bbeon.jjae

第五個／次

6 여섯 번째
yeo.seot.bbeon.jjae

第六個／次

7 일곱 번째
il.gop.bbeon.jjae

第七個／次

8 여덟 번째
yeo.deol.bbeon.jjae

第八個／次

9 아홉 번째
a.hop.bbeon.jjae

第九個／次

10 열 번째
yeol.bbeon.jjae

第十個／次

저는
사수자리예요
我是射手座

十二生肖、地支、星座

🏵 時辰

[子] 쥐·자 jwi / ja 鼠·子	[丑] 소·축 so / chuk 牛·丑	[寅] 호랑이·인 ho.lang.i / in 虎·寅 	[卯] 토끼·묘 tto.ggi / myo 兔·卯
[龍] 용·진 yong / jin 龍·辰	[巳] 뱀·사 paem / sa 蛇·巳	[午] 말·오 mal / o 馬·午	[未] 양·미 yang / mi 羊·未
[申] 원숭이·신 won.sung.i / sin 猴·申	[酉] 닭·유 tak / yu 雞·酉	[戌] 개·술 kae / sul 狗·戌	[亥] 돼지·해 twae.ji / hae 豬·亥 

🏵 星座

[羊] 양자리 yang.ja.li 牡羊座	[黃] 황소자리 hwang.so.ja.li 金牛座
[雙] 쌍둥이자리 ssang.dung.i.ja.li 雙子座	게자리 ke.ja.li 巨蟹座

[獅子]
사자자리
sa.ja.ja.li
獅子座

[處女]
처녀자리
cheo.nyeo.ja.li
處女座

[天秤]
천칭자리
cheon.ching.ja.li
天秤座

[全蠍]
전갈자리
cheon.gal.ja.li
天蠍座

[弓手] [射手]
궁수자리／사수자리
kung.su.ja.li / sa.su.ja.li
射手座

염소자리
yeom.so.ja.li
山羊座／魔羯座

[瓶]
물병자리
mul.bbyeong.ja.li
水瓶座

물고기자리
mul.ggo.gi.ja.li
雙魚座

저의 생일이 8 월 18 일이니까
사자자리예요.
我的生日是 8/18,
所以我是獅子座

column ② 過節的重點是製造回憶！

　　韓國是個熱愛慶祝節日的民族，每到了節慶總會精心準備，好好地慶祝一番。四季分明的韓國每個季節都有不同的景色，因此情侶們都會做些特別的事來記錄這一整年的變化。來介紹一下各有主題的每月情人節！

1月14日	日記節（Diary Day）다이어리데이
第一個情人節。這天情侶會為對方準備新的行事曆，期許能度過充實的一年。	

2月14日	西洋情人節（Valentine's Day）밸런타인데이
最主要的情人節。	

3月14日	白色情人節（White Day）화이트데이
如果男方有回送女生表示兩人情投意合。	

4月14日	黑色情人節（Black Day）블랙데이
經過了前面兩個互表心意的情人節之後，卻依舊單身的人，會在這天穿著黑色衣服去吃黑色炸醬麵。	

5月14日	玫瑰花節（Rose Day）로즈데이
五月是玫瑰盛開的季節，所以要互送玫瑰花。	

6月14日	親吻情人節（Kiss Day）키스데이
在這天可以大方接吻，也給那些進度緩慢的情侶檔一個初吻的藉口。	

7月14日	銀色情人節（Silver Day）실버데이
親吻過後就可以買情侶戒了！	

8月14日	綠色情人節（Green Day）그린데이
8月氣候最適合出遊，因此這天要出去玩！	

9月14日	照片情人節（Photo Day）포토데이
拍個紀念照的好日子。	

10月14日	紅酒情人節（Wine Day）와인데이
入秋的天氣適合喝杯紅酒共度浪漫的夜晚。	

11月14日	電影情人節（Movie Day）무비데이
一起去看部電影！	

12月14日	擁抱情人節（Hug Day）허그데이
順利過完一年，給對方一個擁抱來感謝這些日子的包容與照顧。	

　　除了這些情人節之外，韓國情侶非常重視交往的第100天、200天、300天等等，一定都會特地數日子，然後相約一起慶祝。這樣情人節或許有點太多，給人喘不過氣的感覺，甚至可說是商人的陰謀。不過如果能夠為枯燥乏味的生活帶來一點樂趣，其實也是滿不錯的。

物品數量單位

小東西、一般物品

1 ~ 개 [個]
kae
～個。

2 몇 개요? [個]
myeot-ggae.yo
幾個？

한 개 [個] han.gae 一個	두 개 [個] tu.gae 兩個	세 개 [個] se.gae 三個	네 개 [個] ne.gae 四個	다섯 개 [個] ta.seot.ggae 五個
여섯 개 [個] yeo.seot.ggae 六個	일곱 개 [個] il.gop.ggae 七個	여덟 개 [個] yeo.deol.ggae 八個	아홉 개 [個] a.hop.ggae 九個	열 개 [個] yeol.gae 十個

햄버거 몇개 먹었어요?
你吃了幾個漢堡？

1 몇 사람요？／몇 명요？ [名]
myeot.ssa.la.myo ／ myeon.myeong.yo

幾個人／幾名？

한 사람／명 [名]
han-sa.lam ／ myeong
一個人

두 사람／명 [名]
tu-sa.lam ／ myeong
兩個人

세 사람／명 [名]
se-sa.lam ／ myeong
三個人

네 사람／명 [名]
ne-sa.lam ／ myeong
四個人

다섯 사람／명 [名]
ta.seot-ssa.lam ／ myeong
五個人

여섯 사람／명 [名]
yeo.seot-ssa.lam ／ myeong
六個人

일곱 사람／명 [名]
il.gop-ssa.lam ／ myeong
七個人

여덟 사람／명 [名]
yeo.deol-ssa.lam ／ myeong
八個人

아홉 사람／명 [名]
a.hop-ssa.lam ／ myeong
九個人

열 사람／명 [名]
yeol-ssa.lam ／ myeong
十個人

열한 사람／명 [名]
yeo.lan-sa.lam ／ myeong
十一個人

열두 사람／명 [名]
yeol.ddu-sa.lam ／ myeong
十二個人

스무 사람／명 [名]
seu.mu-sa.lam ／ myeong
二十個人

[番]
1 몇 번요?   幾次?
myeo-bbeo.nyo

한 번 han.beon 一次	두 번 tu.beon 兩次	세 번 se.beon 三次	네 번 ne.beon 四次	다섯 번 ta.seot.bbeon 五次
여섯 번 yeo.seot.bbeon 六次	일곱 번 il.gop.bbeon 七次	여덟 번 yeo.deol.bbeon 八次	아홉 번 a.hop.bbeon 九次	열 번 yeol.bbeon 十次

月數

[韓國]
1 한국에 얼마동안 있을 거예요?   你預定在韓國待多久?
han.gu.ge-eol.ma.dong.an-i.sseul-ggeo.ye.yo

한 달 han.dal 一個月	두 달 tu.dal 兩個月	세 달 se.dal 三個月	네 달 ne.dal 四個月	다섯 달 ta.seot.ddal 五個月
여섯 달 yeo.seot.ddal 六個月	일곱 달 il.gop.ddal 七個月	여덟 달 yeo.deol.ddal 八個月	아홉 달 a.hop.dal 九個月	열 달 yeol.ddal 十個月

週數

1 몇 주요?
[週]
myeot-jju.yo

幾個星期？

일 주 il.jju 一個禮拜	이 주 i.ju 兩個禮拜	삼 주 sam.ju 三個禮拜	사 주 sa.ju 四個禮拜
오 주 o.ju 五個禮拜	육 주 yuk.jju 六個禮拜	칠 주 chil.jju 七個禮拜	팔 주 ppal.jju 八個禮拜
구 주 ku.ju 九個禮拜	십 주 sip.jju 十個禮拜		

 金錢

1 얼마예요?
eol.ma.ye.yo

多少錢？

일 원 i.lwon 一元	이 원 i.won 兩元	삼 원 sa.mwon 三元	사 원 sa.won 四元
오 원 o.won 五元	육 원 yu.gwon 六元	칠 원 chi.lwon 七元	팔 원 ppa.lwon 八元

구 원 ku.won 九元	십 원 si.bwon 十元	백원 pae.gwon 一百元	이백 원 i.bae.gwon 兩百元
삼백 원 sam.bae.gwon 三百元	사백 원 sa.bae.gwon 四百元	오백 원 o.bae.gwon 五百元	육백 원 yuk.bbae.gwon 六百元
칠백 원 chil.bae.gwon 七百元	팔백 원 ppal.bae.gwon 八百元	구백 원 ku.bae.gwon 九百元	천 원 cheo.nwon 一千元
이천 원 i.cheo.nwon 兩千元	삼천 원 sam.cheo.nwon 三千元	사천 원 sa.cheo.nwon 四千元	오천 원 o.cheo.nwon 五千元
육천 원 yuk.cheo.nwon 六千元	칠천 원 chil.cheo.nwon 七千元	팔천 원 ppal.cheo.nwon 八千元	구천 원 ku.cheo.nwon 九千元
만 원 ma.nwon 一萬元	오십만 원 o.sim.ma.nwon 五十萬元	백만 원 paeng.ma.nwon 百萬元	

樓層

[層]
1 몇 층요? 　　　　　　　　幾樓？
myeot-cheung.yo

일 층 il.cheung 一樓	이 층 i.cheung 二樓	삼 층 sam.cheung 三樓	사 층 sa.cheung 四樓
오 층 o.cheung 五樓	육 층 yuk.cheung 六樓	칠 층 chil.cheung 七樓	팔 층 ppal.cheung 八樓

구 층 ku.cheung 九樓	십 층 sip.cheung 十樓	[地下一層] 지하 일 층 chi.ha.il.cheung 地下一樓

꼭대기 층 ggok.ddae.gi.cheung 頂樓	[屋塔房] 옥탑방 ok.ttap.bbang 頂樓加蓋

比例

[二等分]
이등분
i.deung.bun
一半

[二分] [一]
이 분의 일
i.bu.ne.il
二分之一

[三分] [一]
삼 분의 일
sam.bu.ne.il
三分之一

[四分] [一]
사 분의 일
sa.bu.ne.il
四分之一

茶、咖啡等飲料或麵、飯等碗裝容器

1 몇 잔요?
[盞]
myeot-jja.nyo
幾杯？

2 몇 병요?
[瓶]
myeot-bbyeong.yo
幾瓶？

3 몇 캔요?
[can]
myeot-kkae.nyo
幾罐？

4 몇 그릇요?
myeot-ggeu.leu.dyo
幾碗？

한 잔／병／캔／그릇
han-jan／byeong／kaen／geu.leut
一杯／瓶／罐／碗

두 잔／병／캔／그릇
tu-jan／byeong／kaen／geu.leut
兩杯／瓶／罐／碗

세 잔／병／캔／그릇
se-jan／byeong／kaen／geu.leut
三杯／瓶／罐／碗

네 잔／병／캔／그릇
ne-jan／byeong／kaen／geu.leut
四杯／瓶／罐／碗

다섯 잔／병／캔／그릇
ta.seot-jjan／byeong／kaen／geu.leut
五杯／瓶／罐／碗

여섯 잔／병／캔／그릇
yeo.seot-jjan／byeong／kaen／geu.leut
六杯／瓶／罐／碗

일곱 잔／병／캔／그릇
il.gop-jjan／byeong／kaen／geu.leut
七杯／瓶／罐／碗

여덟 잔／병／캔／그릇
yeo.deol-jjan／byeong／kaen／geu.leut
八杯／瓶／罐／碗

아홉 잔／병／캔／그릇
a.hop-jjan／byeong／kaen／geu.leut
九杯／瓶／罐／碗

열 잔／병／캔／그릇
yeol.jjan／byeong／kaen／geu.leut
十杯／瓶／罐／碗

紙張、鈔票、玻璃的張數和衣物的件數

[張]
1 몇 장요? 幾張？
myeot-jjang.yo

2 몇 벌요? 幾件？
myeot-bbeo.lyo

한 장/벌	두 장/벌	세 장/벌
han-jang/beol	tu-jang/beol	se-jang/beol
一張／件	兩張／件	三張／件

네 장/벌	다섯 장/벌	여섯 장/벌
ne-jang/beol	ta.seot-jjang/beol	yeo.seot-jjang/beol
四張／件	五張／件	六張／件

일곱 장/벌	여덟 장/벌	아홉 장/벌
il.gop-jjang/beol	yeo.deol-jjang/beol	a.hop-jjang/beol
七張／件	八張／件	九張／件

열 장/벌
yeol-jjang/beol
十張／件

筆、刀槍、袋子數量

1 몇 자루요? 幾支／把／袋？
myeot-jja.lu.yo

한 자루	두 자루	세 자루
han.ja.lu	tu.ja.lu	se.ja.lu
一支／把／袋	兩支／把／袋	三支／把／袋

네 자루 ne.ja.lu 四支／把／袋	다섯 자루 ta.seot.jja.lu 五支／把／袋	여섯 자루 yeo.seot.jja.lu 六支／把／袋
일곱 자루 il.gop.jja.lu 七支／把／袋	여덟 자루 yeo.deol.jja.lu 八支／把／袋	아홉 자루 a.hop.jja.lu 九支／把／袋
열 자루 yeol.jja.lu 十支／把／袋		

鞋子、襪子、手套

1 몇 켤레요?
myeot-kkyeol.le.yo

幾雙？

한 켤레 han.kkyeol.le 一雙	두 켤레 tu.kkyeol.le 兩雙	세 켤레 se.kkyeol.le 三雙	네 켤레 ne.kkyeol.le 四雙
다섯 켤레 ta.seot.kkyeol.le 五雙	여섯 켤레 yeo.seot.kkyeol.le 六雙	일곱 켤레 il.gop.kkyeol.le 七雙	
여덟 켤레 yeo.deol.kkyeol.le 八雙	아홉 켤레 a.hop.kkyeol.le 九雙	열 켤레 yeol.kkyeol.le 十雙	

成套物品、套組組合

1 몇 세트요? [set]
myeot-sse.tteu.yo

幾套?

한 세트	두 세트	세 세트	네 세트
han.se.tteu	tu.se.tteu	se.se.tteu	ne.se.tteu
一套	兩套	三套	四套

다섯 세트	여섯 세트	일곱 세트
ta.seot.sse.tteu	yeo.seot.sse.tteu	il.gop.sse.tteu
五套	六套	七套

여덟 세트	아홉 세트	열 세트
yeo.deol.sse.tteu	a.hop.sse.tteu	yeol.sse.tteu
八套	九套	十套

秤重

1 몇 근요? [斤]
myeot-ggeu.nyo

幾斤?

한 근	두 근	세 근	네 근	다섯 근
han.geun	tu.geun	se.geun	ne.geun	ta.seot.ggeun
一斤	兩斤	三斤	四斤	五斤

여섯 근	일곱 근	여덟 근	아홉 근	열 근
yeo.seot.ggeun	il.gop.ggeun	yeo.deol.ggeun	a.hop.ggeun	yeol.ggeun
六斤	七斤	八斤	九斤	十斤

[kilogram]

1 몇 킬로그램요 ?
myeot-kil.lo.geu.lae.myo

幾公斤？

일 킬로그램 il.kil.lo.geu.laem 一公斤	이 킬로그램 i.kil.lo.geu.laem 二公斤	삼 킬로그램 sam.kil.lo.geu.laem 三公斤
사 킬로그램 sa.kil.lo.geu.laem 四公斤	오 킬로그램 o.kil.lo.geu.laem 五公斤	육 킬로그램 yuk.kil.lo.geu.laem 六公斤

칠 킬로그램
chil.kil.lo.geu.laem
七公斤

팔 킬로그램
ppal.kil.lo.geu.laem
八公斤

구 킬로그램
ku.kil.lo.geu.laem
九公斤

십 킬로그램
sip.kil.lo.geu.laem
十公斤

餐點

[人份]

1 몇 인분요 ?
myeo-din.bu.nyo

幾人份？

일 인분 il.in.bun 一人份	이 인분 i.in.bun 二人份	삼 인 분 sam.in.bun 三人份	사 인분 sa.in.bun 四人份

오 인분 o.in.bun 五人份	육 인분 yu.gin.bun 六人份	칠 인분 chi.lin.bun 七人份	팔 인분 ppa.lin.bun 八人份

구 인분 ku.in.bun 九人份	십 인분 si.bin.bun 十人份

打數

1 몇 다스요? [dozen]
myeot-dda.seu.yo

幾打？

한 다스 han.das 一打	두 다스 tu.das 兩打	세 다스 se.das 三打

네 다스 ne.das 四打	다섯 다스 ta.seot.ddas 五打	여섯 다스 yeo.seot.ddas 六打

일곱 다스 il.gop.ddas 七打	여덟 다스 yeo.deol.ddas 八打	아홉 다스 a.hop.ddas 九打

열 다스 yeol.ddas 十打	

1 몇 그루요?　　　　　幾棵？
myeot-ggeu.lu.yo

한 그루	두 그루	세 그루	네 그루
han.geu.lu	tu.geu.lu	se.geu.lu	ne.geu.lu
一棵	兩棵	三棵	四棵

다섯 그루	여섯 그루	일곱 그루
ta.seot.ggeu.lu	yeo.seot.ggeu.lu	il.gop.ggeu.lu
五棵	六棵	七棵

여덟 그루	아홉 그루	열 그루
yeo.deol.ggeu.lu	a.hop.ggeu.lu	yeol.ggeu.lu
八棵	九棵	十棵

藥錠

1 몇 [錠]정요?　　　　　幾錠？
myeot-jjeong.yo

한 정 [錠]	두 정 [錠]	세 정 [錠]	네 정 [錠]
han.jeong	tu.jeong	se.jeong	ne.jeong
一錠	兩錠	三錠	四錠

다섯 정 [錠]	여섯 정 [錠]	일곱 정 [錠]	여덟 정 [錠]
ta.seot.jjeong	yeo.seot.jjeong	il.gop.jjeong	yeo.deol.jjeong
五錠	六錠	七錠	八錠

아홉 정 [錠]	열 정 [錠]
a.hop.jjeong	yeol.jjeong
九錠	十錠

1 몇 알요?
myeo-da.lyo

幾粒/顆？

한 알 ha.nal **一粒/顆**	두 알 tu.al **兩粒/顆**	세 알 se.al **三粒/顆**	네 알 ne.al **四粒/顆**
다섯 알 ta.seo.dal **五粒/顆**	여섯 알 yeo.seo.dal **六粒/顆**	일곱 알 il.go.bal **七粒/顆**	여덟 알 yeo.deol.bal **八粒/顆**
아홉 알 a.ho.bal **九粒/顆**	열 알 yeo.lal **十粒/顆**		

[台]
1 몇 대요?
myeot-ddae.yo

幾台？

한 대 han.dae **一台**	두 대 tu.dae **兩台**	세 대 se.dae **三台**	네 대 ne.dae **四台**	다섯 대 ta.seot.ddae **五台**
여섯 대 yeo.seot.ddae **六台**	일곱 대 il.gop.ddae **七台**	여덟 대 yeo.deol.ddae **八台**	아홉 대 a.hop.ddae **九台**	열 대 yeol.ddae **十台**

1 몇 번요 ?　　　　　　　　　　　　幾號？
myeot-bbeo.nyo

[一番] 일 번 il.beon 一號	[二番] 이 번 i.beon 二號	[三番] 삼 번 sam.beon 三號	[四番] 사 번 sa.beon 四號	[五番] 오 번 o.beon 五號
[六番] 육 번 yuk.bbeon 六號	[七番] 칠 번 chil.beon 七號	[八番] 팔 번 ppal.beon 八號	[九番] 구 번 ku.beon 九號	[十番] 십 번 sip.bbeon 十號

動物

1 몇 마리요 ?　　　　　　　　　　幾隻？
myeon-ma.li.yo

한 마리 han.ma.li 一隻	두 마리 tu.ma.li 兩隻	세 마리 se.ma.li 三隻	네 마리 ne.ma.li 四隻
다섯 마리 ta.seon.ma.li 五隻	여섯 마리 yeo.seon.ma.li 六隻	일곱 마리 il.gom.ma.li 七隻	여덟 마리 yeo.deol.ma.li 八隻
아홉 마리 a.hom.ma.li 九隻	열 마리 yeol.ma.li 十隻		

1 몇 살요?　　　　　　　　幾歲？
myeot-ssa.lyo

한 살 han.sal 一歲	두 살 tu.sal 兩歲	세 살 se.sal 三歲	네 살 ne.sal 四歲
다섯 살 ta.seot.ssal 五歲	여섯 살 yeo.seot.ssal 六歲	일곱 살 il.gop.ssal 七歲	여덟 살 yeo.deol.ssal 八歲
아홉 살 a.hop.ssal 九歲	열 살 yeol.ssal 十歲	스무 살 seu.mu.sal 二十歲	서른 살 seo.leun.sal 三十歲
마흔 살 ma.heun.sal 四十歲	쉰 살 swin.sal 五十歲	예순 살 ye.sun.sal 六十歲	일흔 살 i.leun.sal 七十歲
여든 살 yeo.deun.sal 八十歲	아흔 살 a.heun.sal 九十歲	[百] 백 살 paek.ssal 一百歲	

書籍、雜誌、筆記本

1 몇 권요? [권]
myeot.ggwo.nyo
幾本？

한 권 han.gwon 一本	두 권 tu.gwon 兩本	세 권 se.gwon 三本	네 권 ne.gwon 四本
다섯 권 ta.seot.ggwon 五本	여섯 권 yeo.seot.ggwon 六本	일곱 권 il.gop.ggwon 七本	여덟 권 yeo.deol.ggwon 八本
아홉 권 a.hop.ggwon 九本	열 권 yeol.ggwon 十本	전 권 [전권] jeon.gwon 全冊、全集	

報紙、書籍類的份數

1 몇 부요? [부]
myeot.bbu.yo
幾份（書報）？

한 부 han.bu 一份	두 부 tu.bu 兩份	세 부 se.bu 三份	네 부 ne.bu 四份	다섯 부 ta.seot.bbu 五份
여섯 부 yeo.seot.bbu 六份	일곱 부 il.gop.bbu 七份	여덟 부 yeo.deol.bbu 八份	아홉 부 a.hop.bbu 九份	열 부 yeol.bbu 十份

좋은 것 같아요.
好像很不錯

飯店

尋找飯店

1 괜찮은 숙소[宿所]를 좀 알려 주시겠어요?
kwaen.cha.neun-suk.sso.leul-jom-al.
lyeo-ju.si.ge.sseo.yo

能告訴我哪裡有不錯的投宿地方嗎?

2 괜찮은 호텔[hotel]을 좀 알려 주시겠어요?
kwaen.cha.neun-ho.tte.leul-jom-al.lyeo-chu.si.
ge.sseo.yo

能幫我介紹好的飯店嗎?

3 이 근처[近處]에 호텔[hotel]이 있어요?
i-keun.cheo.e-ho.tte.li-i.sseo.yo

這附近有飯店嗎?

↳ 你也可以將 ▢ 裡的字代換成以下詞彙喔!

- 여관 [旅館] 旅館
  yeo.gwan

- 호스텔 [hostel] 青年旅館
  ho.seu.ttel

- 민박 [民泊] 民宿
  min.bak

詢問房間價錢

1 방[房]값이 얼마예요?
pang.gap.ssi-eol.ma.ye.yo

房間價格多少呢?

2 더 싼 방[房]이 없나요?
teo-ssan-pang.i-eom.na.yo

有沒有更便宜的房間?

3 하룻밤에 3만 원 이하[萬元以下]의 방[房]을 하나
주세요.
ha.lut.bba.me-sam.ma.nwon-i.ha.e-pang.eul-ha.na-chu.
se.yo

我想要一晚三萬元以下的房間一間。

預約
[預約]

1 예약해야 되나요 ?
ye.ya.kkae.ya-toe.na.yo

需要預約嗎 ?

2 혹시 빈방 있어요 ?
hok.si.pin.pang.i.sseo.yo

有空房嗎 ?

會話❶

[房預約]
🐱 방 예약하려고요 .
pang-ye.ya.kka.lyeo.go.yo

我想預約房間。

🐰 언제 오세요 ?
eon.je-o.se.yo

請問哪天住宿呢 ?

[月]　[日]
🐱 8 월 6 일부터 이틀 밤요 .
ppa.lwol-yu.gil.bu.tteo-i.tteul.ba.myo

我預訂八月六日開始住
兩個晚上。

🐰 모두 몇 분이세요 ?
mo.du-myeot-bbu.ni.se.yo

總共幾位呢 ?

[名]
🐱 2 명이에요 .
tu.myeong.i.e.yo

兩位。

[double寢臺]　　　　[single寢臺]　[個]
🐰 더블침대인가요 ? 싱글침대 2 개인가
요 ?
teo.beul.chim.dae.in.ga.yo
sing.geul.chim.dae-tu.gae.in.ga.yo

請問要雙人床呢、
還是兩張單人床 ?

[single寢臺]　[個]　[房]
🐱 싱글침대 2 개인 방을 주세요 .
sing.geul.chim.dae-tu.gae.in-pang.eul-chu.se.yo

麻煩你給我兩張單人床
的房間。

[房]　[浴槽]
🐱 방에 욕조가 있나요 ?
pang.e-yok.jjo.ga-in.na.yo

房間有浴缸嗎 ?

[shower器]
🐰 아니요 , 샤워기만 있어요 .
a.ni.yo-sya.wo.gi.man-i.sseo.yo

沒有,只有淋浴式的。

🐱 오늘 밤에 빈 방이 있나요? [房]
o.neul.pa.me.pin.bang.i.in.na.yo

今晚有空房嗎？

🐰 죄송한데, 오늘 방이 없어요. [罪悚] [房]
joe.song.han.de.o.neul.pang.i.eop.sseo.yo

非常抱歉，
今天都客滿了。

🌸 住房登記

1 좀 늦게 도착할 거예요. [到著]
jom.neut.gge.to.cha.kkal.ggeo.ye.yo

我會稍微晚到。

2 오늘 밤 10 시 반쯤에 도착할 거예요. [時半] [到著]
o.neul.pam.yeol.ssi.pan.jjeu.me.to.cha.kkal.ggeo.ye.yo

今晚十點半左右會抵達
飯店。

3 체크인해 주세요. [checkin]
che.kkeu.in.hae.ju.se.yo

麻煩你我要辦理住房登
記。

4 일인실을 예약했어요. [一人室] [預約]
i.lin.si.leul.ye.ya.kkae.sseo.yo

我有預約單人房。

🐱 오늘 예약했습니다. [預約]
o.neul.ye.ya.kkaet.sseum.ni.da

我預約了今天住宿。

🐰 성함이 어떻게 되세요? [姓衛]
seong.ha.mi.eo.ddeo.kke.toe.se.yo

請問貴姓大名？

🐱 장수철이라고 합니다.
chang.su.cheol.i.la.go.ham.ni.da

我叫張～（加名字）。

[旅券]
여권 좀 보여 주세요 .
yeo.ggwon-jom-po.yeo-ju.se.yo
麻煩護照給我看一下。

[sign]
여기서 사인해 주세요 .
yeo.gi.seo-ssa.i.nae-chu.se.yo
請在這裡簽名。

[check out時間]
체크아웃 시간이 열한 시입니다 .
che.kkeu.a.ut-ssi.ga.ni-yeo.lan-si.im.ni.da
退房時間是十一點。

잘 쉬세요 .
jal-swi.se.yo
請好好休息。

會話❷

[預約]
예약하셨나요 ?
ye.ya.kka.syeon.na.yo
有預約嗎?

[預約]
예약 안 했는데요 .
ye.ya-gan-haen.neun.de.yo
沒有預約。

❀ 飯店服務

1 **아침도 나와요 ?**
a.chim.do-na.wa.yo
有附早餐嗎?

[房]
2 **아침을 방에 갖다 주시겠어요 ?**
a.chi.meul-pang.e-kat.dda-ju.si.ge.sseo.yo
可以請你把早餐送到房間來嗎?

[毯]
3 **담요 하나 더 주실래요 ?**
tam-nyo-ha.na-teo-ju.sil.lae.yo
可以再跟你要一條毛毯嗎?

[morning call]
4 **모닝콜 해 주세요 .**
mo.ning.kkol-hae-ju.se.yo
請用電話叫醒我。

[保管]
5 **이걸 좀 보관해 주세요 .**
i.geol.jom.po.kwon.ne.ju.se.yo.
請幫我保管這個東西。

[新聞]   [房]
6 **아침에 신문 하나 방에 갖다 주세요 .**
a.chi.me-sin.mun.ha.na-pang.e-kat.dda-ju.se.yo
麻煩你早上幫我送一份報紙來。

[洗濯物]
세탁물이 있는데요 .
se.ttang.mu.li.in.neun.de.yo

我有衣物想要送洗。

예 .
ye

好的。

언제까지 줄 수 있어요 ?
eon.je.gga.ji.jul.ssu.i.sseo.yo

什麼時候可以好？

오늘요 .
o.neu.lyo

今天就會好了。

[計算]
계산을 언제 해요 ?
ke.sa.neul.eon.je.hae.yo

什麼時候付費呢？

체크아웃할 때 계산하면 돼요 .
che.kkeu.a.u.ttal.ddae.ke.sa.na.myeon.twae.yo

退房的時候再結帳就可以了

有狀況時

[門]
1 문을 잠글 수 없어요 .
mu.neul.jam.geul.ssu.eop.sseo.yo

門鎖不上。

[aircon]
2 에어컨이 시원하지 않아요 .
e.eo.kkeo.ni.si.wo.na.ji.a.na.yo

冷氣不冷。

[暖房]
3 난방이 안 따뜻해요 .
nan.bang.i.an.dda.ddeu.ttae.yo

暖氣不暖。

[化妝室]
4 화장실 물이 새요 .
hwa.jang.sil.mu.li.sae.yo

廁所的水流不停。

[television] [故障]
5 텔레비전이 고장난 것 같아요 .
ttel.le.bi.jeo.ni.ko.jang.nan.ggeot.gga.tta.yo

電視好像壞掉了。

6 따뜻한 물이 안 나와요 .
dda.ddeu.ttan.mu.li.an.na.wa.yo

沒有熱水。

7 **샤워기 물이 너무 뜨거워요 .**   蓮蓬頭的水太燙了。
[shower器]
sya.wo.gi-mu.li-neo.mu-ddeu.geo.wo.yo

8 **방에 불이 안 켜져요 .**   房間電燈壞掉了。
pang.e.bul.li.an.kyeo.jyeo.yo

9 **수건이 없어요 .**   沒有毛巾。
[手巾]
su.geo.ni-eop.sseo.yo

↳ 你也可以將 ◯ 裡的字代換成以下詞彙喔！

- **비누**   肥皂
  pi.nu
  [shampoo]
- **샴푸**   洗髮精
  syam.ppu

10 **옆방이 너무 시끄러워요 .**   隔壁房太吵了。
[房]
yeop-bbang.i-neo.mu-si.ggeu.leo.wo.yo

11 **세탁한 옷을 아직 못 받았어요 .**   我的送洗衣物還沒拿到。
[洗濯]
se.tta.kkan.o.seul-a.jing-mot-bba.da.sseo.yo

12 **키를 방에 놔 두고 나왔어요 .**   我把鑰匙忘在房間裡了。
[key]　[房]
kki.leul-pang.e-nwa-du.go-na.wa.sseo.yo

↳ 遇到狀況時，你可以這樣說喔！

- **조절하는 방법을 가르쳐 주세요 .**   **請告訴我調整的方法。**
  [調節]　　　　[方法]
  jo.jeo.la.neun-pang.beo.beul-ka.leu.chyeo-ju.se.yo

- **방 온도는 어떻게 조절해요 ?**   該怎麼調整房間溫度呢？
  [房溫度]　　　　　　[調節]
  pang-on.do.neun-eo.ddeo.kke-jo.jeo.lae.yo

- **방을 바꿔 줄 수 있나요 ?**   可以幫我換房間嗎？
  [房]
  pang.eul-pa.ggwo-jul-ssu-in.na.yo

辦理退房

[check out]
1 체크아웃해 주세요.
che.kkeu.a.u-ttae.ju.se.yo
[領收證]

我要辦理退房。

2 영수증을 주세요.
yeong.su.jeung.eul-ju.sae.yo

麻煩給我收據。

[預約時間]
3 예약 시간보다 하루 일찍 나가요.
ye.yak.ssi.gan.bo.da-ha.lu-il.jjing-na.ga.yo

我要比預定的時間早一天離開。

[check out]
4 30 분 늦게 체크아웃해도 되나요?
sam.sip.bbun-neut.gge-che.kkeu.a.u.ttae.
do-toe.na.yo

請問晚三十分鐘退房可以嗎?

5 하룻밤 더 묵을 수 있나요?
ha.lut-bbam-teo-mu.geul-su.in.na.yo

可以再延長住一晚嗎?

[信用card]
6 신용카드로 계산할게요.
si.nyong.kka.deu.lo-ke.sa.nal.gge.yo
[計算]

我要用信用卡付款。

[taxi]
7 택시를 좀 불러 주시겠어요?
ttaek.ssi.leul-jom-pul.leo-ju.si.ge.sseo.yo
[物件] [房]

能幫我叫計程車嗎?

8 물건을 방에 놔 두고 왔어요.
mul.geo.neul-pang.e-nwa-du.go-wa.sseo.yo

我把東西忘在房間裡了。

체크인해 주세요.
請幫我
辦理住房登記

🌸 單字充電站

預約相關

[single room]	[double room]	[twin room]
싱글 룸	**더블 룸**	**트윈 룸**
sing.geul.lum	teo.beul.lum	tteu.win.lum
單人房	雙人房（一張雙人床）	雙人房（兩張單人床）

[family twin]	[溫突]	[預約]
패밀리 트윈	**온돌**	**예약**
ppae.mil.li.tteu.win	on.dol	ye.yak
家庭雙人房（雙人床加一床）	韓式地熱房	預約

[包含]	[食事]　　[包含]
아침포함	**식사 2 끼 포함**
a.chim.ppo.ham	sik.ssa-tu.ggi-ppo.ham
附早餐	附兩餐

室內用品、設備

[暖房]	[化粧室]	[浴室]	[寢臺]	[aircon]
난방	**화장실**	**욕실**	**침대**	**이불**
nan.bang	hwa.jang.sil	yok.ssil	chim.dae	i.bul
暖氣	化妝室／廁所	浴室	床	棉被

[aircon]		[寢臺cover]	[cover]
에어컨	**담요**	**침대 커버**	**이불 커버**
e.eo.kkeon	tam.nyo	chim.dae-kkeo.beo	i.bul-kkeo.beo
空調	毛毯	床單	被單

| 베개
pe.gae
枕頭 | [手巾]
수건
su.geon
毛巾 | 프런트
ppeu.leon.tteu
櫃台 | [客室番號]
객실번호
kaek.ssil.beo.no
房間號碼 |

[key]
열쇠／키
yeol.soe／kki
鑰匙

[溫突房]
온돌방
on.dol.bbang
暖坑房（鋪在有地熱的地板上睡）

[室內浴櫃]
실내욕조
sil.lae.yok.jjo
室內浴池

[寢臺房]
침대방
chim.dae.bbang
床鋪房（床鋪）

| [露天湯]
노천탕
no.cheon.ttang
露天浴池 | [溫泉]
온천
on.cheon
溫泉 | [男湯]
남탕
nam.ttang
男用浴池 |

| [女湯]
여탕
yeo.ttang
女用浴池 | [shower booth]
샤워부스
sya.wo.bu.seu
淋浴間 | [食事]
아침 식사
a.chim-sik.ssa
早餐 |

| [點心食事]
점심 식사
cheom.sim-sik.ssa
中餐 | [食事]
저녁 식사
cheo.nyeok-ssik.ssa
晚餐 |

이 근처에 은행이
있어요?
這附近有銀行嗎?

銀行

 尋找、詢問

[銀行]
1 은행이 어디에 있어요?
eu.naeng.i-eo.di.e-i.sseo.yo

銀行在哪裡?

[銀行]
2 가까운 은행이 어디에 있어요?
ka.gga.wun-neu.naeng.i-eo.di.e-i.sseo.yo

最近的銀行在哪裡?

[銀行] [時] [門]
3 은행이 몇 시에 문을 열어요?
eu.naeng.i-myeot.ssi.e-mun.eul-yeo.leo.yo

銀行幾點開門?

在櫃台－客人要求

[換錢]
1 환전하고 싶어요.
hwan.jeo.na.go-si.ppeo.yo

我想換錢。

[通帳]
2 통장을 만들려고 합니다.
ttong.jang.eul-man.deul.lyeo.go-ham.ni.da

我想要開戶。

[通帳] [書類] [必要]
3 통장을 만들 때 어떤 서류가 필요해요?
ttong.jang.eul-man.deul-ddae.eo.
ddeon-seo.lyu.ga-ppi.lyo.hae.yo

請問開戶需要準備哪些
資料?

[旅行者手票] [現金]
4 저는 여행자수표를 현금으로 바꾸고 싶
어요.
jeo.neun-yeo.haeng.ja.su.ppyo.leul-hyeon.
geu.meu.lo-pa.ggu.go-si.ppeo.yo

我想將旅行支票換成現
金。

[書類] [作成]
5 이 서류를 어떻게 작성해야 되는지
가르쳐 주세요.
i-seo.lyu.leul-eo.ddeo.kke-chak.sseong.hae.
ya-toe.neun.ji-ka.leu.chyeo-ju.se.yo

請教我如何填寫這張表
格。

🌸 在櫃台－服務人員的指示

1 여기에 사인하세요 . [sign]
yeo.gi.e-ssa.i.na.se.yo

請在這裡簽名。

2 확인하세요 . [確認]
hwa.gi.na.se.yo

請確認一下。

3 수정하세요 . [修正]
su.jeong.ha.se.yo

請訂正一下。

4 도장 좀 주세요 . [圖章]
to.jang-jom-ju.se.yo

麻煩印章給我一下。

5 여권 좀 보여 주세요 . [旅卷]
yeo.ggwon-jom-po.yeo-ju.se.yo

請給我看一下護照。

🌸 使用提款機領錢時

1 현금 인출기가 어디에 있어요 ? [現金引出機]
hyeon.geu.min.chul.gi.ga-eo.di.e-i.sseo.yo

請問哪裡有提款機？

2 현금 인출기를 어떻게 사용하는지 가르 쳐 주세요 . [使用]
hyeon.geu.min.chul.gi.leul-eo.ddeo.kke-sa.yong.ha.neun.ji-ka.leu.chyeo-ju.se.yo

請教我如何使用提款機。

3 돈이 안 나와요 .
to.ni-an-na.wa.yo

錢沒有出來。

4 비밀번호가 3 번 틀렸어요 . [秘密番號]
pi.mil.beo.no.ga-se.beon-tteul.lyeo.sseo.yo

我密碼輸錯三次了。

5 카드를 잃어버렸어요 . [card]
kka.deu.leul-i.leo.peo.lyeo.sseo.yo

我遺失了提款卡。

兌換

1 어디서 환전할 수 있어요? [換錢]
eo.di.seo-hwan.jeo.nal-ssu-i.sseo.yo

哪裡可以換錢呢?

2 환전해 주세요. [換錢]
hwan.jeo.nae-ju.se.yo

請幫我換錢。

3 1 달러당 한국 돈으로 얼마인가요? [dollar當] [韓國]
il.dal.leo.dang-han.guk.ddo.neu.lo-eol.
ma.in.ga.yo

一美元等於多少韓幣呢?

4 환율이 어떻게 되나요? [換率]
hwa.nyu.li-eo.ddeo.kke-toe.na.yo

匯率是多少呢?

5 달러를 한국 돈으로 바꿔 주세요. [dollar] [韓國]
tal.leo.leul-han.guk.ddo.neu.lo-pa.
ggwo-ju.se.yo

請幫我把美元換成韓幣。

6 천 원 지폐로 바꿔 주세요. [千元] [紙幣]
cheo-nwon-ji.ppe.lo-pa.ggwo-ju.se.yo

請幫我換成一千元鈔票。

7 잔돈으로 바꿔 주세요.
jan.do.neu.lo-pa.ggwo-chu.se.yo

請幫我換成零錢。

匯款

1 대만으로 송금하려고 합니다. [台灣] [送金]
tae.ma.neu.lo-song.geu.ma.lyeo.go-ham.ni.da

我要匯款到台灣。

2 송금표를 어떻게 작성하는지 가르쳐 주시겠어요? [送金票] [作成]
song.geum.ppyo.leul-eo.ddeo.kke-chak.sseong.
ha.neun.ji-ka.leu.chyeo-chu.si.ge.sseo.yo

能不能教我如何寫匯款單?

3 내일 점심까지 받을 수 있을까요? [來日] [點心]
nae.il-cheom.sim.gga.ji-pa.deul-ssu-i.
sseul.gga.yo

明天中午前能匯到嗎?

[計座移替]
 계좌이체하고 싶은데 어떻게 해야
돼요?
ke.jwa.i.che.ha.go.si.ppeun.de.eo.ddeo.
kke.hae.ya-twae.yo

我想轉帳,該怎麼做呢?

[送金票] [作成]
이 송금표를 작성하세요.
i.song.geum.ppyo.leul-chak.sseong.ha.se.yo

請填寫這張匯款單。

其他

[殘額] [確認]
1 잔액이 얼마나 있는지 확인하고 싶어요.
ja.nae.gi-eol.ma.na-in.neun.ji-hwa.gi.na.go.si.
ppeo.yo

我想知道我的存款餘
額。

[手續料]
2 수수료가 얼마예요?
su.su.lyo.ga-eol.ma.ye.yo

手續費是多少呢?

單字充電站

銀行、兌換

돈	[殘] 잔돈	[紙幣] 지폐	[手票] 수표
ton	jan.don	ji.ppe	su.ppyo
錢	零錢	鈔票	支票

[旅行者手票] 여행자 수표	[換錢] 환전
yeo.haeng.ja-su.ppyo	hwan.jeon
旅行支票	換外幣

[計座移替]
계좌이체
ke.jwa.i.che
戶頭轉帳

[現金card]
현금카드
hyeon.geum.kka.deu
金融卡

[窗口]
창구
chang.gu
窗口

[支店]
지점
ji.jeom
分行

[換錢]
환전
hwan.jeon
兌錢

[送金]
송금
song.geum
匯款

[現金引出機]
현금인출기
hyeon.geu.min.chul.gi
提款機

돈찾기
ton.chat.ggi
領錢

[通帳]
통장
ttong.jang
存摺

[換率]
환율
hwan.nyul
匯率

[殘額]
잔액
ja.naek
餘額

[韓國]
한국 돈
han.guk.ddon
韓幣

[台灣]
대만 돈
tae.man.don
台幣

[dollar]
달러
ddal.leo
美元

[身分證]
신분증
sin.bun.jjeung
證件

배고파요.
肚子餓了

餐廳

尋找餐廳

1 [食堂]
괜찮은 식당을 알려 주세요.
kwaen.cha.neun-sik.ddang.eul-al.lyeo-ju.se.yo

請幫我介紹好的餐廳。

2 [食堂]
여기 싸고 맛있는 식당이 있어요?
yeo.gi-ssa.go-ma.sin.neun-sik.ddang.i-i.sseo.yo

這附近有沒有便宜又好吃的餐廳呢?

3 [韓食]
여기 한식집이 있나요?
yeo.gi-han.sik.jji.bi-in.na.yo

這附近有沒有韓國料理店?

預約

會話 ①

[預約]
예약하고 싶은데요.
ye.ya.kka.go-si.ppeun.de.yo

我想預約。

[時] [預約]
언제 몇 시로 예약하시겠어요?
eon.je-myeot.ssi.lo-ye.ya.kka.si.ge.seo.yo

請問您要預約哪一天幾點的呢?

[日午後] [時] [預約]
13 일 오후 6 시로 예약해 주세요.
sip.ssa.mil-o.hu-yeot.ssi.lo-ye.ya.kae.ju.se.yo

十三號下午六點。

[名]
몇 분이세요?
myeot-bbu.ni.se.yo

請問幾位呢?

[名]
5 명요.
ta.seong.myeong.yo

五位。

네. 예약 되셨습니다.
ne.ye.yak.toe.syeo.seum.ni.da

好的,靜候您的到來。

會話②

[預約]
예약해야 되나요?
ye.ya.kkae.ya-toe.na.yo

請問需要預約嗎？

아니요 . 그냥 오세요 .
a.ni.yo-keu.nyang-o.se.yo

不用，請您直接過來。

進入餐廳

[營業中]
1 지금 영업중이세요 ?
ji.geum-yeong.eop.jjung.i.se.yo

請問現在有營業嗎？

[時]   [始作]
2 저녁 몇 시부터 시작해요 ?
jeo.nyeong-myeot.ssi.bu.tteo-si.ja.kkae.yo

晚餐幾點開始呢？

[coffee]
3 커피만 시켜도 돼요 ?
kkeo.ppi.man-si.kkyeo.do-twae.yo

可以只點咖啡嗎？

會話①

어서 오세요 .
eo.seo-o.se.yo

歡迎光臨。

몇 분이세요 ?
myeot-bbu.ni.se.yo

請問幾位？

[名]
7 명요 .
il.gom.myeong.yo

七位。

담배를 피우세요 ?
tam.bae.leul-ppi.u.se.yo

請問有抽菸嗎？

안 피워요 .
an-ppi.wo.yo

不抽。

이쪽으로 오세요 .
i-jjo.geu.lo-o.se.yo

那請往這邊走。

會話②

| 자리가 있어요? | 有空位嗎？ |
| ja.li.ga-i.sseo.yo | |

[罪悚]
죄송한데 , 지금 자리가 없어요 .
joe.song.han.de-ji.geum-ja.li.
ga-eop.sseo.yo

非常抱歉，現在都客滿了。

얼마나 기다려야 돼요?
eol.ma.na-ki.da.lyeo.ya-twae.yo

請問要等多久呢？

[分程度]
20 분 정도 기다려야 합니다 .
i.sip.bbun-jeong.do-ki.da.lyeo.ya-ham.ni.da

大約要等二十分鐘。

 點餐

[menu]
1 메뉴 주세요 .
me.nu-ju.se.yo

請給我看一下菜單。

[推薦]
2 맛있는 거 추천해 주세요 .
ma.sin.neun-keo-chu.cheo.nae-ju.se.yo

請推薦給我好吃的。

3 빨리 나오는 거 뭐죠?
bbal.li-na.o.neun-keo-mwo.jyo

哪一個出餐速度比較快？

4 무슨 맛이죠?
mu.seun-ma.si.jyo

是什麼味道呢？

5 이건 단 맛인가요? 매운 맛인가요?
i-keon-tan-ma.sin.ga.yo. mae.un-ma.sin.ga.yo

這是甜味的、還是辣味的？

[麥酒]
6 어떤 맥주가 있어요?
eo.ddeon-maek.jju.ga-i.sseo.yo

有什麼啤酒？

[wine] [瓶]
7 와인 한 병 주세요 .
wa.in-han-pyeong-ju.se.yo

請給我一瓶葡萄酒。

[dessert]
8 디저트는 이따가 주세요 .
ti.jeo.tteu.neun-i.dda.ga-ju.se.yo

甜點稍後再點。

106 ● 餐廳

9 식사하고 나서 커피 주세요 .
[食事] [coffee]
sik.ssa.ha.go.na.seo-kkeo.ppi-ju.se.yo

咖啡請餐後再送上來。

10 우유와 설탕을 주세요 .
[牛乳] [雪糖]
u.yu.wa-seol.ttang.eul-ju.se.yo

請給我牛奶和糖。

會話 ①

 뭘 드릴까요 ?
mwol-teu.lil.gga.yo

請問要點什麼？

오므라이스를 주세요 .
[omelet rice]
o.meu.la.i.seu.leul-ju.se.yo

我要點蛋包飯。

↳ 你也可以這樣回答喔！

● 돌솥비빔밥을 주세요 .
tol.sot.bbi.bim.ba.beul-ju.se.yo

請給我石鍋拌飯。

● 짬뽕 하나 주세요 .
jjam.bbong-ha.na-ju.se.yo

麻煩給我一份炒碼麵。

● 아직요 .
a.ji.gyo

我還沒決定好。

會話 ②

 매운 맛 주세요 .
mae.un-mat-ju.se.yo

請給我辣的。

더 맵게 해 주세요 .
teo-maep.gge-hae.ju.se.yo

麻煩我要辣一點。

조금 덜 맵게 해 주세요 .
cho.geum-teol-maep.gge-hae.ju.se.yo

請不要太辣。

맵지 않게 해 주세요 .
maep.jji-an.kke-hae.ju.se.yo

請不要加辣。

[飯饌]
반찬 좀 더 주세요.　　　　　　　　　　　請再給我一些小菜。
pan.chan-jom-teo-ju.se.yo

↳ 餐廳裡的小菜通常可以免費續加，
你也可以將□裡的字代換成以下詞彙喔！

● **김치**　　　泡菜
kim.chi

● **깍두기**　　醃蘿蔔塊
ggak.ddu.gi

● **단무지**　　醃黃蘿蔔片
dan.mu.ji

會話❸

如果想要打包上飛機，可以這樣問！

 김치 파세요?　　　　　　　　　　　　　請問有賣泡菜嗎？
kim.chi-ppa.se.yo

[稅關]　　　[通過]
세관을 통과할 수 있나요?　　　　　　　可以通過海關嗎？
se.gwa.neul-ttong.gwa.hal-ssu.in.na.yo

[飛行機]
비행기 탈건데,　　　　　　　　　　　　我要搭飛機回去，
[真空包裝]　　　　　　　　　　　　　　　　請幫我真空包裝。
진공포장으로 해 주세요.
pi.haeng.gi-ttal.geon.de-jin.gong.ppo.
jang.eu.lo-hae.ju.se.yo

會話❹

 안에 **돼지고기**가 들어 있나요?　　　請問裡面有豬肉嗎？
a.ne-twae.ji.go.gi.ga-teu.leo-in.na.yo

↳ 也可以將□裡的字代換成以下詞彙喔！

● **쇠고기／소고기**　　牛肉
soe.go.gi／so.go.gi

● **닭고기**　　　　　雞肉
tak.ggo.gi

어린이 메뉴가 있나요?
[menu]
eo.li.ni-me.nu.ga-in.na.yo

請問有兒童餐嗎?

어린이 식탁의자와 어린이 포크를
주세요.
[食卓椅子]　　　　　　　　　[fork]
eo.li.ni-sik.tta.gi.ja.wa-eo.li.ni-ppo.kkeu.
leul-ju.se.yo

請給我兒童椅和兒童餐具。

 用餐中

1 저 이것 안 시켰는데요.
jeo-i.geot-an-si.kkyeon.neun.de.yo

我沒有點這個。

2 맛이 좀 이상해요.
[異常]
ma.si-jom-i.sang.hae.yo

味道怪怪的。

3 샐러드가 아직 안 나왔어요.
[salad]
sael.leo.deu.ga-a.jik-an-na.wa.sseo.yo

我點的生菜沙拉還沒有來。

4 나이프와 포크를 주세요.
[knife]　　[fork]
na.i.ppeu.wa-ppo.kkeu.leul-ju.se.yo

請給我刀叉。

5 젓가락이 떨어졌어요.
jeot.gga.la.gi-ddeo.leo.jyeo.sseo.yo

我的筷子掉了。

6 소금 좀 주시겠어요?
so.geum-jom-ju.si.ge.sseo.yo

可以給我鹽嗎?

7 물티슈를 좀 주시겠어요?
[tissue]
mul.tti.syu.leul-jom-ju.si.ge.sseo.yo

可以給我濕紙巾嗎?

8 커피 리필돼요?
[coffee]
kkeo.ppi.ri.pil.twae.yo

咖啡可以續杯嗎?

9 담배를 피워도 되나요?
tam.bae.leul-ppi.wo.do-toe.na.yo

可以抽菸嗎?

10 물 더 주세요 .
mul-teo-ju.se.yo

請幫我加水。

11 미지근한 물 주세요 .
mi.ji.geu.nan-mul-ju.se.yo

請給我溫水。

🌸 買單

[計算]
1 어디서 계산해요 ?
eo.di.seo-ke.sa.nae.yo

要到哪邊付帳呢？

[計算]
2 계산 좀 해주세요 .
ke.san-jom-hae.ju.se.yo

麻煩你我要買單。

[計算]
3 따로 계산해 주세요 .
dda.lo-ke.sa.nae-ju.se.yo

麻煩你我們要分開付。

🌸 小吃攤

[一人份]
1 일인분 얼마예요 ?
i.lin.bun-eol.ma.ye.yo

這一份多少錢？

[一人份]
2 일인분 주세요 .
i.lin.bun-ju.se.yo

給我一人份。

[一人份]   [二人份]
3 이거 일인분 주시고 저거 이인분
주세요 .
i.geo-i.lin.bun-ju.si.go-jeo.geo.i.in.bun-ju.se.yo

這個給我一人份，那個
給我兩人份。

[包裝]
4 포장해 주세요 .
ppo.jang.hae-ju.se.yo

請幫我打包。

5 매워요 ?
mae.wo.yo

會很辣嗎？

6 덜 맵게 해 주세요 .
teol-maep.gge-hae-ju.se.yo

不要太辣。

7 안 매운 거 주세요 .
a.n-mae.un-geo-ju.se.yo

不要加辣。

8 어떤 게 안 매워요?
eo.ddeon-ge-an-mae.wo.yo

有沒有什麼是不辣的？

9 [꼬치] 하나 주세요.
ggo.chi-ha.na-ju.se.yo

給我一串烤肉。

↳ 也可以將◯裡的字代換成以下詞彙喔！

[hot dog]
● 핫도그   西式熱狗
hat.ddo.geu

[hot bar]
● 핫바   魚糕棒
hat.bba

點飲料

1 하나에 얼마예요?
ha.na.e-eol.ma.ye.yo

一杯多少？

2 덜 달게 해 주세요.
teol-tal.ge-hae-ju.se.yo

不要太甜。

[small size]
3 스몰 사이즈 있나요?
seu.mol-sa.i.jeu-in.na.yo

有小杯的嗎？

[regular]
4 레귤러 하나 주세요.
le.gyu.leo-ha.na-ju.se.yo

我要一杯中杯。

[large]   [盞]
5 라지 두 잔 주세요.
la.ji-tu.jan-ju.se.yo

我要兩杯大杯。

[雪糖]   [syrup]
6 설탕／시럽 넣지 마세요.
seol.ttang／si.leop.neo.chi-ma.se.yo

請不要加糖／糖漿。

[牛乳]
7 우유를 넣어 주세요.
u.yu.leul-neo.eo-ju.se.yo

請幫我加牛奶。

[cream]
8 크림 빼주세요.
kkeu.lim-ppae.ju.se.yo

請不要加奶精。

9 휘핑 빼주세요.
hwi.pin.ppae.ju.se.yo

請不要加鮮奶油。

10 휘핑 많이 올려주세요.
hwi.pin.ma.ni.ol.lyeol.ju.se.yo

請多加一點鮮奶油。

11 얼음 넣지 마세요.
eo.leum-neo.chi-ma.se.yo

請不要加冰塊。

 單字充電站

各式餐館

| [restaurant] 레스토랑
le.seu.tto.lang
餐廳 | [食堂] 식당
sik.ddang
餐廳／飯館 | [茶房] 다방
ta.bang
茶館 | 국수집
kuk.ssu.jip
麵店 | 수제비집
su.je.bi.jip
麵疙瘩店 |

| 고깃집
ko.git.jjip
烤肉店 | [部隊] 부대찌개집
pu.dae.jji.gae.jip
部隊鍋店 | 샤브샤브집
sya.beu.sya.beu.jip
火鍋店 | [hof] 호프
ho.ppeu
啤酒屋 |

| 술집
sul.jjip
酒店 | [bar] 바
pa
酒吧 | [布帳馬車] 포장마차
ppo.jang.ma.cha
路邊攤 | [粉食] 분식집
pun.sik.jjip
小吃店 |

營業相關用語

| [營業中] 영업중
yeong.eop.jjung
營業中 | [準備中] 준비중
jun.bi.jung
準備中 | [open] 오픈
o.ppeun
開店 | [營業終了] 영업 종료
yeong.eop-jong.nyo
打烊 |

| [計算] 계산
ke.san
買單 | [附加稅] 부가세
pu.ga.se
消費稅 | [tip] 팁
ttip
小費 |

各式料理

[韓國料理]
한국요리
han.gung.nyo.li
韓國料理

[中華料理]
중화요리
chung.hwa.yo.li
中華料理

[日本料理]
일본요리
il.bo.nyo.li
日本料理

[泰國料理]
태국요리
ttae.gung.nyo.li
泰國料理

[France料理]
프랑스요리
ppeu.lang.seu.yo.li
法國料理

[Italia料理]
이탈리아요리
i.ttal.li.a.yo.li
義大利料理

[韓食]
한식집
han.sik.jjip
韓式餐廳

[菜食]
채식
chae.sik
素食料理

飲食說法

[食事]
아침／아침 식사
a.chim／a.chim-sik.ssa
早餐

[點心]　[點心食事]
점심／점심 식사
jeom.sim／jeom.sim-sik.ssa
中餐

[食事]
저녁／저녁 식사
jeo.nyeok／jeo.nyeok-ssik.ssa
晚餐

[dessert]　[後食]
디저트／후식
ti.jeo.tteu／hu.sik
甜點、餐後點心

[料理]
요리
yo.li
餐點

[間食]
간식
kan.sik
點心／零食

[飲食]
음식
eum.sik
飲食／食物

비빔밥 pi.bim.bap 拌飯	돌솥비빔밥 tol.sot.bbi.bim.bap 石鍋拌飯	김밥 kim.bap 紫菜飯捲

[cheese] 치즈김밥 chi.jeu.gim.bap 起司飯捲	참치김밥 cham.chi.gim.bap 鮪魚飯捲	모듬김밥 mo.deum.gim.bap 綜合飯捲

[顔] 초밥 cho.bap 壽司	[烏賊魚] 오징어덮밥 o.jing.eo.deop.bbap 烏賊蓋飯	김치덮밥 kim.chi.deop.bbap 泡菜蓋飯

[肉] 제육덮밥 je.yuk.ddeop.bbap 豬肉蓋飯	[膾] 회덮밥 hoe.deop.bbap 生魚片蓋飯	[生鮮膾] 생선회 saeng.seo.noe 生魚片

산낙지 san.nak.jji 生章魚	수제비 su.je.bi 麵疙瘩	[炸醬麵] 자장면 ja.jang.myeon 炸醬麵

* 也可稱짜장면

우동 u.dong 烏龍麵	[ラーメン] 라면 la.myeon 拉麵	[ラーメン] 떡라면 ddeong.na.myeon 年糕拉麵

[ちゃんぽん] [ラーメン] 짬뽕라면 jjam.bbong.na.myeon 辣海鮮麵	콩나물국밥 kkong.na.mul.guk.bbap 黃豆芽湯飯

칼국수
kkal.guk.ssu
刀削麵

[冷麵]
물냉면
mul.laeng.myeon
水冷麵

[cheeseラーメン]
치즈라면
chi.jeu.la.myeon
起司拉麵

만두
man.du
水餃

구운만두
ku.un.man.du
煎餃

[麵]
쫄면
jjol.myeon
涼拌辣麵

김치찌개
kim.chi.jji.gae
泡菜鍋

[豆腐]
순두부찌개
sun.du.bu.jji.gae
嫩豆腐鍋

[醬]
된장찌개
toen.jang.ji.gae
大醬鍋

[解酲]
해장국
hae.jang.guk
醒酒湯

[肉]
육개장
yuk.ggae.jang
牛肉湯

[蔘雞湯]
삼계탕
sam.gye.ttang
人蔘雞

[湯]
설렁탕
seol.leong.ttang
牛骨湯（雪濃湯）

[湯]
추어탕
chu.eo.ttang
泥鰍湯

[湯]
갈비탕
kal.bi.ttang
排骨湯

[海物湯]
해물탕
hae.mul.ttang
海鮮鍋

[部隊]
부대찌개
pu.dae.jji.gae
部隊鍋

버섯전골
peo.seot.jjeon.gol
香菇火鍋

[湯]
매운탕
mae.un.ttang
辣湯

[湯]
감자탕
kam.ja.ttang
馬鈴薯排骨湯

찜닭
jjim.dak
燉雞

[大口] 대구찜 tae.gu.jjim 燉鱈魚	보쌈 po.ssam 生菜包肉	조개구이 jo.gae.gu.i 烤貝類
갈비구이 kal.bi.gu.i 烤牛排	불고기 pul.go.gi 烤肉	[三] 삼겹살 sam.gyeop.ssal 烤五花肉
닭갈비 tak.ggal.bi 炒雞排	[足] 족발 jok.bbal 豬腳	[set] 세트 se.tteu 套餐
[空器] 공기밥 kong.gi.bap 白飯	[oden]/[おでん] 오뎅 o.ddeng 黑輪／甜不辣	순대 sun.dae 血腸
떡볶이 ddeok.bbo.ggi 炒年糕	라볶이 la.bo.ggi 拉麵炒年糕	호떡 ho.ddeok 黑糖餡餅
회오리감자 hoe.o.li.gam.ja 薯塔	[脯] 쥐포 jwi.ppo 魚乾	곱창볶음 kop.chang.bo.ggeum 炒牛小腸
[海物] 해물파전 hae.mul.ppa.jeon 海鮮煎餅	빈대떡 pin.dae.ddeok 綠豆煎餅	[雜菜] 잡채 jap.chae 涼拌冬粉

콩나물무침 kkong.na.mul.mu.chim 涼拌豆芽	순대볶음 sun.dae.bo.ggeum 炒血腸	닭꼬치 tak.ggo.chi 烤雞肉串
[文魚] 문어빵 mu.neo.bbang 章魚燒	[鷄卵] 계란빵 ke.lan.bbang 雞蛋糕	[toast] 토스트 tto.seu.tteu 煎土司

떡볶이 맛있어요
辣炒年糕好吃喔

西式料理

[croquette] 크로켓 kkeu.lo.kket 可樂餅	[salad] 스프 seu.peu 湯	[salad] 샐러드 sael.leo.deu 沙拉	새우 튀김 sae.u-ttwi.gim 炸蝦
[curried rice] 카레라이스 kka.le.la.i.seu 咖哩飯	[spaghetti] *也可稱파스타 스파게티 seu.ppa.ge.tti 義大利麵		[cheese gratin] 치즈그라탱 chi.jeu.geu.la.ttaeng 焗烤料理
[steak] 스테이크 seu.tte.i.kkeu 牛排	[sandwich] 샌드위치 saen.deu.wi.chi 三明治	[hamburger] 햄버거 haem.beo.geo 漢堡	
빵 bbang 麵包	[pizza] 피자 ppi.ja 披薩	[fried chicken] 프라이드 치킨 ppeu.la.i.deu-chi.kkin 炸雞	[冷凍食品] 냉동식품 naeng.dong.sik.ppum 冷凍食品

各式蛋料理

[鷄卵] 계란／달걀 ke.lan / tal.gyal 蛋	[鷄卵] 삶은 계란 sal.meun-ke.lan 水煮蛋	[鷄卵fried] 계란프라이 ke.lan.ppeu.la.i 荷包蛋

[溫泉鷄卵] 온천 계란 on.cheon-ke.lan 溫泉蛋	[omelet rice] 오므라이스 o.meu.la.i.seu 歐姆蛋	[鷄卵] 계란말이 ke.lan.ma.li 煎蛋捲	[鷄卵] 계란찜 kye.lan.jjim 蒸蛋

御飯糰口味

주먹밥 ju.meok.bbap 御飯糰	김치제육볶음 kim.chi.je.yuk.bo.ggeum 泡菜炒豬肉

[鰱魚] 연어 yeo.neo 鮭魚	[梅實] 매실 mae.sil 梅子	다시마 ta.si.ma 昆布

[salad] 참치샐러드 cham.chi.sael.leo.deu 鮪魚沙拉	[mayonnaise] 마요네즈새우 ma.yo.ne.jeu.sae.u 美乃滋蝦子

[明卵] 명란 myeong.nan 明太子	멸치 myeol.chi 鯷魚

咖啡店廳甜點

[waffle]
와플
wa.ppeul
鬆餅

[muffin]
머핀
meo.ppin
瑪芬

[brownie]
브라우니
peu.la.u.ni
布朗尼

[cake]
케이크
kke.i.kkeu
蛋糕

[gelato ice cream]
젤라또 아이스크림
jel.la.ddo-a.i.seu.kkeu.lim
義大利式冰淇淋

아이스크림 브레드
a.i.seu.kkeu.lim-peu.le.deu
冰淇淋麵包

[綠茶冰水]
녹차빙수
nok.cha.bing.su
綠茶冰

[冰水]
팥빙수
pat.bbing.su
紅豆冰

[smoothie]
스무디
seu.mu.di
冰沙

[shake]
셰이크
sye.i.kkeu
奶昔

[scone]
스콘
seu.kkon
司康

[bagle]
베이글빵
pe.i.geul.bbang
貝果

[飲料水]
음료수
eum.nyo.su
飲料

물
mul
開水

뜨거운 물
ddeu.geo.un-mul
熱開水

찬 물
chan-mul
冷開水

[coffee]
커피
kkeo.ppi
咖啡

[茶]
차
cha
茶

[ice coffee]
아이스 커피
a.i.seu-kkeo.ppi
冰咖啡

[Americano]
아메리카노
a.me.li.kka.no
美式咖啡

[ice Americano]
아이스 아메리카노
a.i.seu-a.me.li.kka.no
冰美式咖啡

[Espresso]
에스프레소
e.seu.ppeu.le.so
濃縮咖啡

[Dutch Coffee]
더치커피
teo.chi.kkeo.ppi
冰滴咖啡

[caramel macchiato]
캐러멜마끼아또
kkae.leo.mel.ma.ggi.a.ddo
焦糖瑪奇朵

[ice Cafe latte]
아이스 카페라떼
a.i.seu-kka.ppe.la.dde
冰拿鐵

[Cafe latte]
카페라떼
kka.ppe.la.dde
拿鐵

[豆乳.Cafe latte]
두유 카페라떼
tu.yu-kka.ppe.la.dde
豆漿拿鐵

[ice Cafe mocha]
아이스 카페모카
a.i.seu-kka.ppe.mo.kka
冰咖啡摩卡

[Cafe mocha]
카페모카
kka.ppe.mo.kka
摩卡咖啡

[ice cappuccino]
아이스 카푸치노
a.i.seu-kka.ppu.chi.no
冰卡布奇諾

[cocoa cappuccino]
코코아 카푸치노
kko.kko.a-kka.ppu.chi.no
巧克力卡布奇諾

[cappuccino]
카푸치노
kka.ppu.chi.no
卡布奇諾

[綠茶]
녹차
nok.cha
綠茶

[紅茶]
홍차
hong.cha
紅茶

[玄米綠茶]
현미녹차
hyeon.mi.nok.cha
玄米綠茶

[木瓜茶]
모과차
mo.gwa.cha
木瓜茶

[菊花茶] 국화차 ku.kkwa.cha 菊花茶	[柚子茶] 유자차 yu.ja.cha 柚子茶	[五味子茶] 오미자차 o.mi.ja.cha 五味子茶	[水正果] 수정과 su.jeong.gwa 柿餅汁

[鬚鬍茶] 옥수수 수염차 ok.ssu.su.su.yeom.cha 玉米鬚茶	[人蔘茶] 인삼차 in.sam.cha 人蔘茶	[牛乳] 우유 u.yu 牛奶

[banana牛乳] 바나나우유 pa.na.na.u.yu 香蕉牛奶	[coffee牛乳] 커피우유 kkeo.ppi.u.yu 咖啡牛奶	[牛乳] 딸기우유 ddal.gi.u.yu 草莓牛奶

[ice tea] 아이스티 a.i.seu.tti 冰紅茶	[juice] 주스 ju.seu 果汁	[食醯] 식혜 si.kkye 甜米釀	[cola] 콜라 kkol.la 可樂	[cider] 사이다 sa.i.da 蘇打汽水

[yogurt] 요구르트 yo.gu.leu.tteu 優酪乳	[生] 생과일 주스 saeng.gwa.il.ju.seu 鮮果汁	[orange juice] 오렌지 주스 o.len.ji.ju.seu 柳橙汁

커피 한잔할요요?
要喝杯咖啡嗎？

酒類

술 sul 酒	[麥酒] 맥주 maek.jju 啤酒	[生麥酒] 생맥주 saeng.maek.jju 生啤酒
[whiskey] 위스키 wi.seu.kki 威士忌	[燒酒] 소주 so.ju 燒酒	[brandy] 브랜디 peu.laen.di 白蘭地
[藥酒] 약주 yak.jju 藥酒	[人蔘酒] 인삼주 in.sam.ju 人蔘酒	[wine] 와인 wa.in 葡萄酒
막걸리 ma.ggeol.li 濁酒	[酒] 동동주 tong.dong.ju 米酒	[覆盆子] 복분자술 pok.bbun.ja.sul 覆盆子酒
[百歲酒] 백세주 paek.sse.ji 百歲酒		

건배!
乾杯!

[野菜] **야채** ya.chae 蔬菜	[piment] **피망** ppi.mang 青椒	**당근** tang.geun 紅蘿蔔	**감자** kam.ja 馬鈴薯

[洋] **양파** yang.ppa 洋蔥	[tomato] **토마토** tto.ma.tto 蕃茄	[洋] **양배추** yang.bae.chu 高麗菜／甘藍

옥수수 ok.ssu.su 玉米	[celery] **셀러리** sel.leo.li 芹菜	**콩** kkong 豆子	**시금치** si.geum.chi 菠菜

오이 o.i 小黃瓜	**호박** ho.bak 南瓜	[洋松耳] **양송이버섯** yang.song.i.beo.seot 蘑菇

상추 sang.chu 萵苣	[松耳] **송이버섯** song.i.beo.seot 松茸	[生薑] **생강** saeng.gang 薑	**마늘** ma.neul 蒜頭

표고버섯 ppyo.go.beo.seot 香菇	[broccoli] **브로콜리** peu.lo.kkol.li 綠花椰菜	**깻잎** ggaen.nip 芝麻葉

[cauliflower] **콜리플라워** kkol.li.ppeul.la.wo （白）花椰菜	[asparagus] **아스파라거스** a.seu.ppa.la.geo.seu 蘆筍	**고사리** ko.sa.li 蕨菜

과일 kwa.il 水果	[橘] 귤 kyul 橘子	[lemon] 레몬 le.mon 檸檬	사과 sa.gwa 蘋果
[orange] 오렌지 o.len.ji 柳橙	[葡萄] 포도 ppo.do 葡萄	딸기 ddal.gi 草莓	[banana] 바나나 pa.na.na 香蕉
그레이프 프루트 [grapefruit] keu.le.i.ppeu.ppeu.lu.tteu 葡萄柚	복숭아 pok.ssung.a 桃子	감 kam 柿子	[無花果] 무화과 mu.hwa.gwa 無花果
[cherry] 체리 che.li 櫻桃	배 pae 梨子	수박 su.bak 西瓜	

고기 ko.gi 肉	쇠고기 soe.go.gi 牛肉	돼지고기 twae.ji.go.gi 豬肉	닭고기 tak.ggo.gi 雞肉
소혀 so.hyeo 牛舌	다진 고기 ta.jin.go.gi 絞肉	[肝] 간 kan 肝	[ham] 햄 haem 火腿

다진 돼지고기 ta.jin.dwae.ji.go.gi 豬絞肉	다진 쇠고기 ta.jin.soe.go.gi 牛絞肉

海鮮

[海物] 해물 hae.mul 海鮮	[生鮮] 생선 saeng.seon 魚	정어리 jeong.eo.li 沙丁魚	[鰱魚] 연어 yeo.neo 鮭魚
[魚] 다랑어 ta.lang.eo 北方黑鮪	[魚] 가다랑어 ka.da.lang.eo 鰹魚	참치 cham.chi 鮪魚	[大口] 대구 tae.gu 鱈魚
넙치 neop.chi 比目魚	[松魚] 송어 song.eo 鱒魚	꽁치 ggong.chi 秋刀魚	[烏賊魚] 오징어 o.jing.eo 烏賊
[文魚] 문어 mu.neo 章魚	새우 sae.u 蝦子	김 kim 海苔	게 ke 螃蟹
굴 kul 牡蠣	조개 jo.gae 蛤蜊	떡조개 ddeok.jjo.gae 鏡蛤	[全鰒] 전복 jeon.bok 鮑魚
바닷가재 pa.dat.gga.jae 龍蝦	[長魚] 장어 chang.eo 鰻魚	미역 mi.yeok 海帶芽

[調味料] **조미료** jo.mi.lyo 調味料	[雪糖] **설탕** seol.ttang 砂糖	**소금** so.geum 鹽	[sauce] **소스** so.seu 醬汁
[醬] **된장** toen.jang 大醬	[食醋] **식초** sik.cho 醋	[香辛料] **향신료** hyang.sin.nyo 辛香料	**후추** hu.chu 胡椒
고추 ko.chu 辣椒	[ketchup] **케첩** kke.chap 蕃茄醬	**와사비** wa.sa.bi 芥末	[butter] **버터** peo.tteo 奶油
고추냉이 ko.chu.naeng.i 山葵	[cream] **크림** kkeu.lim 奶油	[cheese] **치즈** chi.jeu 起司	**기름** ki.leum 油
[mayonnaise] **마요네즈** ma.yo.ne.jeu 美乃滋	[jam] **잼** jaem 果醬	[jam] **땅콩잼** ddang.kkong.jaem 花生醬	**참기름** cham.gi.leum 芝麻油

烹調方法

굽다 kup.dda 烤	**끓이다** ggeu.li.da 煮	**데치다** te.chi.da 川燙	**튀기다** ttwi.gi.da 炸	**찌다** jji.da 蒸

| 볶다
bok.dda
炒 | 삶다
sam.da
炊煮 | 다지다
ta.ji.da
搗碎、切碎 | 비비다
pi.bi.da
攪拌 | 섞다
seok.dda
混合 |

餐具

접시 jeop.ssi 盤子	[cup] 컵 kkeop 杯子	[琉璃cup] 유리컵 yu.li.kkeop 玻璃杯
밥그릇 pap.ggeu.leut 飯碗	[盞] 찻잔 chat.jan 茶杯	[酒煎子] 주전자 ju.jeon.ja 茶壺	칼 kkal 刀

[fork] 포크 ppo.kkeu 叉子	숟가락 sut.gga.lak 湯匙	깡통따개 ggang.ttong.dda.gae 開罐器

[瓶] 병따개 pyeong.dda.gae 開瓶器	컵깔개 kkeop.ggal.gae 杯墊	젓가락 jeot.gga.lak 筷子

이쑤시개 i.ssu.si.gae 牙籤	주걱 ju.geok 杓子	[tissue] 물티슈 mul.tti.syu 濕紙巾

商店、逛街

尋找商店

1 여기 괜찮은 가게가 있어요 ?
yeo.gi-kwaen.cha.neun-ka.ge.ga-i.sseo.yo

[生必品]

你知道這附近哪裡有不錯的店嗎？

2 생필품을 파는 가게가 어디에 있죠 ?
saeng.ppil.ppu.meul-ppa.neun-ka.ge.ga-eo.di.e-it.jjyo

[公休日]

哪裡有賣日用品的店？

3 공휴일은 언제죠 ?
kong.hyu.i.leun-eon.je.jyo

請問公休日是什麼時候？

顧客與店員的對話

會話 ❶

어서 오세요 .
eo.seo-o.se.yo

歡迎光臨。

뭘 찾으세요 ?
mwol-cha.jeu.se.yo

請問要找什麼嗎？

[齒]

칫솔 있어요 ?
chit.ssol-i.sseo.yo

有牙刷嗎？

[胃腸藥]
위장약을 주세요 .
wi.jang.ya.geul.ju.se.yo

請給我腸胃藥。

[罪悚]
죄송한데 , 다 나갔어요 .
choe.song.han.de.ta.na.ga.sseo.yo

非常抱歉,剛好賣完了。

會話❸

[英語可能]　　[職員]
영어 가능한 직원이 있나요 ?
yeong.eo.ka.neung.han.ji.gwo.ni.in.na.yo

請問有會說英文的店員
嗎?

잠깐만요 .
jam.ggan.ma.nyo

請稍等一下。

會話❹

[豫算]　　　[程度]
예산이 어느 정도죠 ?
ye.sa.ni.eo.neu.jeong.do.jyo

請問你預算多少?

[萬元]　　[以內]
5 만 원 이내요 .
o.ma.nwon.i.nae.yo

五萬元以內。

🌸 尋問店員

[使用]
1 이거 어떻게 사용해요 ?
i.geo.eo.ddeo.kke.sa.yong.hae.yo

這個怎麼用?

[使用]
2 어떻게 사용하는지 알려 주세요 .
eo.ddeo.kke.sa.yong.ha.neun.ji.al.lyeo.ju.se.yo

請告訴我如何使用。

3 뭘로 만들었어요 ?
mwol.lo.man.deu.leo.sseo.yo

那是用什麼做的?

4 중국어 설명서도 들어 있나요? [中國語說明書]
jung.gu.geo-seol.myeong.seo.do-teu.
leo-in.na.yo

有附中文說明書嗎？

5 무슨 가죽이죠?
mu.seun-ka.ju.gi.jjyo

是什麼皮革呢？

6 방수인가요? [防水]
pang.su.in.ga.yo

可以防水嗎？

7 대만에서도 사용할 수 있어요? [台灣] [使用]
tae.ma.ne.seo.do-sa.yong.hal-ssu-i.sseo.yo

在台灣可以用嗎？

8 남성용인가요? 여성용인가요?
na.seong.yong.in.ga.yo-yeo.seong.yong.in.ga.yo

這是男士用的，還是女
士用的？

9 환불 가능한가요? [還拂] [可能]
hwan.bul-ka.neung.han.ga.yo

可以退貨嗎？

🌸 要求店員

1 다른 것도 보여 주세요.
ta.leun-geot.ddo-po.yeo-ju.se.yo

請給我看看其他的。

2 더 좋은 거 없나요?
teo-jo.eun-keo-eom.na.yo

有沒有質料更好的？

3 다른 색깔이 없나요? [色]
ta.leun-sae.gga.li-eom.na.yo

有沒有其他顏色？

4 환불／교환해 주세요. [還拂] [交換]
hwan.bul／kyo.hwa.nae-ju.se.yo

我想退貨／換貨。

🌸 關於尺寸

1 사이즈 좀 재 주시겠어요? [size]
sa.i.jeu-jom-jae-ju.si.ge.sseo.yo

可以幫我量一下尺寸
嗎？

2 이 코트를 입어 봐도 돼요? [coat]
i-kko.tteu.leul-i.beo-pwa.do-twae.yo

我可以試穿一下這件外
套嗎？

3 너무 커요 . ／너무 작아요 .
neo.mu.kkeo.yo／neo.mu.ja.ga.yo

這件太大了。／太小
了。

4 이 코트는 저랑 맞는 사이즈가 없어요 ?
i.kko.tteu.neun-jeo.rang-man.neun-sa.i.jeu.
ga-eop.sseo.yo
[coat]　　　　　　　　　　　　[size]

這件外套有沒有適合我
的尺寸。

5 더 큰 거／작은 거 있어요 ?
teo-kkeun.geo／ja.geun.geo-i.sseo.yo

有沒有大一點／小一點
的呢？

[修繕]

6 바지 길이 수선해 줄 수 있나요 ?
pa.ji-ki.li-su.seo.nae-jul-su-in.na.yo

可以幫我改褲子的長度
嗎？

[修繕]

7 좀 짧게 수선해 주세요 .
chom-jjal.ge-su.seo.nae-ju.se.yo

請再幫我改短一點。

🌸 詢問價錢

1 이거 얼마죠 ?
i.geo-eol.ma.jyo

這多少錢？

2 모두 얼마예요 ?
mo.du-eol.ma.ye.yo

全部共多少錢？

[價格]　　　　　[稅金]　　　　　[包含]

3 이 가격은 세금도 포함돼 있어요 ?
i.ka.gyeo.geun-se.geum.do-ppo.ham.
dwae.i.sseo.yo

這個價錢有含稅嗎？

[萬元 程度]

4 만원정도의 가방이 있어요 ?
ma.nwon-jeong.do.e-ka.bang.i-i.sseo.yo

請問有一萬元左右的包
包嗎？

[sale]

5 이거 세일하고 있나요 ?
i.geo-se.i.la.go-in.na.yo

這個有打折嗎？

6 너무 비싸요 .
neo.mu-pi.ssa.yo

太貴了。

7 더 싼 거 없나요 ?
teo-ssan.geo-eom.na.yo

有沒有更便宜的呢？

8 싸게 주세요 .
ssa.ge-ju.se.yo

請算我便宜一點。

9 5 천 원 싸게 줄 수 없나요 ?
o.cheo.nwon-ssa.ge-jul-ssu-eom.na.yo
[折引]

可以少算五千元嗎？

10 할인을 좀 해 주시나요 ?
ha.li.neul-jom-hae-ju.si.na.yo

可以打個折嗎？

11 주머니에 이거밖에 없어요 . 깎아 주세요 .
ju.meo.ni.e-i.geo.ba.gge-eop.sseo.yo
gga.gga-ju.se.yo
[弘報]

我身上只有這些錢，請
算便宜一點。

12 홍보해 드릴테니까 싸게 해주세요 .
hong.bo.hae-teul.lil.tte.ni.gga-ssa.ge.hae-ju.
se.yo

我會幫你打廣告的，請
算我便宜一點。

13 아는 사람 소개해 줬는데 싸게 해주실거죠 ?
a.neun-sa.lam-so.gae.hae-jwon.neun.
de-ssa.ge-hae.ju.sil.geo.jyo

我有介紹朋友來這裡買，
可以算我便宜一點吧？

14 많이 살테니까 좀 싸게 해주세요 .
ma.ni-sal.tte.ni.gga-jom-ssa.ge.hae-ju.se.yo
[現金]

我買很多，請再算便宜
一點吧。

15 현금으로 계산하면 좀 더 깎아주실 수
있어요 ?
hyeon.geu.meu.lo-gye.sa.na.myeon-jom.
teo.gga.gga.ju.sil.su.i.sseo.yo.

如果付現金的話可以算
便宜一點嗎？

16 싸게 주시면 다음에 또 올게요 .
ssa.ge-ju.si.myeon-ta.eu.me-ddo-ol.gge.yo

算我便宜的話，下次會
再來買。

17 너무 비싸서 생각해 봐야 될 것 같아요 .
neo.mu-pi.ssa.seo-saeng.ga.kkae-pwa.
ya-toel-ggeot-gga.tta.yo

太貴了，我要考慮一
下。

下決定

1 이거 주세요.
i.geo-ju.se.yo

請給我這個。

2 이따가 와서 살게요.
i.dda.ga-wa.seo-sal.gge.yo

我等一下再來買。

3 사고 싶은 걸 못 찾았어요.
sa.go-si.ppeun-keol-mot-cha.ja.sseo.yo

我找不到我想要買的。

4 생각해 볼게요.
saeng.ga.kkae-pol.gge.yo
[決定]

我考慮一下。

5 아직 결정을 못 내렸어요.
a.jik-kyeol.jjeong.eul-mot-nae.lyeo.sseo.yo

我還沒有決定。

6 구경할게요.
ku.gyeong.hal.gge.yo

我只是看看。

 會話

[決定]
결정하셨나요?
kyeol.jjeong-ha.syeon.na.yo

決定好了嗎?

[中]
생각 중이에요.
saeng.gak-jung.i.e.yo

我還在考慮。

結帳

[card] [計算]
1 카드로 계산해도 되나요?
kka.deu.lo-ke.sa.nae.do-toe.na.yo

可以用信用卡付帳嗎？

[領收證]
2 영수증을 주세요 .
yeong.su.jeung.eul-ju.se.yo

請給我發票（收據）。

會話

[card] [計算]
🐯 **카드로 계산할게요 .**
kka.deu.lo-ke.sa.nal.gge.yo

我要刷卡。

🐰 **네 .**
ne

好的。

買衣服

會話❶

🐯 **입어 봐도 돼요?**
i.beo-pwa.do-twae.yo

可以試穿嗎？

[上衣] [外套] [除外]
🐰 **상의는 외투를 제외하고 나머지는**
안 돼요 .
sang.i.neun-oe.ttu.leul-che.oe.ha.go-na.
meo.ji.neun-an-twae.yo

上衣除了外套之外都不可以試穿。

會話❷

[脫衣室]
🐯 **탈의실이 어디에 있어요?**
tta.li.si.li-eo.di.e.i.sseo.yo

試衣間在哪裡？

🐰 **앞으로 가서 오른쪽에 있어요 .**
a.ppeu.lo-ka.seo-o.leun.jjo.ge-i.sseo.yo

前面直走右邊就是了。

會話❸

[catalog]
여기 카탈로그가 있어요 ?
yeo.gi-kka.ttal.lo.geu.ga-i.sseo.yo

네 , 여기 있습니다 .
ne-yeo.gi-it.sseum.ni.da

請問有沒有服裝目錄可以參考？

有的，在這裡。

 採購問題

[accessory]
1 어울리는 액세서리가 어떤 게 있어요 ?
eo.ul.li.neun-aek.sse.seo.li.ga-eo.ddeon-ke.i.
sseo.yo

有哪些配件可以搭配？

[design] [流行item]
2 이번 봄에 어떤 디자인이 유행 아이템
이에요 ?
i.beon-po.me.eo.ddeon-ti.ja.i.ni-yu.haeng-a.i.tte.
mi.e.yo

今年春天流行哪些款式？

[男性衣類] [女性衣類]
3 남성의류／여성의류가 어디에 있어요 ?
nam.seong.eui.lyu／yeo.seong.eui.lyu.ga-eo.di.
e-i.sseo.yo

請問男裝／女裝在哪裡？

[coordi(nation)]
4 옷을 어떻게 코디 해야 돼요 ?
o.seul-eo.ddeo.kke-kko.di.hae.ya-twae.yo

衣服該怎麼搭配比較好呢？

[jacket] [fit]
5 이 재킷을 입으면 핏이 좋아요 .
i-jae.kki.seul-i.beu.myeon-ppi.si.
jo.a.yo

這件外套穿起來很有型。

[design] [line]
6 이 디자인이 허리라인을 살려 줘요 .
i-ti.ja.i.ni-heo.li.la.i.neul-sal.lyeo-chwo.yo

這件衣服的剪裁可以修飾腰身。

7 이 바지를 입으면 다리가 길어 보여요 .
i-pa.ji.leul-i.beu.myeon-ta.li.ga-ki.leo-po.
yeo.yo

穿上這件褲子可以顯腿長。

[knit T(shirts)] [skinny jean]
8 니트티와 스키니진이 아주 어울려요 .
ni.tteu.tti.wa-seu.kki.ni.ji.ni-a.ju-eo.ul.lyeo.yo

針織衫上衣和緊身褲很搭。

9 박스티는 청바지랑 같이 입어도 돼요 .
pak.sseu.tti.neun-cheong.ba.ji.lang-ka.
chi-i.beo.do-twae.yo

寬版T恤搭配合身牛仔褲也可以。

[business]

1 비즈니스요 .
pi.jeu.ni.seu.yo

我是來批貨的。

[design]

2 이 디자인이 얼마예요 ?
i-ti.ja.i.ni-eol.ma.ye.yo

這款式多少錢？

[color]

3 컬러가 몇 가지죠 ?
kkeol.leo.ga-myeot-gga.ji.jyo

有幾個顏色？

4 지금 재고 있어요 ?
ji.geum.jae.go.i.sseo.yo

有現貨嗎？

[新上]

5 신상이 있어요 ?
sin.sang.i-i.sseo.yo

有新款嗎？

[reorder]   [可能]

6 리오더가 가능한가요 ?
li.o.deo.ga-ka.neung.han.ga.yo

可以追加嗎？

[design]   [正size]

7 이 디자인이 정 사이즈인가요 ?
i-ti.ja.i.ni-jeong.sa.i.jeu.in.ga.yo

這款是標準版型嗎？

[特別]   [design]

8 특별한 디자인이 있나요 ?
tteuk.bbyeo.lan-ti.ja.i.ni-in.na.yo

有沒有比較特別的款
式呢？

[size]

9 큰 사이즈도 나와요 ?
kkeun-sa.i.jeu.do-na.wa.yo

有沒有加大的尺寸？

[size]

10 사이즈가 몇 가지죠 ?
sa.i.jeu.ga-myeot-gga.ji.jyo

這款有幾個尺寸？

[台灣]   [internet]

11 대만에서 가게와 인터넷을 같이
하고 있어요 .
tae.ma.ne.seo-ka.ge.wa-in.tteo.ne.seul.ka.
chi-ha.go.i.sseo.yo

我在台灣有店面和網路
銷售。

[大量注文]

12 대량주문하면 싸게 줘요 ?
tae.lyang.ju.mu.na.myeon-ssa.ge-jwo.yo

大量購買有比較便宜嗎？

13 리오더하면 언제 받을 수 있어요?
li.o.deo.ha.myeon-eon.je-pa.deul-ssu.i.
sseo.yo

我要追加訂貨的話，什麼時候會到？

14 언제 나와요?
eon.je-na.wa.yo

什麼時候寄出？

🌸 特價訊息

1 좀 더 있으면 백화점바겐세일이
[百貨店] [bargain sale]
시작됩니다 .
[始作]
jom-teo-i.sseu.myeon-pae.kkwa.jeo.pa.
gen-se.i.li-si.jak.ddoem.ni.da

百貨公司即將展開減價優惠。

[換節期sale]
환절기 세일
hwan.jeol.gi-se.il
換季折扣

[倉庫開放]
창고 개방
chang.go-kae.bang
清倉大拍賣

[移越特價]
이월 특가
i.wol-tteuk.gga
過季商品特賣

[限定特價]
한정 특가
han.jeong-teuk.gga
限時特賣

[sale]
마지막 세일
ma.ji.mak-sse.il
最後折扣

[店鋪整理特價sale]
점포정리특가세일
jeom.ppo.jeong.ni.tteuk.gga.sse.il
結束營業大拍賣

[超特價行事]
초특가행사
cho.tteuk.gga.haeng.sa
跳樓大拍賣

예쁜 옷 많아요 .
好多漂亮的衣服

特價採購

會話❶

 [定期sale]
정기 세일은 언제예요?
jeong.gi-se.i.leun-eon.je.ye.yo

週年慶是什麼時候？

[sale期間]
세일 기간이 언제부터예요?
sse.il-ki.ga.ni-eon.je.bu.tteo.ye.yo

特賣什麼時候開始？

이번 주 부터요.
i.beon.ju.bu.tteo.yo

本週開始。

會話❷

 [豫買]
예매할 수 있어요?
ye.mae.hal-ssu-i.sseo.yo

可以預購嗎？

[可能]
네, 가능해요.
ne-ka.neung.hae.yo

可以。

會話❸

 [豫買]   [惠澤]
예매하면 어떤 혜택이 있어요?
ye.mae.ha.myeon-eo.ddeon-he.ttae.gi-i.
sseo.yo

預購有哪些優惠？

[豫買]   [coupon]   [商品卷]
지금 예매하시면 쿠폰 이나 상품권을
드립니다.
ji.geum-ye.mae.ha.si.myeon-kku.ppo.
ni.na-sang.ppum.gwo.neul-teu.lim.ni.da

現在預購的話，會送您
折價卷或商品兌換卷。

會話❹

어떤 세일 세트가 있어요?
[sale set]
eo.ddeon-sse.il-se.tteu.ga-i.sseo.yo

有哪些特價組合？

원플러스원 세일하고 있습니다.
won.peul.leo.seu.won.sse.il.la.go.it.sseum.ni.da

買一送一優惠中。

會話❺

전단지를 줄 수 있나요?
[傳單紙]
jeon.dan.ji.leul-jul-ssu-in.na.yo

可以給我一份 DM 嗎？

네, 여기 있습니다.
ne-yeo.gi.it.sseum.ni.da

好的，在這裡。

會話❻

겨울 세일을 시작했나요?
[sale] [始作]
kyeo.ul-sse.i.leul-si.ja.kkaen.na.yo

請問冬季折扣開始了嗎？

지금 전품목 30 퍼센트 세일을 하고 있습니다.
[全品目] [percent] [sale]
ji.geum-jeon.ppum.mok-sam.sip.ppeo.
sen.tteu-sse.i.leul-ha.go.it.sseum.ni.da

目前全館打七折。

會話❼

구매금액에 따라 주실 사은품이 뭐예요?
[購買金額] [謝恩品]
ku.mae.geu.maek.ge-dda.la-ju.sil-sa.eun.
ppu.mi-mwo.ye.yo

請問滿額贈品有哪些？

쿠폰이나 상품권을 드립니다.
[coupon] [商品券]
kku.ppo.ni.na-sang.ppum.gwo.neul-teu.lim.
ni.da

會送您折價卷或商品兌
換卷。

[謝恩品]
사은품은 어디서 받아요?
sa.eun.ppeu.meun-eo.di.seo-pa.da.yo

請問贈品在哪裡兌換？

[顧客center]
고객센터에 가서 받아가세요.
ko.gaek.ssen.tteo.e-ka.seo-pa.da.ga.se.yo

請在服務中心兌換。

配送問題

[配達]
1 이걸 집으로 배달해 주세요.
i.geol-ji.beu.lo-pae.da.lae-ju.se.yo

請幫我把這個送到我家。

[配達]
2 집으로 배달해 줄 수 있어요?
ji.beu.lo-pae.da.lae-jul-ssu-i.sseo.yo

可以幫我送到我家嗎？

[住所]
3 이 주소로 보내 주세요.
i-ju.so.lo-po.nae-ju.se.yo

請幫我送到這個地址。

[運送費]
4 운송비를 내야 돼요?
un.song.bi.leul-nae.ya-twae.yo

需要付運費嗎？

[設置]
5 설치해 줄 수 있나요?
seol.chi.hae-jul-ssu-in.na.yo

能不能幫我安裝？

[到著]
6 언제 도착할 수 있나요?
eon.je-to.cha.kkal-ssu-in.na.yo

什麼時候可以送到？

修理

[故障]
1 고장났는데요.
ko.jang.nan.neun.de.yo

故障了。

2 좀 고쳐 주세요.
jom-ko.chyeo-ju.se.yo

請幫我修好。

3 언제까지 해 줄 수 있나요?
eon.je.gga.ji-hae-jul-ssu-in.na.yo

什麼時候會好？

[來日]
4 내일까지 해 줄 수 있나요 ?
nae.il.gga.ji-hae-jul-ssu.in.na.yo

明天前會好嗎 ?

[費用]
5 비용이 얼마나 들어가요 ?
pi.yong.i.eol.ma.na-teu.leo.ga.yo

要多少錢呢 ?

 會話

 [故障]
어떻게 고장났어요 ?
eo.ddeo.kke-ko.jang.na.sseo.yo

怎麼會壞掉呢 ?

바닥에 떨어졌어요 .
pa.da.ge-ddeo.leo.jyeo.sseo.yo

我把它掉在地上了 。

또 이렇게 많이
샀어요 .
又買了這麼多

各類商店

[百貨店]
백화점
pae.kkwa.jeom
百貨公司

[mart]
마트
ma.tteu
超市

[免稅店]
면세점
myeon.se.jeom
免稅商店

[便宜店]
편의점
ppyeo.ni.jeom
便利商店

[野菜]
야채가게
ya.chae.ga.ge
蔬菜店

빵집
bbang.jip
麵包店

[生鮮]
생선가게
saeng.seon.ga.ge
魚舖

[精肉店]
정육점
jeong.yuk.jjeom
肉舖

[寫真館]
사진관
sa.jin.gwan
照片沖洗店

[酒類專賣店]
주류전매점
ju.lyu.jeon.mae.jeom
酒類專賣店

꽃집
ggot.jjip
花店

[冊房] [書店]
책방／서점
chaek.bbang／seo.jeom
書店

[民俗工藝品]
민속공예품가게
min.sok.ggong.ye.ppum.ga.ge
民俗藝品店

[化粧品]
화장품가게
hwa.jang.ppum.ga.ge
化妝品店

장난감가게
jang.nan.gam.ga.ge
玩具店

[古董品]
골동품가게
kol.ddong.ppum.ga.ge
古董店

[shopping mall]
쇼핑몰
syo.pping.mol
購物中心

[商街]
상가
sang.ga
購物街

裝飾物品

부채 pu.chae 扇子	[漆器] 칠기 chil.gi 漆器	검 keom 刀、劍	[屏風] 병풍 pyeong.ppung 屏風
[缸] 항아리 hang.a.li 壺、罈、罐	[假面] 가면 ka.myeon 面具	[陶瓷器] 도자기 to.ja.gi 陶瓷器	[鳶] 연 yeon 風箏
[製品] 대나무제품 tae.na.mu.je.ppum 竹製品	북 puk 鼓	[人形] 인형 i.nyeong 娃娃、人偶	[原州韓紙] 원주한지 won.ju.han.ji 原州韓紙

종이접기
jong.i.jeop.ggi
摺紙

팽이
ppaeng.i
陀螺

[音樂箱子]
음악상자
eu.mak.sang.ja
音樂盒

包款

[類] 가방류 ka.bang.lyu 包包類	[shoulder bag] 숄더백 syol.deo.baek 肩背包	[hand bag] 핸드백 haen.deu.baek 手提包	[cross bag] 크로스백 kkeu.lo.seu.baek 斜背包
[tote bag] 토트백 tto.tteu.baek 托特包	[boston bag] 보스톤백 po.seu.tton.baek 波士頓包	[quilting bag] 퀼팅백 kkwol.tting.baek 菱格包	[銅錢紙匣] 동전지갑 tong.jeon.ji.gap 零錢包

[clutch bag] 클러치백 kkeul.leo.chi.baek 晚宴包	[eco bag] 에코백 e.kko.baek 帆布包／環保袋	[背囊] 배낭가방 pae.nang.ga.bang 後背包
소가죽가방 so.ga.ju.ggaa.bang 牛皮包	[收納] 수납가방 su.nap.gga.bang 收納包	[書類] 서류가방 seo.lyu.ga.bang 公事包
[computer] 컴퓨터가방 kkeom.ppyu.tteo.ga.bang 電腦包	[旅行] 여행가방 yeo.haeng.ga.bang 旅行箱	

服飾

[男性衣類] 남성의류 nam.seong.eui.lyu 男裝	[女性衣類] 여성의류 yeo.seong.eui.lyu 女裝	[兒童服] 아동복 a.dong.bok 童裝	소매 so.mae 袖子
[幼兒衣類] 유아의류 yu.a.eui.lyu 嬰兒服	[半] 반소매 pan.so.mae 短袖	옷깃 ot.ggit 衣領	옷자락 ot.jja.lak 衣服下擺

[衣類] **의류** eui.lu 服飾	[洋服] **양복** yang.bok 西裝	[sweater] **스웨터** seu.we.tteo 毛衣	[jacket] **재킷** jae.kkit 夾克

[女性shirts] **여성셔츠** yeo.seong.syeo.cheu 女用襯衫	[南方shirts] **남방셔츠** nam.bang.syeo.cheu 棉襯衫	[外套] [coat] **외투／코트** oe.ttu／kko.tteu 外套

[正裝white shirts] **정장 와이셔츠** jeong.jang-wa.i.syeo.cheu 西裝白襯衫	[sweater] **뜨개질 스웨터** ddeu.gae.jil-seu.we.tteo 手織毛衣

[chiffon long skirt] **쉬폰 롱 스커트** swi.ppon-long-seu.kkeo.tteu 長紗裙	[one piece] **원피스** won.ppi.seu 連身裙／洋裝

[skirt] **치마／스커트** chi.ma／seu.kkeo.tteu 裙子	[long one piece] **롱원피스** long.won.ppi.seu 長洋裝	[mini one piece] **미니원피스** mi.ni.won.ppi.seu 短洋裝

긴바지 kin.pa.ji 長褲	**반바지** pan.pa.ji 短褲	[baggy pants] **배기팬츠** pae.gi-ppaen.cheu 飛鼠褲

[chiffon blouse] **쉬폰브라우스** swi.ppon.beu.la.u.seu 雪紡衣	[slim fit] **슬림핏 바지** seul.lim.ppit-pa.ji 顯瘦長褲	[slim fit上衣] **슬림핏 상의** seul.lim.ppit-sang.i 顯瘦上衣

[blouse] 브라우스 peu.la.u.seu 罩衫	[靑] 청바지 cheong.ba.ji 牛仔褲	[leggings] 레깅스 le.ging.seu 內搭褲	[skinny jean] 스키니진 seu.kki.ni.jin 單寧窄管褲
[上衣] 상의 sang.eui 上衣	[T-shirts] 티셔츠 tti.syeo.cheu T恤	[shirts] 셔츠 syeo.cheu 襯衫	[knit] 니트 ni.tteu 針織衫

나시／민소매 na.si／min.so.mae 小可愛／無袖	[casual] 케주얼옷 kke.ju.eo.lot 休閒裝	[couple look] 커플룩 kkeo.ppeul.luk 情侶裝

[pants] 바지／팬츠 pa.ji／ppaen.cheu 褲子	[半] [T-shirts] 반팔티셔츠 pan.ppal.tti.syeo.cheu 短袖T恤

[knit] 니트 조끼 ni.tteu-cho.ggi 針織背心	[big size] 빅사이즈 pig.ssa.i.jeu 大尺碼	속옷 so.got 內衣	[pantie] 팬티 ppaen.tti 內褲
[bra] 브라 peu.la 胸罩	[水泳服] 수영복 su.yeong.bok 泳裝	[bikini] 비키니 pi.kki.ni 比基尼	잠옷 ja.mok 睡衣

[ribbon] 리본 li.bon 蝴蝶結	[韓服] 한복 han.bok 韓服	버선 peo.seon 襪套（傳統韓式襪子）

配件和其他物品

[accessory]
액세서리
aek.sse.seo.li
飾品

[半指]
반지
pan.ji
戒指

[귀걸이]
귀걸이
kwi.geo.li
耳環

* 也可稱귀고리

팔찌
ppal.jji
手環

목걸이
mok.ggeo.li
項鍊

[sun glass]
선글라스
sseon.geul.la.sseu
太陽眼鏡

[寶石]
보석
po.seok
寶石

[long]
롱목걸이
long.mok.ggeo.li
垂墜式項鍊

[brooch]
브로치
peu.lo.chi
胸針

[眼鏡]
안경
an.gyeong
眼鏡

[necktie pin]
넥타이핀
nek.tta.i.ppin
領帶夾

[珍珠]
진주
jin.ju
珍珠

[pin]
머리핀
meo.li.ppin
髮夾

[scarf]
스카프
seu.kka.ppeu
領巾、絲巾

[necktie]
넥타이
nek.tta.i
領帶

[網紗stocking]
망사스타킹
mang.sa.seu.tta.kking
網襪

목도리
mok.ddo.li
圍巾

[洋襪]
양말
yang.mal
襪子

[stocking]
스타킹
seu.tta.kking
絲襪

[掌匣]
장갑
chang.gap
手套

실
sil
線

바늘
pa.neul
針

단추
tan.chu
釦子

[pin]
옷핀
ot.ppin
別針

[陽傘]
양산
yang.san
陽傘

[雨傘]
우산
u.san
雨傘

[zipper]
지퍼
ji.ppeo
拉鍊

[帽子]
모자
mo.ja
帽子

[棉] **면** myeon 棉	[silk] **실크** sil.kkeu 絲綢	[麻] **마** ma 麻	[羊] **양털** yang.tteol 羊毛

[polyester] **폴리에스테르** ppol.li.e.seu.tte.leu 聚酯	[cashmere] **캐시미어** kkae.si.mi.eo 喀什米爾羊毛

衣服花色

[無地] **무지** mu.ji 素面	**무늬** mu.ni 紋路	**꽃무늬** ggon.mu.ni 印花紋

[虎皮] **호피무늬** ho.ppi.mu.ni 豹紋	[check] **체크무늬** che.kkeu.mu.ni 格紋

땡땡이무늬 ddaeng.ddaeng.i.mu.ni 圓點紋	[tartan check] **타탄 체크** tta.ttan.che.kkeu 蘇格蘭格紋

줄무늬 jul.mu.ni 條紋	**잔꽃무늬** chan.ggon.mu.ni 碎花紋

신발／슈즈
[shoes]
sin.bal／syu.jeu
鞋類

부츠
[boots]
pu.cheu
短靴

롱부츠
[long boots]
long.bu.cheu
長靴

구두
ku.du
皮鞋

고무 장화
[長靴]
ko.mu-jang.hwa
防水雨靴

하이힐
[high heel]
ha.i.hil
高跟鞋

샌들
[sandal]
saen.deul
涼鞋

슬리퍼
[slipper]
seul.li.ppeo
夾腳拖鞋

부티
[bootee]
pu.tti
踝靴

토오픈
[open]
tto.o.ppeun
魚口鞋

플랫
[flat]
ppeul.laet
娃娃鞋

웨지힐
[wedge heel]
we.ji.hil
楔型鞋

운동화
[運動鞋]
un.dong.hwa
球鞋

모카신
[moccasin]
mo.kka.sin
莫卡辛鞋

통굽 구두
ttong.gup-ku.du
粗跟皮鞋

소가죽 구두
so.ga.juk-ku.du
純牛皮鞋

양가죽 구두
[羊]
yang.ga.juk-ku.du
小羊皮鞋

키높이 신발
kki.no.ppi-sin.bal
增高鞋

스니커즈
[sneakers]
seu.ni.kkeo.jeu
運動休閒鞋

캐주얼신발
[casual]
kkae.ju.eol.sin.bal
休閒鞋

彩妝會話

1 [基礎化妝法]
기초 화장법 좀 가르쳐 주세요 .
ki.cho-hwa.jang.beop-jom-ka.leu.chyeo-ju.
se.yo

請教我基本化妝方法。

2 [色] [circle lens]
파란색 서클렌즈를 사려고요 .
ppa.lan.saek-seo.kkeul.len.jeu.leul-sa.lyeo.go.yo

我想買藍色的瞳孔放大片。

3 [eye shadow] [效果]
이 아이섀도의 효과가 아주 뛰어나요 .
i-a.i.syae.do.e-hyo.gwa.ga-a.ju-ddwi.eo.
na.yo

這款眼影效果很棒。

4 [foundation] [化妝]
이 파운데이션으로 화장 안 한 듯
[演出]
연출할 수 있어요 .
i-ppa.un.de.i.syeo.neu.lo-hwa.jang-an-
han-teut-yeon.chu.lal-ssu.i.sseo.yo

這款粉底可以畫出裸妝效果。

5 [防水eye liner]
방수 아이라이너가 있어요 ?
pang.su-a.i.la.i.neo.ga-i.sseo.yo

有防水的眼線筆嗎?

6 [假]
가짜 속눈썹을 어떻게 붙이는지
가르쳐 줄 수 있어요 ?
ka.jja-song.nun.sseo.beul-eo.ddeo.kke.pu.
chi.neun.ji-ka.leu.chyeo-jul-ssu-i.sseo.yo

可以教我怎麼戴假睫毛嗎?

7 [foundation] [cover效果]
어떤 파운데이션의 커버효과가 좋아요 ?
eo.ddeon-ppa.un.de.i.syeo.ne-kkeo.beo.
hyo.gwa.ga-jo.a.yo

哪一款粉底液的遮瑕效果好?

8 [concealer] [skin cover]
컨실러나 스킨커버가 있나요 ?
kkeon.sil.leo.na-seu.kkin.kkeo.beo.ga-in.na.yo

有遮瑕膏或蓋斑膏嗎?

9 [sun cream] [指數]
이 선크림의 SPF 지수가 어떻게 돼요 ?
i-sseon.kkeu.li.me-s.p.f.ji.su.ga-eo.ddeo.
kke-twae.yo

這款防曬乳的防曬係數多少?

10 [powder效果] [第一]
어느 파우더 효과가 제일 좋아요 ?
eo.neu-ppa.u.deo-hyo.gwa.ga-je.il-jo.
a.yo

哪一款蜜粉最不脫妝?

11 어떤 클렌징 로션이 잘 지워져요? [cleansing lotion]
eo.ddeon-kkeul.len.jing-lo.syeon.
ni-jal-ji.wo.jyeo.yo

哪一款卸妝乳的卸妝效
果最好？

12 립아이 리무버가 있어요? [lip eye remover]
li.ba.i-li.mu.beo.ga-i.sseo.yo

有眼唇卸妝液嗎？

13 흰색 메이크업 베이스와 피부색 [色] [make up base] [皮膚色]
메이크업 베이스를 보여 주세요. [make up base]
hin.saek-me.i.kkeu.eop-pe.i.seu-wa-ppi.
bu.saek-me.i.kkeu.eop-pe.i.seu-leul-po.
yeo-ju.se.yo

請給我看一下白色妝前
乳和膚色妝前乳。

14 샘플 더 많이 줄 수 있나요? [sample]
saem.ppeul-teo-ma.ni-jul-ssu.in.na.yo

可以多給我一些試用品
嗎？

15 사은품 있어요? [謝恩品]
sa.eun.ppum-i.sseo.yo

有贈品嗎？

🌸 單字充電站

化妝品

[化妝品] / [make up] 화장품／메이크업 hwa.jang.ppum／me.i.kkeu.eop 化妝品	[sun bb cream] 선 BB 크림 sseon.bi.bi.kkeu.lim 防曬 BB 霜

[make up base] 메이크업 베이스 me.i.kkeu.eop-pe.i.seu 飾底乳	[primer] 프라이머 ppeu.la.i.meo 妝前產品	[sun cream] 선크림 sseon.kkeu.lim 防曬乳

[bb cream] BB 크림 pi.bi.kkeu.lim BB 霜	[concealer] 컨실러 kkeon.sil.leo 遮瑕膏	[lip balm] 립밤 li.bbam 護唇膏	[lip liner] 립라이너 lim.na.i.neo 唇線筆

[珍珠] [sun bb]
진주알 맑은 선 BB
jin.ju.al-mal.geun-sseon.bi.bi
珍珠明亮防曬 BB 霜

[cream]
달팽이 크림
tal.ppaeng.i.kkeu.lim
蝸牛霜

[lipstick]
립스틱
lip.sseu.ttik
口紅

[foundation]
파운데이션
ppa.un.de.i.syeon
粉底／粉餅

[powder]
파우더
ppa.u.deo
蜜粉

[lip tint]
립틴트
lip.ttin.tteu
染唇露

[lipgloss]
립글로스
lip.ggeul.lo.seu
唇蜜

[eye brow]
아이브로우
a.i.beu.lo.u
眉彩

[eye shadow]
아이섀도
a.i.syae.do
眼影

[化妝]
화장솜
hwa.jang.som
化妝綿

[eyebrow pencil]
아이브로우 펜슬
a.i.beu.lo.u-ppen.seul
眉筆

[eye line]
아이라인
a.i.la.in
眼線

[gel eyebrow]
젤 아이브로우
jel-a.i.beu.lo.u
眉膠／染眉膏

[eye liner]
아이라이너
a.i.la.i.neo
眼線筆

[gel eye liner]
젤 아이라이너
jel-a.i.la.i.neo
眼線膠

[mascara]
마스카라
ma.seu.kka.la
睫毛膏

[water proof mascara]
워터프루프 마스카라
wo.tteo.ppeu.lu.ppeu.ma.seu.kka.la
防水睫毛膏

[long lash mascara]
롱래쉬 마스카라
long.lae.swi.ma.seu.kka.la
纖長睫毛膏

[volume mascara]
볼륨 마스카라
pol.lyum.ma.seu.kka.la
超濃密睫毛膏

[curling mascara]
컬링 마스카라
kkeol.ling.ma.seu.kka.la
捲翹睫毛膏

[eyelash curler]
아이래쉬 컬러
a.i.lae.swi.kkeol.leo
睫毛夾

[cleansing cream]
클렌징 크림
kkeul.len.jing-kkeu.lim
卸妝霜

[cleansing lotion]
클렌징 로션
kkeul.len.jing-lo.syeon
卸妝乳

[blush]
블러쉬
peul.leo.swi
腮紅

功效

[延長]
속눈썹연장
song.nun.sseo.byeon.jang
增長睫毛

[紫外線遮斷]
자외선 차단
ja.oe.seon-cha.dan
隔絕紫外線

[highlighter]
하이라이터
ha.i.la.i.tteo
局部打亮

[dark circle除去]
다크서클제거
ta.kkeu.seo.kkeul.je.geo
遮黑眼圈

[皮脂care]
피지케어
ppi.ji.kke.eo
控油

[美白]　　　[whitening]
미백／화이트닝
mi.baek／hwa.i.tteu.ning
美白

[老化防止]
노화방지
no.hwa.bang.ji
抗老化

[改善]
주름개선
ju.leum.gae.seon
除皺／淡化皺紋

[敏感性]　　　[trouble]
민감성／트러블
min.gam.seong／tteu.leo.beul
敏感性／痘痘適用

[角質除去]
각질제거
kak.jjil.je.geo
去角質

[anti aging]
앤티에이징
aen.tti.e.i.jing
抗老化

[防止]
주름방지
ju.leum.bang.ji
防皺

[脂性皮膚]
지성피부
ji.seong.ppi.bu
油性肌膚

[複合性皮膚]
복합성피부
po.kkap.sseong.ppi.bu
混合性肌膚

[乾性皮膚]
건성피부
keon.seong.ppi.bu
乾性肌膚

[皮膚]　　　[改善]
피부결개선
ppi.bu.gyeol.gae.seon
改善膚質

[皮膚tone改善]
피부톤개선
ppi.bu.tton.gae.seon
亮肌

[black head除去]
블랙헤드제거
beul.lae.kke.deu.je.geo
去除粉刺

[顏色改善]
안색개선
an.saek.ggae.seon
改善氣色

[v line lifting] v 라인리프팅 peu.i.la.in.li.ppeu.tting 臉部曲線拉提	[除去] 기미제거 ki.mi.je.geo 除斑	[皮膚再生] 피부재생 ppi.bu.jae.saeng 換膚
[彈力維持] 탄력유지 ttal.lyeo.gyu.ji 保持彈性	[水分] [保濕] 수분／보습 su.bun／po.seup 鎖水／保濕	[毛孔縮小] 모공축소 mo.gong.chuk.sso 縮小毛孔

保養品

[toner] 토너 tto.neo 化妝水	[cream] 크림 kkeu.lim 乳霜	[sleeping pack] [pack] 슬리핑팩／수면팩 seul.li.pping.ppaek／su.myeon.ppaek 晚安面膜
[set商品] 세트상품 se.tteu.sang.ppum 套組	[black head除去pack] 블랙헤드제거팩 beul.lae.kke.deu.je.geo.ppaek 拔粉刺面膜	[essence] 에센스 e.sen.seu 精華液
[mist] 미스트 mi.seu.tteu 噴霧	[skin care] 스킨케어 seu.kkin.kke.eo 肌膚保養／護膚產品	[lotion] [emulsion] 로션／에멀전 lo.syeon／e.meol.jeon 乳液
[mask sheet] 마스크 시트 ma.seu.kkeu-si.tteu 面膜紙	[火山] [pack] 화산재 팩 hwa.san.jae.ppaek 火山泥面膜	[body care] 바디케어 pa.di.kke.eo 身體保養
[peel off] 필오프 ppi.lo.ppeu 撕除式	[wash off] 워시오프 wo.si.o.ppeu 洗淨式	[pack] 코 팩 kko.ppaek 鼻貼	[eye mask] 아이마스크 a.i.ma.seu.kkeu 眼膜

[day cream]	[night cream]	[eye cream]
데이 크림 te.i.kkeu.lim 日霜	나이트 크림 na.i.tteu.kkeu.lim 晚霜	아이크림 a.i.kkeu.lim 眼霜

[hand cream]	[massage cream]	[pack] [mask]
핸드크림 haen.deu.kkeu.lim 護手霜	마사지 크림 ma.sa.ji-kkeu.lim 按摩霜	팩／마스크 ppaek／ma.seu.kkeu 面膜

成分

[collagen]	[herb]	[aloe]	[乳化劑]
콜라겐 kkol.la.gen 膠原蛋白	허브 heo.beu 草本	알로에 al.lo.e 蘆薈	유화제 yu.hwa.je 乳化劑

[vitamin]	[防腐劑]		[egg white]
비타민 pi.tta.min 維他命	방부제 pang.bu.je 防腐劑	꿀 ggul 蜂蜜	에그 화이트 e.geu.hwa.i.tteu 蛋白

[rice]	[black sugar]	[milk] [牛乳]
라이스／쌀 la.i.seu／ssal 純米	블랙슈가 beul.laek.ssyu.ga 黑糖	밀크／우유 mil.kkeu／u.yu 牛奶

[olive]	[人蔘]	[紅蔘]	[石榴]
올리브 ol.li.beu 橄欖	인삼 in.sam 人蔘	홍삼 hong.sam 紅蔘	석류 seong.nyu 石榴

[漢方]		[玄米]	[lemon]
한방 han.bang 漢方	오이 o.i 小黃瓜	현미 hyeon.mi 玄米	레몬 le.mon 檸檬

[glycerin] **글리세린** keul.li.se.lin 甘油	**검은콩** keo.meun.kkong 黑豆	[cucumber] **큐컴버** kkyu.kkeom.beo 黃瓜
[製造] **제조날짜** je.jo.nal.jja 製造日期	[流通期限] **유통기한** yu.ttong.gi.han 保存期限	[黃土] **황토** hwang.tto 黃土

其他產品

[manicure] [nail] **매니큐어／네일** mae.ni.kkyu.eo／ne.il 指甲油	[nail art] **네일아트** ne.i.la.tteu 指甲彩繪	[nail balm] **네일밤** ne.il.bam 護甲霜
[nail sticker] **네일 스티커** ne.il-seu.tti.kkeo 指甲貼片	[nail remover] **네일 리무버** ne.il-li.mu.beo 去光水	[軟膏] **여드름연고** yeo.deu.leu.myeon.go 青春痘藥膏
빗 pit 梳子	[hair care] **헤어케어** he.eo.kke.eo 髮質保養	[shampoo] **샴푸** syam.ppu 洗髮精	[除毛劑] **제모제** je.mo.je 脫毛膏
[假髮] **가발** ka.bal 假髮	**비누** pi.nu 肥皂	[pin] **머리핀** meo.li.ppin 髮夾	[面刀器] **면도기** myeon.do.gi 刮鬍刀
[rinse] **린스** lin.seu 潤髮精／護髮乳	[洗面道具] **세면도구** se.myeon.do.gu 洗臉用品	[香水] **향수** hyang.su 香水

整型醫美

[成形外科] **성형외과** seong.hyeong.oe.ggwa 整型外科	[成形手術] **성형수술** seong.hyeong.su.sul 整型手術	[hyaluronic acid] **히알루론산** hi.al.lu.lon.san 玻尿酸

[petit成形術] **쁘띠성형술** bbeu.ddi.seong.hyeong.sul 微整型	[restylane注射] [光注射] **레스틸렌주사／물광주사** le.seu.ttil.len.ju.sa／mul.gwang.ju.sa 打玻尿酸

[radiesse filler注射] **래디어스 필러주사** lae.di.eo.seu-ppil.leo.ju.sa 打微晶瓷	[除去注射] **흉터제거주사** hyung.tteo.je.geo.ju.sa 除疤針	[filler] **필러** ppil.leo 填充物

[filler注射] **입술 필러주사** ip.ssul-ppil.leo.ju.sa 豐唇針	[美白注射] **미백주사** mi.baek.jju.sa 美白針	[v line注射] **V 라인주사** beu.i.la.in.ju.sa 小臉針

[filler注射] **코 필러주사** kko-ppil.leo.ju.sa 隆鼻針	[手術] **앞트임수술** ap.tteu.im.su.sul 開眼頭手術	[massage] **얼굴마사지** eol.gul.ma.sa.ji 臉部按摩

[botox] **보톡스** po.ttok.sseu 肉毒桿菌	[兩顎手術] **양악수술** yang.ak.ssu.sul 顎骨整形手術	[難] [除去] **잡티제거** jap.tti.je.geo 除斑

[手術] **무턱수술** mu.tteok.ssu.sul 下巴手術	[laser] **레이저** le.i.jeo 雷射光療	[lifting] **실리프팅** sil.li.ppeu.tting 羽毛拉皮

[八字] [除去術]
팔자주름제거술
ppal.ja.ju.leum.je.geo.sul
法令紋填平術

[除去laser]
여드름흉터 제거레이저
yeo.deu.leum.hyung.tteo-je.geo.le.i.jeo
除痘斑雷射

[除去laser]
흉터 제거레이저
hyung.tteo-je.geo.le.i.jeo
除疤雷射

[除去laser]
눈밑주름 제거레이저
nun.mit.jju.leum-je.geo.le.i.jeo
消除眼下皺紋雷射

[laser脂肪吸入術]
레이저 지방흡입술
le.i.jeo-ji.bang.heu.bip.ssul
雷射溶脂

[自家脂肪移植] [擴大術]
자가지방이식 가슴확대술
ja.ga.ji.bang.i.sik-ka.seum.hwak.ddae.sul
自體脂肪豐胸

[雙] [切開手術]
쌍꺼풀 절개수술
ssang.ggeo.ppul-cheol.gae.su.sul
割雙眼皮

[脂肪] [除去手術]
눈밑지방 제거수술
nun.mit.jji.bang-je.geo.su.sul
割眼袋

[ultra v lifting]
울트라 V 리프팅
ul.tteu.la-beu.i-li.ppeu.tting
全臉拉提術

[除去手術]
눈가주름 제거수술
nun.ga.ju.leum-je.geo.su.sul
消除眼周皺紋手術

[雜] [除去laser]
잡티 제거레이저
jap.tti-je.geo.le.i.jeo
除斑雷射

[雙] [手術] [埋沒] [法]
쌍꺼풀수술 매몰법
ssang.ggeo.ppul.su.sul-mae.mol.beop
縫雙眼皮

[縮小手術]
광대뼈 축소수술
kwang.dae.bbyeo-chuk.sso.su.sul
削顴骨手術

[成形手術]
콧대 성형수술
kkot.ddae-seong.hyeong.su.sul
隆鼻手術

[lifting手術] **리프팅수술** li.ppeu.tting.su.sul 臉部拉提手術	[顏面居上術] **안면거상술** an.myeon.geo.sang.sul 電波拉皮	[脂肪吸入術] **지방흡입술** ji.bang.heu.bip.ssul 抽脂手術

[擴大手術] **가슴 확대수술** ka.seum-hwak.ddae.su.sul 隆乳手術	[v line lifting手術] **V 라인리프팅수술** beu.i.la.il.li.ppeu.tting.su.sul V 臉拉提手術

[四角] [成形手術] **사각턱 성형수술** sa.gak.tteok-seong.hyeong.su.sul 方下巴削骨手術	[成形手術] **이마 성형수술** i.ma-seong.hyeong.su.sul 額頭整形手術

[成形手術] **턱 성형수술** tteok-seong.hyeong.su.sul 整下巴手術	[貴族手術] **귀족수술** kwi.jok.ssu.sul 鼻骨輪廓隆起術（改善老化凹陷）

電器製品

[radio] **라디오** la.di.o 錄音機／收音機	[television] **텔레비전** ttel.le.bi.jeon 電視

[mp3] **엠피 쓰리** em.ppi-sseu.li MP3	[video錄畫機] **비디오 녹화기** pi.di.o-no.kkwa.gi 錄影機	[CD Player] **시디 플레이어** si.di-ppeul.le.i.eo CD 播放器

[computer] 컴퓨터 kkeom.ppyu.tteo 電腦	[電氣] 전기밥솥 jeon.gi.bap.ssot 電鍋	[暖房裝置] 난방장치 nan.bang.jang.chi 暖氣裝置

[mixer器] 믹서기 mik.sseo.gi 果汁機	[冷藏庫] 냉장고 naeng.jang.go 冰箱	[다리미] 다리미 ta.li.mi 熨斗	[洗濯機] 세탁기 se.tta.ggi 洗衣機

[toast機] 토스트기 tto.seu.tteu.gi 烤麵包機	[電子range] 전자레인지 jeon.ja.le.in.ji 微波爐

[hair drier] 헤어드라이어 he.eo.deu.la.i.eo 吹風機	[((日)バッテリー] 배터리／밧데리 pae.tteo.li／pat.dde.li 電池

[video tape] 비디오테이프 pi.di.o.tte.i.ppeu 錄影帶	[電話機] 전화기 jeo.nwa.gi 電話機	[hand phone] 핸드폰 haen.deu.ppon 手機

[扇風機] 선풍기 seon.ppung.gi 電風扇	[fax] 팩스 ppaek.sseu 傳真機	[mike] 마이크 ma.i.kkeu 麥克風	[earphone] 이어폰 i.eo.ppon 耳機

[album] 앨범 ael.beom 專輯	[speaker] 스피커 seu.ppi.kkeo 擴音器	[乾電池] 건전지 keon.jeon.ji 乾電池	[充電器] 충전기 chung.jeon.gi 充電器

[tape] 테이프 tte.i.ppeu 錄音帶	[音盤] 음반 eum.ban 唱片	[aircon] 에어컨 e.eo.kkeon 冷氣空調	[計算機] 계산기 ke.san.gi 計算機

相機相關

[digital camera]
디지털카메라
ti.ji.tteol.kka.me.la
數位相機

[video camera]
비디오카메라
pi.di.o.kka.me.la
錄影相機

[黑白film]
흑백필름
heuk.bbak.ppil.leum
黑白底片

[camera]
카메라
kka.me.la
相機

[film]
필름
ppil.leum
底片

[lens]
렌즈
len.jeu
鏡頭

[shutter]
셔터
syeo.tteo
快門

[焦點距離]
초점 거리
cho.jeom-keo.li
焦距

[color film]
컬러필름
kkeol.leo.ppil.leum
彩色底片

[擴大寫真]
확대사진
hwak.ddae.sa.jin
放大的照片

[追加印畫]
추가인화
chu.ga.i.nwa
加洗

36 장 필름
seo.leun.nyeo.seot.jjang-ppil.leum
36 張裝底片

[印畫]
인화
i.nwa
沖洗

鐘錶

[掛鐘時計]
괘종시계
kwae.jong.si.ge
座鐘

[時計]
손목시계
son.mok.ssi.ge
手錶

[壁] [時計]
벽걸이 시계
pyeo.ggeo.li. si.ge
掛鐘

[analogue時計]
아날로그시계
a.nal.lo.geu.si.ge
指針式手錶

알람시계
al.lam.si.ge
鬧鐘

[電子時計]
전자시계
jeon.ja.si.ge
電子錶

[時計]
시계
si.ge
鐘錶

文具用品

[文具] **문구** mun.gu 文具	[sharp pencil] **샤프펜슬** sya.ppeu.ppen.seul 自動鉛筆	[水性ball pen] **수성볼펜** su.seong.bol.ppen 水性原子筆	[封套] **봉투** pong.ttu 信封

[油性ball pen] **유성볼펜** yu.seong.bol.ppen 油性原子筆	[note]　[空冊] **노트／공책** no.tteu／kong.chaek 筆記本	[便紙紙set] **편지지세트** ppyeon.ji.ji.se.tteu 信封信紙組

[ball pen ink] **볼펜 잉크** pol.ppen-ing.kkeu 原子筆水	[鉛筆] **연필깎이** yeon.ppil.gga.ggi 削鉛筆機	[便紙紙] **편지지** ppyeon.ji.ji 信紙	[萬年筆] **만년필** man.nyeon.ppil 鋼筆

지우개 ji.u.gae 橡皮擦	[file] **파일** ppa.il 資料夾	**풀** ppul 漿糊／膠水	**자** ja 尺

書報雜誌

[冊] **책** chaek 書	[地圖] **지도** ji.do 地圖	[雜誌] **잡지** jap.jji 雜誌	[小說] **소설** so.seol 小說	[辭典] **사전** sa.jeon 字典	[新聞] **신문** sin.mun 報紙

[百科辭典] **백과사전** pae.ggwa.sa.jeon 百科字典	[英語冊] **영어책** yeong.eo.chaek 英文書	[英韓辭典] **영한사전** yeong.han.sa.jeon 英韓字典	[韓英辭典] **한영사전** ha.nyeong.sa.jeon 韓英字典

[齒] **칫솔** chit.ssol 牙刷	[齒藥] **치약** chi.yak 牙膏	[手巾] **수건** su.geon 毛巾	[手巾] **손수건** son.su.geon 手帕
손톱깎이 son.ttop.gga.ggi 指甲刀	[沐浴towel] **목욕 타월** mo.gyok-tta.wol 浴巾	[tissue] **티슈** tti.syu 面紙	[漂白劑] **표백제** ppyo.baek.jje 漂白水
빨래집게 bbal.lae.jip.gge 曬衣夾	[洗劑] **빨래세제** bbal.lae.se.je 洗衣精	[柔軟劑] **유연제** yu.yeon.je 柔軟精	[生理帶] **생리대** saeng.ni.dae 衛生棉

[家具] **가구** ka.gu 家具	[食卓] **식탁** sik.ttak 餐桌	[sofa] **소파** so.ppa 沙發	[寢臺] **침대** chim.dae 床	[椅子] **의자** ui.ja 椅子
[table] **테이블** tte.i.beul 桌子／茶几	[裝飾欌] **장식장** jang.sik.jjang 壁櫥	[curtain] **커튼** kkeo.tteun 窗簾	[冊欌] **책장** chaek.jjang 書櫃	
[欌] **옷장** ot.jjang 衣櫃	[化妝臺] **화장대** hwa.jang.dae 梳妝台	[方席] **방석** pang.seok 坐墊	[欌] **신발장** sin.bal.jjang 鞋櫃	

시원하다 . 好舒服

汗蒸幕

與店員的對話

會話 ❶

어서 오세요 . 몇 분이세요?
eo.seo-o.se.yo.myeot-bbu.ni.se.yo

歡迎光臨，請問幾位。

어른 둘하고 아이 하나요 .
eo.leun-tu.la.go-a.i-ha.na.yo

兩個大人，一個小孩。

會話 ❷

[沐浴]
목욕하실 거예요? 찜질하실 거예요?
mo.gyo.kka.sil-ggeo.ye.yo. jjim.ji.la.sil-ggeo.
ye.yo

只洗澡嗎？還是汗蒸幕呢？

찜질요 . 얼마예요?
jjim.ji.lyo. eol.ma.ye.yo

汗蒸幕，多少錢呢？

會話 ❸

때밀이 얼마예요?
ddae.mi.li-eol.ma.ye.yo

搓澡多少錢？

[價格]
가격 달라요 .
ka.gyeok-tal.la.yo

價格不一。

[全身]
전신때밀이 얼마예요?
jeon.sin.ddae.mi.li-eol.ma.ye.yo

全身搓澡多少錢？

[四萬元]
사만 원입니다 .
sa.ma.nwo.nim.ni.da

四萬元。

會話④

담요 하나 주실래요？
tam.nyo-ha.na-ju.sil.lae.yo

可以給我一個毯子嗎？

[保證金]　[六千元]
보증금 육천 원입니다．
po.jeung.geum-yuk-cheo.nwo.nim.ni.da

保證金六千元。

會話⑤

[pc房]　　　　[房]
피씨방이나 노래방이 있어요？
ppi.ssi.bang.i.na-no.lae.bang.i-i.sseo.yo

有電腦室或 KTV 嗎？

[賣店]
매점 옆에 있습니다．
mae.jeom-yeo.ppe.it.sseum.ni.da

在販賣部旁邊。

會話⑥

[休憩室]
휴개실이 어디에 있어요？
hyu.gae.si.li-eo.di.e-i.sseo.yo

休息室在哪裡？

[二層]
이층에 올라가시면 됩니다．
i.cheung.e-ol.la.ga.si.myeon-twae.ni.da

往二樓走就是了。

會話⑦

[mat]
베개와 매트가 어디 있어요？
pe.gae.wa-mae.tteu.ga-eo.di-i.sseo.yo

請問枕頭跟墊子在哪裡？

[入口]
입구에 있습니다．
ip.ggu.e-it.sseum.ni.da

在入口處。

🌸 其他問題

[massage]
1 마사지해 주시나요？ 얼마예요？
ma.sa.ji.hae-ju.si.na.yo. eol.ma.ye.yo

有按摩服務嗎？
怎麼計費？

2 안마 의자를 사용하려면 얼마나 [按摩椅子] [使用]
  내야 돼요 ?
  an.ma-ui.ja.leul-sa.yong.ha.lyeo.myeon-eol.
  ma.na-nae.ya-twae.yo

按摩椅怎麼計費？

常見標語

1 탕에 오래 들어가지 마세요 . [湯]
  ttang.e-o.lae-teu.leo.ga.ji-ma.se.yo

不要泡太久。

2 목욕탕에서 뛰지 마세요 . [沐浴湯]
  mo.gyo.ttang.e-seo-ddwi.ji-ma.se.yo

請勿在浴池奔跑。

單字充電站

汗蒸幕

[sauna] 사우나 sa.u.na 三溫暖	[房] 찜질방 jjim.jil.bang 汗蒸幕	[女湯] 여탕 yeo.ttang 女用泡澡池	[男湯] 남탕 nam.ttang 男用泡澡池	[賣店] 매점 mae.jeom 販賣部
[冷湯] 냉탕 naeng.ttang 冷水池	[食堂] 식당 sik.ddang 餐廳	[pc房] 피씨방 ppi.ssi.bang 電腦室	숯가마 sut.gga.ma 炭窯房	[shower室] 샤워실 sya.wo.sil 淋浴室
[沐浴湯] 목욕탕 mo.gyok.ttang 泡澡池	[汗蒸幕] 한증막 han.jeung.mak 汗蒸幕	[睡眠室] 수면실 su.myeon.sil 休息室	[房] 얼음방 eo.leum.bang 冰療房	
[locker room] 락커룸 lak.kkeo.lum 寄物處／寄物櫃臺	[黃土房] 황토방 hwang.tto.bang 黃土熱療房	[房] 소금방 so.geum.bang 鹽熱療房		

交通

◆ 車站

車站內

1 남쪽 출구에 어떻게 가요？
nam.jjok-chul.gu.e-eo.ddeo.kke-ka.yo
[時間表]

往南的出口要怎麼走呢？

2 시간표가 어디에 있어요？
si.gan.ppyo.ga-eo.di.e-i.sseo.yo
[出口]

哪裡有時刻表？

3 여기가 출구인가요？
yeo.gi.ga-chul.gu.in.ga.yo

這裡是出口嗎？

詢問如何買票

[賣票所]

1 매표소가 어디에 있어요？
mae.ppyo.so.ga-eo.di.e-i.sseo.yo
[交通card]

請問售票處在哪裡？

2 어디서 교통카드를 살 수 있어요？
eo.di.seo-kyo.ttong.kka.deu.leul-sal-ssu-i.sseo.yo

哪裡可以買到交通卡？

3 자동매표기는 어떻게 사용하는지
가르쳐 주시겠어요？
ja.dong.mae.ppyo.gi.neun-eo.ddeo.kke-sa.
yong.ha.neun.ji-ka.leu.chyeo-ju.si.ge.sseo.yo
[釜山]

能教我如何使用這台售票機嗎？

4 부산까지 가면 얼마예요？
pu.san.gga.ji-ka.myeon-eol.ma.ye.yo
[片道]   [往返]

到釜山要多少錢？

5 편도가 얼마예요？ 왕복이 얼마예요？
ppyeon.do.ga-eol.ma.ye.yo-wang.bo.gi-eol.ma.ye.yo
[無窮花號]

單程票價多少錢？
來回票價多少錢？

6 무궁화호는 얼마예요？
mu.gung.hwa.ho.neun-eol.ma.ye.yo

無窮花號火車票價多少錢？

買票

 會話

🦁 [大田] [票] 대전까지 가는 표를 주세요 . tae.jeon.gga.ji-ka.neun-ppyo.leul-ju.se.yo	請給我到大田的車票。
🐰 [時] [車] 몇 시 차를 타실 겁니까 ? myeot.ssi-cha.leul-tta.sil-ggeom.ni.gga	請問您要坐幾點的?
🦁 [午後] [時] [分] 오후 6 시 5 분요 . o.hu-yeo.seot.ssi-o.bu.nyo	今天下午六點五分。
🐰 [片道] [往返] 편도인가요 ? 왕복인가요 ? ppyeon.do.in.ga.yo-wang.bo.gin.ga.yo	單程嗎?還是來回?
🦁 [往返] 왕복요 . wang.bo.gyo	來回。
🐰 한 분이세요 ? han-pu.ni.se.yo	一位嗎?
🦁 [名] 두 명이에요 . tu-myeong.i.e.yo	兩位。
🐰 [自由席] [指定席] 자유석이세요 ? 지정석이세요 ? ja.yu.seo.gi.se.yo-ji.jeong.seo.gi.se.yo	請問要自由座? 還是對號座?
🦁 [自由席] 자유석을 주세요 . ja.yu.seo.geul-ju.se.yo	請給我自由座。
🐰 [萬] [千元] 2 만 3 천원입니다 . i.man-sam.che.nwo-nim.ni.da	這樣是兩萬三千元。
🦁 [感謝] 감사합니다 . kam.sa.ham.ni.da	謝謝。

＊韓國的通勤列車都是以自由席方式販售，只要有空位就可以坐。其他火
車車種大多是對號座，也有部分車廂會開放自由座。

 **詢問下車站**

1 [驛] [光州驛]
다음 역은 광주역인가요?
ta.eum-yeo.geun-kwang.ju.yeo.gin.ga.yo

下一站是光州站嗎？

2 어느 역에서 내리면 돼요?
eo.neu-yeo.ge.seo-nae.li.myeon-twae.yo

我要在哪一站下車呢？

會話①

 이번 차가 동대문역에 가요?
[車] [東大門驛]
i.beon-cha.ga-tong.dae.mu.nyeo.ge-ka.yo

這班車有到東大門嗎？

네, 가요.
ne-ka.yo

是的，有。

會話②

 춘천에 가요?
[春川]
chun.cheo.ne-ka.yo

有到春川嗎？

네, 가요.
ne-ka.yo

有的。

會話③

 몇 번째 역이죠?
[驛]
myeot-bbeon.jjae-yeo.gi.jyo

第幾個車站呢？

3번째 역요.
se.beon.jjae-yeo.gyo

第三個車站。

會話 ④

수원에 가려면 어떤 **교통수단**이 **제일** **편**해요?

su.wo.nae.ka.lyeo.myeon-eo.ddeon-kyo.ttong.su.da.ni-je.il-ppyeo.nae.yo

到水原市搭什麼交通工具最方便？

지하철이 **제일** 빨라요.

ji.ha.cheo.li-je.il-bbal.la.yo

搭地下鐵最快喔！

會話 ⑤

bus와 **택시**중 어떤 걸 타고 가는 게 더 나아요?

peo.seu.wa-ttaek.ssi.jung-eo.ddeon-geol.tta.go.ka.neun.ge-teo-na.a.yo

巴士和計程車，搭哪一種好呢？

bus를 타고 가면 **時間**이 좀 걸려요.

peo.seu.leul-tta.go.ka.myeon-si.ga.ni-jom-keol.lyeo.yo

坐巴士很花時間。

택시가 더 나아요.

ttaek.ssi.ga-teo-na.a.yo

還是計程車好喔！

詢問轉車

[大田]
1 대전에 가려면 어디서 갈아타야 해요? 到大田要在哪邊換車?
tae.jeo.ne.ka.lyeo.myeon-eo.di.seo-ka.la.tta.
ya-hae.yo

 會話

 어디서 갈아타야 되는지 가르쳐 줄 수 能告訴我要在哪邊換車
있나요? 嗎?
eo.di.seo-ka.la.tta.ya-toe.neun-ji-ka.leu.
chyeo-jul-ssu-in.na.yo

 [譯]
다다음 역에서 갈아타요. 在下下站換。
ta.da.eum-yeo.ge.seo-ka.la.tta.yo

 搭車前

[新村]   [號線]
1 신촌에 가려면 몇 호선 타야 돼요? 到新村要坐幾號線?
sin.cho.ne-ka.lyeo.myeon-myeo.tto.seon-tta.
ya-twae.yo
[仁川空港]
2 인천공항에 가요? 這是開往仁川機場的
in.cheon.gong.hang.e-ka.yo 嗎?
[大邱]
3 대구에 가는 차를 어디서 기다려야 돼요? 往大邱的車子要在哪裡
tae.gu.e-ka.neun-cha.leul-eo.di.seo-ki.da.lyeo. 等呢?
ya-twae.yo
[時] [市廳]   [到著]
4 몇 시에 시청에 도착해요? 幾點會到市政府?
myeot.ssi.e-si.cheong.e-to.cha.kkae.yo
[釜山]   [車] [時] [出發]
5 부산에 가는 다음 차는 몇 시에 출발해요? 下一班往釜山的車幾點
pu.sa.ne.ka.neun-ta.eum-cha.neun-myeot.ssi. 開?
e-chul.ba.lae.yo

[京釜線 大田]　　　　　　　[車]　　　[時]　　[出發]

6 경부선대전에 가는 차가 몇 시에 출발해요? 往大田的京釜線幾點
kyeong.bu.seon-tae.jeo.ne-ka.neun-cha.　　　　開？
ga-myeot.ssi.e-chul.ba.lae.yo

[末車]　　　　　[時]　　[出發]

7 막차는 몇 시에 출발해요?　　　　　　最後一班電車幾點開？
mak.cha.neun-myeot.ssi.e-chul.ba.lae.yo

[地下鐵 路線圖]

8 지하철 노선도 하나만 주시겠어요?　　　可以給我一份地下鐵路
ji.ha.cheol-no.seon.do-ha.na.man-ju.si.ge.　　線圖嗎？
sseo.yo

🌸 在列車上

1 자리가 있어요?　　　　　　　　　　有位子坐嗎？
ja.li.ga-i.sseo.yo

2 담배 피워도 돼요?　　　　　　　　我可以抽菸嗎？
tam.bae-ppi.wo.do-twae.yo

[化妝室]

3 화장실은 어디에 있나요?　　　　　化妝室在哪裡？
hwa.jang.si.leun-eo.di.e-in.na.yo

[禁煙區域]

4 빈 자리가 있으면 금연구역으로 가고　如果有空位的話，我想
싶어요.　　　　　　　　　　　　　換到禁菸區去。
pin.ja.li.ga-i.sseu.myeon-keu.myeon.gu.yeo.geu.
lo-ka.go-si.ppeo.yo

🌸 有狀況時

[電車]

1 전철을 놓쳤어요.　　　　　　　　我錯過電車了。
jeon.cheo.leul-no.chyeo.sseo.yo

[車票]

2 차표를 잘못 샀어요.　　　　　　　我買錯車票了。
cha.ppyo.leul-jal.mot-ssa.sseo.yo

[還拂]

3 어디서 환불해야 돼요?　　　　　　我可以在哪裡退票呢？
eo.di.seo-hwan.bu.lae.ya-twae.yo

[車票]

4 차표를 잃어버렸어요.　　　　　　　我把車票弄丟了。
cha.ppyo.leul-i.leo.beo.lyeo.sseo.yo

◆ 公車、巴士

❀ 搭車前

[Everland] [bus]
1 에버랜드에 가려면 어떤 버스를 타야 돼요?
e.beo.laen.deu.e-ka.lyeo.myeon-eo.ddeon-peo.
seu.leul-tta.ya-twae.yo

往愛寶樂園要搭哪一輛公車？

[江南] [bus]
2 강남에 가는 버스는 어디서 타야 돼요?
kang.na.me-ka.neun-peo.seu.neun-eo.di.seo.tta.
ya-twae.yo

往江南的公車要在哪裡搭？

[番] [bus] [綜合運動場]
3 이번 버스는 종합운동장에 가요?
i.beon-peo.seu.neun-jong.ha.bun.dong.jang.e-ka.yo

這輛公車有到綜合運動場嗎？

[梨泰院] [bus]
4 이태원에 가는 버스가 몇 번이죠?
i.ttae.wo.ne-ka.neun-peo.sseu.ga-myeot-bbeo.ni.jyo

往梨泰院的公車是幾號？

[番] [bus] [南大門市場]
5 이번 버스는 남대문시장 앞에서 서요?
i.beon-peo.sseu.neun-nam.dae.mun.si.jang-a.ppe.
seo-seo.yo

這班車有停南大門市場前面嗎？

❀ 詢問時間或距離

[仁寺洞] [bus] [時]
1 인사동에 가는 버스가 몇 시에 와요?
in.sa.dong.e-ka.neun-peo.sseu.ga-myeot-ssi.
e-wa.yo

往仁寺洞的公車幾點會到？

[狎鷗亭洞] [時間]
2 압구정동에 가려면 시간이 얼마나 걸려요?
ap.ggu.jeong.dong.e-ka.lyeo.myeon-si.ga.ni-eol.ma.
na-keol.lyeo.yo

到狎鷗亭需要花多久時間呢？

[bus末車] [時]
3 버스 막차는 몇 시죠?
peo.sseu-mak.cha.neun-myeot-ssi.jyo

最後一班公車是幾點？

詢問票價

[景福宮]

1 경복궁에 가려면 얼마예요?
kyeong.bo.ggung.e-ka.lyeo.myeon-eol.ma.ye.yo

到景福宮要多少錢？

[搭乘]

2 탑승할 때나 내릴 때 돈을 내요?
ttap.sseung.hal-ddae.na-nae.lil-ddae-to.neul-nae.yo

上車付錢還是下車付錢？

[交通card]

3 교통카드 한 장 주세요.
kyo.ttong.kka.deu-han.jang-ju.se.yo

請給我一張交通卡。

[銅錢]

4 동전 좀 바꿔 줄 수 있나요?
tong.jeon-jom-pa.ggwo-jul-ssu-in.na.yo

可以換零錢嗎？

 下車時

1 내려 주세요.
nae.lyeo-ju.se.yo

我要下車。

[停留場]

2 다음 정류장에서 내려 주세요.
ta.eum-jeong.nyu.jang.e.seo-nae.lyeo-ju.se.yo

請讓我在下一站下車。

◆ 計程車

가자! 走吧!

搭車前

會話 ❶

🦁 [taxi 搭乘處]
택시 탑승처는 어디에 있어요?
ttaek.ssi-ttap.sseung.cheo.neun-eo.di.e.i.sseo.yo

請問計程車搭乘處在哪？

🐰 [正門]
정문으로 나가면 바로 탈 수 있어요.
jeong.mu.neu.lo-na.ga.myeon-pa.lo-ttal-ssu.i.sseo.yo

從正門走出去就可以搭了。

會話 ❷

🦁 [taxi]
택시를 불러 주세요.
ttaek.ssi.leul-pul.leo-ju.se.yo

請幫我叫計程車。

🐰 네, 바로 불러 드릴게요.
ne-pa.lo-pul.leo.deu.lil.geo.yo

好的，馬上幫你叫。

向司機詢問價錢

會話 ❶

🦁 [金浦空港]
김포공항까지 가려면 얼마나 들어요?
kim.ppo.gong.hang.gga.ji.ga.lyeo.myeon-eol.ma.na-teu.leo.yo

到金浦機場要多少錢呢？

🐰 [萬五千] [程度]
만오천 원 정도 들어요.
man-no.che.nwon-jeong.do-teu.leo.yo

大約一萬五千元左右。

會話②

[Lotte World]   [以內]   [可能]
롯데월드까지 가려면 5 만 원 이내는 가능해요?
lot.dde.wol.deu.gga.ji.lyeo.myeon-o.ma.
nwon-i.nae.neun-ka.neung.hae.yo

五萬元以內到得了樂天世界嗎?

[程度]
8만원 정도 들어요.
ppal.ma.nwon-jeong.do.deu.leo.yo

可能要八萬元喔!

搭車

[住所]
1 이 주소로 가 주세요.
i-ju.so.lo-ka-ju.se.yo

麻煩載我到這個地址。

會話

타도 돼요?
tta.do-twae.yo

我可以搭乘嗎?

타세요. 어디로 가세요?
tta.se.yo-eo.di.lo-ka.se.yo

請上車,要到哪裡呢?

[南部terminal]   [最大]
남부터미널로 가 주세요. 최대한 빨리
가 주세요.
nam.bu.tteo.mi.neol.lo-ka-ju.se.yo-choe.
dae.han-bbal.li-ka-ju.se.yo

麻煩載我到南部客運站。
請你盡量快一點。

指示司機

[直進]
1 직진하세요.
jik.jji.na.se.yo

請直走。

[corner]   [右回轉]
2 다음 코너에서 우회전해 주세요.
ta.eum-kko.neo.e.seo-u.hoe.jeo.nae-ju.se.yo

請在下一個轉角右轉。

[新村]
3 신촌에서 내려 주세요.
sin.cho.ne.seo-nae.lyeo-ju.se.yo

請在新村讓我下車。

4 여기서 세워 주세요.
yeo.gi.seo-se.wo-ju.se.yo

請在這裡停車。

[trunk]
5 트렁크 좀 열어 주세요.
tteu.leong.kkeu-jom-yeo.leo-ju.se.yo

請幫我打開行李箱。

◆ 飛機

❀ 詢問櫃檯

會話

[大韓航空] [窗口]
🐱 대한항공은 어느 창구에 있어요?
tae.han.hang.gong.eun-eo.neu-chang.gu.
e-i.sseo.yo

大韓航空在哪一個櫃台呢?

[窗口]
🐰 맨 오른쪽 창구에 있어요.
maen-o.leun-jjok-chang.gu.e-i.sseo.yo

在最右邊的櫃台。

❀ 預約

會話❶

[預約] [確認]
🐱 예약을 확인하려고요.
ye.ya.geul-hwa.gi.na.lyeo.go.yo

我想確認預約機位。

[ticket] [旅卷]
🐰 티켓과 여권을 보여 주세요.
tti.kket.ggwa-yeo.gwo.neul-po.yeo-chu.se.yo

麻煩給我看一下機票和護照。

會話❷

[預約] [變更]
🐱 예약을 변경하고 싶은데요.
ye.ya.geul-pyeon.gyeong.ha.go-si.ppeun.de.yo

我想更改預約。

[變更]
🐰 언제로 변경해 드릴까요?
eon.je.lo-pyeon.gyeong.hae-teu.lil.gga.yo

請問要改成幾點的班機呢?

[時] [飛行機] [變更]
🐱 12시 비행기로 변경해 주세요.
yeol.ddu.si-pi.haeng.gi.lo-pyeon.gyeong.
hae-ju.se.yo

請改成十二點起飛的班機。

劃位

會話

[ticket] [旅卷]
티켓과 여권을 보여 주세요.
tti.kket.ggwa-yeo.ggwo.neul-po.yeo-ju.se.yo

麻煩出示您的機票和護照。

[手荷物]
수하물이 하나만 있죠?
su.ha.mu.li-ha.na.man-it.jjyo

您托運的行李只有一件對吧?

네.
ne

是的。

[複道] [窗]
복도로 해 드릴까요? 창가 자리로 해 드릴까요?
pok.ddo.lo-hae-teu.lil.gga.yo-chang.ga-ja.li.lo-hae-teu.lil.gga.yo

請問您的位置要靠走道?還是窗戶呢?

[窗]
창가 자리를 주세요.
chang.ga-ja.li.leul-ju.se.yo

我要靠窗戶的。

[搭乘券]
탑승권이 여기 있습니다.
ttap.sseung.gwo.ni-yeo.gi-it.sseum.ni.da

這是您的登機證。

在飛機上

會話1

읽을 만한게 있을까요?
il.geul.ma.nan.ge.i.seul.gga.yo

有什麼東西可以看嗎?

[新聞]
신문을 드릴까요?
sin.mun.neul.leul-teu.lil.gga.yo

報紙好嗎?

네, 중국어신문 주세요.
ne.jung.gu.geo.sin.mun.ju.se.yo

好的,麻煩給我中文的。

會話②

[罪悚]
죄송한데, 좀 추워요.
joe.song.han.de-jom.ju.wo.yo

不好意思，我有點冷。

담요를 갖다 드릴게요.
ta.myo.leul-kat.dda-teu.lil.ge.yo

我去拿毛毯給您。

會話③

[飲料水]
따뜻한 음료수 좀 주세요.
dda.ddue.tan-eum.nyo.su-jom-ju.se.yo

請給我一杯溫的飲料。

[紅茶]　[coffee]　[soup]
홍차, 커피와 수프가 있는데,
뭐 드릴까요?
hong.cha-kkeo.ppi.wa-su.ppeu.ga-in.neun.
de-mwo-teu.lil.gga.yo

有紅茶、咖啡和湯，
您要什麼呢？

[soup]
수프 하나 주세요.
su.ppeu-ha.na-ju.se.yo

那麻煩你給我一碗湯。

會話④

[預定 時間]　　　　[到著]
예정 시간에 도착할 수 있어요?
ye.jeong-si.ga.ne-to.cha.kkal-ssu-i.sseo.yo

請問會按照預訂時間抵
達嗎？

[預定 時間]　　　　[到著]
예, 예정 시간에 도착합니다.
ye-ye.jeong-si.ga.ne-to.cha.kkam.ni.da

是的，會準時抵達。

行李

會話①

🦁 **짐을 어디서 찾아요 ?**
ji.meul.eo.di.seo.cha.ja.yo

請問要到哪裡領行李？

🐰 [層]
1층이에요.
il.cheung.i.e.yo

一樓。

會話②

🦁 [罪悚]
죄송한데, 짐을 못 찾았어요.
joe.song.han.de.ji.meul.mot.cha.ja.sseo.yo

不好意思，我找不到我的行李。

🐰 **가방이 어떻게 생겼어요 ?**
ka.bang.i.eo.ddeo.kke.saeng.gyeo.sseo.yo

您的行李長什麼樣子呢？

🦁 [色]
빨간 색 가방입니다.
bbal.gan.saek.ka.bang.im.ni.da

是紅色的行李箱。

🐰 [罪悚]
죄송합니다.
joe.song.ham.ni.da

非常抱歉。

바로 찾아 드릴게요. 이 거 맞으세요 ?
pa.lo.cha.ja.teu.lil.ge.yo.i.keo.ma.jeu.se.yo

我馬上幫您找。
是這個嗎？

🦁 **네, 맞습니다.**
ne.mat.sseum.ni.da

是的，沒錯。

[感謝]
감사합니다.
kam.sa.ham.ni.da

謝謝你。

짐을
잃어버렸어요 .
行李弄丟了

◆ 租車

❀ 租借時

[自動車 賃貸料]
1 자동차 임대료가 얼마예요 ?
ja.dong.cha-im.dae.lyo.ga-eol.ma.ye.yo

租車多少錢？

2 기름값도 들어 있어요 ?
ki.leum.gap.ddo-teu.leo-i.sseo.yo

含油費嗎？

[保證金] [必要]
3 보증금이 필요해요 ?
po.jeung.geu.mi-ppi.lyo.hae.yo

需要保證金嗎？

[車]
4 어떤 차가 있어요 ?
eo.ddeon-cha.ga-i.sseo.yo

有什麼車呢？

[龍山] [返納]
5 용산에서 반납해도 돼요 ?
yong.sa.ne.seo-pan.na.ppae.do-twae.yo

可以在龍山就地還車嗎？

🗨 會話

[自動車]
자동차를 빌리고 싶은데요 .
ja.dong.cha.leul-pil.li.go-si.ppeun.de.yo

我想租車。

[運轉免許證]
운전면허증이 있으세요 ?
un.jeon.myeo.neo.jeung.i-i.sseu.se.yo

有駕照嗎？

❀ 加油站

[注油所]
1 가장 가까운 주유소가 어디에 있어요 ?
ka.jang-ka.gga.wun-ju.yu.so.ga-eo.di.e-i.sseo.yo

請問最近的加油站在哪裡？

[liter當]
2 리터당 얼마예요 ?
li.tteo.dang-eol.ma.ye.yo

一公升多少錢呢？

3 가득요 .
ka.deu.gyo

請幫我加滿。

有狀況時

[車 狀態]
1 차 상태가 안 좋은 것 같아요.
cha-sang.ttae.ga-an-jo.eun-keot-gga.tta.yo

車子狀況不太好。

[確認]
2 좀 확인해 주세요.
jom-hwa.gi.nae-ju.se.yo

麻煩幫我檢查一下。

[tire] [puncture]
3 타이어가 펑크 났어요.
tta.i.eo.ga-ppeong.kkeu.na.sseo.yo

車子爆胎了。

開車

[制限速度]
1 여기 제한속도가 얼마죠?
yeo.gi-je.han.sok.ddo.ga-eol.ma.jyo

這裡的時速限制大約多少?

[一方通行]
2 여기 일방통행길인가요?
yeo.gi-il.bang.ttong.haeng.gi.lin.ga.yo

這裡是單行道嗎?

[近處] [駐車場]
3 이 근처에 주차장 있나요?
i-keun.cheo.e-chu.cha.jang.in.na.yo

這附近有停車場嗎?

單字充電站

道路 · 交通

[車票]	[案內]	[地圖]		[派出所]
차표	안내	지도	배	파출소
cha.ppyo	an.nae	ji.do	pae	ppa.chul.sso
車票	指南書	地圖	船	派出所

[四]	[目的地]	[信號燈]
사거리	목적지	신호등
sa.geo.li	mok.jjeok.jji	si.no.deung
十字路口	目的地	紅綠燈

[旅客] [船] **여객선** yeo.gaek.sseon 渡船／客輪	[橫斷步道] **횡단보도** hoeng.dan.bo.do 斑馬線	[陸橋] **육교** yu.ggyo 天橋	[直進] **직진** jik.jjin 直走
오른쪽으로 o.leun.jjo.geu.lo 向右方	**왼쪽으로** oen.jjo.geu.lo 向左方	[右回轉] **우회전** u.hoe.jeon 右轉	[左回轉] **좌회전** jwa.hoe.jeon 左轉
[出退勤時間] **출퇴근시간** chul.ttoe.geun.si.gan 尖峰時刻			

車站內

[驛] **역** yeok 車站	[staff] **스태프** seu.ttae.ppeu 站務員	[賣票所] **매표소** mae.ppyo.so 售票處	[地下鐵] **지하철** ji.ha.cheol 地下鐵	[電車] **전철** jeon.cheol 電車

[車票自動販賣機] **차표자동판매기** cha.ppyo.ja.dong.ppan.mae.gi 車票自動販賣機	[案內臺] **안내대** an.nae.dae 服務台／補票處	[platform] **플랫폼** ppeul.laet.ppom 月台

[乘務員] **승무원** seung.mu.won 車掌	[搭乘處] **탑승처** ttap.sseung.cheo 搭乘處	[ticket確認] **티켓 확인** tti.kket.hwa.gin 驗票	[時間表] **시간표** si.gan.ppyo 時刻表

[保管處] **짐보관처** jim.bo.gwan.cheo 行李暫時保管處	[紛失物center] **분실물센터** pun.sil.mul.sen.tteo 失物招領處	[地下鐵路線圖] **지하철 노선도** ji.ha.cheol.no.seon.do 地下鐵路線圖

[番 出口]	[番 出口]	[番 出口]	[番 出口]
1 번 출구	2 번 출구	3 번 출구	4 번 출구
il.beon-chul.gu	i.beon-chul.gu	sam.beon-chul.gu	sa.beon-chul.gu
一號出口	二號出口	三號出口	四號出口

[入口]	[出口]	[gate]	[私物函]
입구	출구	게이트	사물함
ip.ggu	chul.gu	ke.i.tteu	sa.mu.lam
入口	出口	剪票口	置物櫃

票種

[乘車券]	[成人票]	[兒童票]
승차권	성인표	아동표
seung.cha.gwon	seong.in.ppyo	a.dong.ppyo
乘車券	成人票	兒童票

[往返車票]	[片道車票]	[自由利用券]
왕복차표	편도차표	자유이용권
wang.bok.cha.ppyo	ppyeon.do.cha.ppyo	ja.yu.i.yong.gwon
來回車票	單程車票	周遊券

火車・電車種類

[高速列車]	[號]
KTX 고속열차	새마을호
k.t.s-ko.song.nyeol.cha	sae.ma.eu.lo
KTX 高速列車	新村號

[無窮花號]	[通勤列車]
무궁화호	통근열차
mu.gung.hwa.ho	ttong.geu.nyeol.cha
無窮花號	通勤電車

車廂種類

[禁煙客室]
금연객실
keu.myeon.gaek.ssil
禁菸車廂

[吸煙客室]
흡연객실
heu.byeon.gaek.ssil
吸菸車廂

[食堂]
식당칸
sik.ddang.kkan
供餐車廂

[客室]
첫번째 객실
cheot.bbeon.jjae-gaek.ssil
最前面的車廂

마지막칸
ma.ji.mak.kkan
最後面的車廂

[號車]
5 호차
o.ho.cha
五號車廂

[自由席]
자유석
ja.yu.seok
自由入座

[指定席]
지정석
ji.jeong.seok
對號入座

[立席]
입석
ip.sseok
站票

巴士

[高速bus]
고속버스
ko.seok.bbeo.sseu
高速巴士

[長距離bus]
장거리버스
chang.geo.li.beo.sseu
長途巴士

[價格表]
가격표
ka.gyeok.ppyo
價目表

[夜間bus]
야간버스
ya.gan.peo.sseu
夜行巴士

[bus terminal]
버스터미널
peo.sseu.teo.mi.neol
巴士總站

[bus停留場]
버스정류장
peo.sseu.jeong.nyu.jang
巴士站牌

汽車

[路線圖]
노선도
no.seon.do
路線圖

[駐車場]
주차장
ju.cha.jang
停車場

[注油所]
주유소
ju.yu.so
加油站

[揮發油] [gasoline]
휘발유／가솔린
hwi.ba.lyu／ka.sol.lin
汽油

[tire] [puncture]
타이어가 펑크나다
tta.i.eo.ga-ppeong.kkeu.na.da
爆胎

[油]
기름
ki.leum
油

[車 警笛]
차 경적
cha-kyeong.jeok
喇叭

[back mirror]
백미러
paeng.mi.leo
後照鏡

[防風琉璃]
방풍유리
pang.ppung.yu.li
擋風玻璃

 飛機

[空港]
공항
kong.hang
機場

[搭乘券]
탑승권
ttap.sseung.gwon
登機證

[搭乘手續]
탑승수속
ttap.sseung.su.sok
登機手續

[離陸]
이륙
i.yuk
起飛

[著陸]
착륙
chang.nyuk
降落

[到著]
도착
to.chak
到達

[手荷物票]
수하물표
su.ha.mul.ppyo
行李領取証

[使用中]
사용중
sa.yong.jung
使用中（指廁所使用中）

콘서트 가고싶어! 想去演唱會！

娛樂

 購票

1 [演劇] [concert]
연극과 콘서트의 안내책자를 주세요.
yeon.geuk.ggwa-kkon.seo.tteu.e-an.nae.chaek.ja.leul-ju.se.yo

我想要戲劇和音樂會的導覽。

2 [musical ticket]
뮤지컬 티켓을 좀 주세요.
myu.ji.kkeol-tti.kke.seul-jom-ju.se.yo

請給我音樂劇的票。

3 [劇]
저는 마당극을 보고 싶어요.
jeo.neun-ma.dang.geu.geul-po.go-si.ppeo.yo

我想看傳統說唱劇表演。

4 [賣票所]
매표소가 어디에 있나요?
mae.ppyo.so.ga-eo.di.e-in.na.yo

售票處在哪裡？

5 자리가 있나요?
ja.li.ga-in.na.yo

還有位置嗎？

6 [位置]
위치가 어떻게 돼요?
wi.chi.ga-eo.ddeo.kke-twae.yo

有什麼樣的座位？

7 [入場券]
입장권이 얼마예요?
ip.jjang.gwo.ni-eol.ma.ye.yo

入場券要多少錢？

8 [一般席]
일반석이 얼마예요?
il.ban.seo.gi-eol.ma.ye.yo

一般席要多少錢？

9 [指定席]
지정석이 얼마예요?
ji.jeong.seo.gi-eol.ma.ye.yo

對號座位要多少錢？

10 [第一]
제일 싼 게 얼마예요?
je.il-ssan-ke-eol.ma.ye.yo

最便宜的票是多少錢？

11 [一般席] [張]
일반석 한 장 주세요.
il.ban.seok-han-jang-ju.se.yo

請給我一張一般席。

[指定席]　　　[張]
12 오늘 저녁 지정석 2장을 주세요.
o.neul-jeo.nyeok-ji.jeong.seok-tu.jang.eul-ju.
se.yo

請給我兩張今晚的對號券。

[豫買]
13 미리 예매해야 되나요?
mi.li-ye.mae.hae.ya-toe.na.yo

我必須先預購票嗎？

🌸 電影

[映畫]
1 지금 어떤 영화가 나와요?
ji.geum-eo.ddeon-yeong.hwa.ga-na.wa.yo

現在有上映什麼電影？

[映畫]　　　　　　[上映]
2 그 영화는 어디서 상영해요?
keu-yeong.hwa.neun-eo.di.seo-sang.yeong.
hae.yo

那部電影在哪裡有
上映？

[映畫]
3 그 영화는 언제 내려요?
keu-yeong.hwa.neun-eon.je-nae.lyeo.yo

那部電影什麼時候會下
片？

[時]　[始作]
4 몇 시에 시작해요?
myeot.ssi.e-si.ja.kkae.yo

幾點開始呢？

[映畫]
5 어떤 영화인가요?
eo.ddeon-yeong.hwa.in.ga.yo

是什麼樣的電影呢？

[comedy映畫]
6 코미디 영화인가요?
ko.mi.di-yeong.hwa.in.ga.yo

那是喜劇片嗎？

[映畫]　　　　　　　　[觀覽]
7 그 영화는 어린이가 관람해도 돼요?
keu-yeong.hwa.neun-eo.li.ni.ga-kwal.la.mae.
do-twae.yo

那部電影小朋友也可以
看嗎？

[dubbing]　　　　　[字幕]
8 더빙인가요? 자막이 나와요?
teo.bing.in.ga.yo-ja.ma.gi.na.wa.yo

它是配音版的嗎？
有字幕嗎？

劇場

[貞洞劇場]
1 정동극장은 요즘 어떤 공연이 나와요? [公演]　　貞洞劇場最近有什麼表
jeong.dong.geuk.jjang.eun.yo.jeum.eo.　　　　演？
ddeon.kong.yeo.ni.na.wa.yo

[演劇]
2 그건 어떤 연극이죠?　　　　　　　　　　那是什麼樣的戲劇？
keu.keon.eo.ddeon.yeon.geu.gi.jyo

[閉幕式]
3 폐막식은 언제예요?　　　　　　　　　　閉幕演出是什麼時候？
ppe.mak.ssi.geun.eon.je.ye.yo

  音樂

[concert]
1 오늘 밤에 어떤 콘서트가 나와요?　　　今晚有什麼樣的演唱
o.neul.pa.me.eo.ddeon.kkon.seo.tteu.ga.na.　會？
wa.yo

[少女時代]　　[concert]
2 소녀시대 콘서트는 언제 해요?　　　　　少女時代的演唱會是什
so.nyeo.si.dae.kkon.seo.tteu.neun.eon.　麼時候？
je.hae.yo

  運動

[tennis]
1 테니스를 치고 싶어요.　　　　　　　　　我想打網球。
tte.ni.seu.leul.chi.go.si.ppeo.yo

[bowling]
2 볼링을 치고 싶어요.　　　　　　　　　　我想去打保齡球。
pol.ling.eul.chi.go.si.ppeo.yo

[競技]
3 씨름경기를 보고 싶어요.　　　　　　　　我想去看相撲。
ssi.leum.gyeong.gi.leul.po.go.si.ppeo.yo

[野球競技]
4 야구경기를 보고 싶어요.　　　　　　　　我想看棒球賽。
ya.gu.gyeong.gi.leul.po.go.si.ppeo.yo

5 공을 빌릴 수 있나요?　　　　　　　　　可以借球嗎？
kong.eul.pil.lil.ssu.in.na.yo

6 상대팀이 어디에 있어요?
sang.dae.tim.mi-eo.di.e-i.sseo.yo
[規則]

競賽對手在哪裡？

7 전 규칙을 잘 몰라요.
jeon-kyu.ji.geul-jal-mol.la.yo
[規則]　　　[說明]

我不太清楚規則。

8 규칙을 설명해 줄 수 있나요?
kyu.chi.geul-seol.myeong.hae-jul-ssu-in.na.yo
[近處]　　[運動場]

可以說明規則給我聽嗎？

9 이 근처에 운동장이 있나요?
i-keun.cheo.e-un.dong.jang.i-in.na.yo

這附近有運動場嗎？

 電視

[channel]　　　　　　　[野球競技]

1 어느 채널에서 야구경기가 나와요?
eo.neu-chae.neo.le.seo-ya.gu.gyeong.gi.
ga-na.wa.yo

棒球賽在第幾台？

[二重語言 program]

2 이중언어 프로그램인가요?
i.jung.eo.neo-ppeu.lo.geu.lae.min.ga.yo

這是雙語節目嗎？

[英語編成表]

3 영어 편성표가 있어요?
yeong.eo-ppyeon.seong.ppyo.ga-i.sseo.yo

有沒有英語的節目表？

 會話

밖에 나갈까요?
pa.gge-na.gal.gga.yo

要不要出去走走？

[房]　　　[TV]

전 방에서 티비만 볼래요.
jeon-pang.e.seo-tti.bi.man-pol.lae.yo

我在房間看電視就好了。

單字充電站

 電影

[映畫] 영화 yeong.hwa 電影	[映畫館] 영화관 yeong.hwa.gwan 電影院	신작영화 sin.jak.yeong.hwa 電影新作	[演劇] 연극 yeon.geuk 戲劇

[字幕] 자막 ja.mak 字幕	[俳優] 배우 pae.u 演員	[監督] 감독 kam.dok 導演	[女俳優] 여배우 yeo.bae.u 女演員	남자배우 nam.ja.bae.u 男演員

電影種類

[空想科學映畫] 공상과학영화 kong.sang.gwa.ha.gyeong.hwa 科幻片	[推理映畫] 추리영화 chu.li.yeong.hwa 推理片	[animation] 애니메이션 ae.ni.me.i.syeon 動畫

[恐怖映畫] 공포영화 kong.ppo.yeong.hwa 恐怖片	[戰爭映畫] 전쟁영화 jeon.jaeng.yeong.hwa 戰爭電影	[romance] 로맨스 lo.maen.seu 愛情電影

[documentary] 다큐멘터리 ta.kkyu.men.tteo.li 記錄片	[comedy映畫] 코미디 영화 ko.mi.di.yeong.hwa 喜劇片	[action映畫] 액션영화 aek.ssyeo.nyeong.hwa 動作片

[上映中]
상영 중
sang.yeong-chung
上映中（電影或戲劇等皆可使用）

[學生優待]
학생우대
hak.ssaeng.u.dae
學生優待（票）

어른
eo.leun
成人（票）

어린이
eo.li.ni
兒童（票）

[當日賣票]
당일매표
tang.il.mae.ppyo
當天的票

[豫買]
예매
ye.mae
預售

[自由席]
자유석
ja.yu.seok
自由座

[指定席]
지정석
ji.jeong.seok
對號座

[立席]
입석
ip.sseok
站票

이 영화가 너무
재미있어요.
這電影好好看

◆ 參加演唱會、影友會

✿ 進場時

[入場]
1 줄을 서서 입장해야 돼요?
ju.leul-seo.seo-ip.jjang.hae.ya-twae.yo

請問需要排隊入場嗎?

[番號票]　　　　　　　　[入口]
2 번호표를 뽑아서 입구에서 줄을 서세요.
beo.no.ppyo.leul-bbo.ba.seo-ip.ggu.e.seo-ju.
leul-seo.se.yo

麻煩領號碼牌之後在入口處排隊。

[入口]
3 입구는 어디예요?
ip.ggu.neun-eo.di.ye.yo

請問入口處在哪裡?

[concert]　　　　　[時]　　[始作]
4 콘서트는 몇 시에 시작해요?
kkon.seo.tteu.neun-myeot.ssi.e-si.ja.kkae.yo

演唱會幾點開始呢?

[時]　　　　[入場]　　　[可能]
5 몇 시에 입장이 가능해요?
myeot.ssi.e-ip.jjang.i-ka.neung.hae.yo

幾點可以入場?

[曲]
6 오늘 노래 몇 곡을 해요?
o.neul-no.lae-myeot-ggo.geul-hae.yo

今天會唱幾首歌?

[standing席]
7 스탠딩석이 어디에 있죠?
seu.ttaen.ding.seo.gi-eo.di.e-it.jjyo

請問搖滾區在哪裡?

8 밀지 마세요.
mil.ji.ma.se.yo

請不要擠。

9 뒤로 가세요.
twi.lo-ka.se.yo

請退後。

✿ 和偶像見面時

1 노래를 너무 잘해요.
no.lae.leul-neo.mu-ja.lae.yo

唱得好棒!

2 너무 예뻐요.
neo.mu-ye.bbeo.yo

好漂亮!

[真]
3 정말 멋있어요.
jeong.mal.meo.si.sseo.yo

真的好帥！

[最高]
4 최고 멋있어요.
choe.go-meo.si.sseo.yo

超級無敵帥！

[encore]
5 앵콜！
aeng.kol

安可！

[永遠]
6 영원히 사랑해요.
yeong.wo.ni-sa.lang.hae.yo

我永遠愛你！

[sexy]
7 너무 섹시해요.
neo.mu-sek.ssi.hae.yo

好性感！

8 몸매가 짱이에요.
mom.mae.ga-jjang.i.e.yo

身材超棒！

9 다리가 너무 길어요.
ta.li.ga-neo.mu-ki.leo.yo

腿好長！

[真]
10 춤을 정말 잘 춰요.
chu.meul-jeong.mal-jal-chwo.yo

舞蹈跳得好棒！

11 오빠, 짱이에요.
o.bba-jjang.i.e.yo

哥哥你好棒！

[fighting]
12 화이팅！
hwa.i.tting

加油！

[台灣]
13 우리는 대만에서 왔어요.
u.li.neun-tae.ma.ne.seo-wa.sseo.yo

我們是從台灣來的。

[台灣]　　　　　　[fan]
14 저는 대만에서 온 팬이에요.
jeo.neun-tae.ma.ne.seo-on-ppae.ni.e.yo

我是台灣來的歌迷。

15 가지 마요, 있어 줘요.
ka.ji-ma.yo-i.sseo-jwo.yo

不要走，留下來。

16 울지 마요.
ul.ji-ma.yo

不要哭。

[真]
17 정말 사랑해요.
jeong.mal-sa.lang.hae.yo

我超愛你的！

18 [握手]
악수해도 돼요?
ak.ssu.hae.do-twae.yo

可以跟你握手嗎?

19 [寫真]
같이 사진을 찍어도 돼요?
ka.chi-sa.ji.neul-jji.geo.do-twae.yo

可以跟你合照嗎?

20 한번 안아 줄 수 있어요?
han.beon-a.na-jul-ssu-i.sseo.yo

可以抱你一下嗎?

21 [sign]
사인해 줄 수 있어요?
ssa.i.nae-jul-ssu-i.sseo.yo

可以幫我簽名嗎?

22 [本人]
본인을 보니까 너무 기뻐요.
po.ni.neul-po.ni.gga-neo.mu-ki.bbeo.yo

見到你本人我好高興。

23 [特別] [禮物] [準備]
특별히 선물을 준비해 왔어요.
tteuk.bbyeo.li-seon.mu.leul-jun.bi.hae.wa.
sseo.yo

這是特別準備來要送你的禮物。

24 예전부터 당신의 노래를 좋아해 왔어요.
ye.jeon.bu.tteo-tang.si.ne-no.lae.leul-jo.
a.hae-wa.sseo.yo

我從以前就很喜歡你的歌曲。

25 [真]
노래를 정말 잘해요.
no.lae.leul-jeong.mal-ja.lae.yo

你的歌聲好棒。

26 저는당신의 노래를 다 할 줄 알아요.
jeo.neun.tang.si.ne-no.lae.leul-ta-hal-jjul-a.la.yo

你的歌曲每一首我都會唱。

27 [映畫 作品]
나오신 영화 작품을 다 봤어요.
na.o.sin-yeong.hwa-jak.ppu.meul-ta-pwa.sseo.yo

你演的電影每一部我都有看。

28 [演技] [真]
연기를 정말 잘해요.
yeon.gi.leul-jeong.mal-ja.lae.yo

你的演技好棒。

29 실물이 더 예뻐요 (멋있어요).
sil.mul.li-teo-ye.bbeo.yo(meo.si.sseo.yo)

你本人比電視上更漂亮（更帥）。

30 [為] [韓國語] [工夫]
당신을 위해서 한국어를 공부해요.
tang.si.neul-wi.hae.seo-han.gu.geo.leul-kong.
bu.hae.yo

我為了你學韓文。

31 다음에 또 대만에서 콘서트를 열었 [台灣] [concert]
으면 좋겠어요.
ta.eu.me-ddo-tae.ma.ne.seo-kkon.seo.tteu.
leul-yeol.leo.sseu.myeon-cho.kke.sseo.yo

希望你下次再來台灣開
演唱會。

32 다음에 대만에 좀 더 오래 있었으면 [台灣]
좋겠어요.
ta.eu.me-tae.ma.ne-jom-teo-o.lae-i.sseo.sseu.
myeon-cho.kke.sseo.yo

希望你下次能在台灣待
久一點。

單字充電站

演唱會

[concert ticket] **콘서트티켓** kkon.seo.tteu.tti.kket 演唱會門票	[standing席] **스탠딩석** seu.ttaen.ding.seok 搖滾區	[試寫會ticket] **시사회티켓** si.sa.hoe.tti.kket 首映票
[入口] **입구** ip.ggu 入口處	[出口] **출구** chul.gu 出口處	[encore] **앵콜** aeng.kol 安可	[記者會見] **기자회견** ki.ja.hoe.gyeon 記者會
[model廣告板] **모델광고판** mo.del.gwang.go.ppan 人形立牌	[fan] **사인 포스터** ssa.in-ppo.seu.teo 簽名海報	[fan club] **팬클럽** ppaen.kkeul.leop 歌（影）迷後援會
[post] **포스터** ppo.seu.teo 海報	[映畫fan meeting] **영화팬미팅** yeong.hwa.ppaen.mi.tting 影友會	[fan meeting] **팬미팅** ppaen.mi.tting 見面會
[shuttle bus] **셔틀버스** syeo.tteul.beo.sseu 接駁車	[sign寫真] **사인 사진** ssa.in-sa.ji 簽名照	[fan sign會] **팬사인회** ppaen.ssa.in.hoe 簽名會
[concert] **콘서트** kkon.seo.tteu 演唱會	[夜光棒] **야광봉** ya.gwang.bong 螢光棒	[應援板] **응원판** eung.won.ppan 加油看板

애프터스쿨
ae.ppeu.tteo.seu.kkul
After School

브라운 아이드 걸스
peu.la.un-a.i.deu-keol.seu
Brown Eyed Girls

씨엔블루
ssi.en.beul.lu
CNBLUE

비에이피
i.e.i.pi
B.A.P

하이라이트
ha.i.la.i.teu
Highlight

빅뱅
pik.bbaeng
Big Bang

[clazzíquai]
클래지콰이
kkeul.lae.ji.kkwa.i
酷懶之味

에프티아일랜드
e.ppeu.tti.a.il.laen.deu
FTISLAND

제이와이제이
je.i.wa.i.je
JYJ

오렌지캬라멜
o.len.ji.kkya.la.mel
橙子焦糖

[double s S01]
더블에스오공일
teo.beu.le.seu.o.gong.il
SS501

[帝國]
제국의 아이들
je.gu.ge-a.i.deul
ZE：A（帝國之子）

방탄소년단
bang.tan.so.nyeon.dan
防彈少年團

슈퍼주니어
syu.ppeo.ju.ni.eo
Super Junior

원더걸스
won.deo.geol.seu
Wonder Girls

장근석
jang.geun.seok
張根碩

보아
po.a
BOA

다비치
ta.bi.chi
Davichi

동방신기
tong.bang.sin.gi
東方神起

에이오에이
e.i.o.e.i
AOA

에프엑스
e.ppeu.ek.sseu
f（x）

엑소
ek.so
EXO

아이유
a.i.yu
IU

카라
kka.la
Kara

시크릿
si.kkeu.lit
Secret

신화
si.nwa
神話

트와이스	박보검	비	샤이니	티아라
teu.wa.i.seu	pak.bbo.geom	pi	sya.i.ni	tti.a.la
TWICE	朴寶劍	Rain	SHINee	T-ara

인피니트	여자친구	이승기	박신혜
in.ppi.ni.teu	yeo.ja.chin.gu	i.seung.gi	pak.ssin.ne
Infinite	GFRIEND	李昇基	朴信惠

레인보우	씨스타	투에이엠	레드벨벳
le.in.bo.u	ssi.seu.tta	ttu.e.i.em	re.deu.bel.bet
Rainbow	Sistar	2AM	Red Velvet

투피엠	유키스	소녀시대	투애니원
ttu.ppi.em	yu.kki.seu	so.nyeo.si.dae	ttu.ae.ni.won
2PM	U-Kiss	少女時代	2NE1

사랑해요 !!!!
我愛你 !!!!!

追星也很有內涵

column ③

　　韓國演藝圈的偶像文化可說是全世界最興盛的，無論女子團體、男子團體、個人歌手、重唱組合、搖滾樂團等等應有盡有，豐富多樣的音樂類型以及造型風格，總能刺激年輕人的感官、引領新的潮流。常久下來也發展出了一套韓國獨有的追星文化。

　　韓國的歌手和偶像團體都有自己的「粉絲名稱」以及「應援色」。這兩樣東西看似普通，但其實是營造粉絲族群向心力、歸屬感甚至責任心的重要功臣。粉絲名稱對歌迷和歌手來說有著特殊的意涵，可以視為「暱稱」，但更代表了粉絲的身份認同感。而應援更是追星文化中相當重要的一環，除了在演唱會上可以看到滿場統一顏色的螢光棒之外，拼盤演唱會的時候也可以透過顏色來判斷那邊坐著的是誰的歌迷。應援色不單只代表一組藝人或一位歌手，更是一種精神的象徵，以及表現支持的方式。

　　在台灣如果想去參加藝人的簽名會，只需購買一張專輯，然後當天去會場排隊即可。但在韓國參加簽名會必須購買很多張專輯，再透過「抽籤」來取得參加資格。因此在盜版橫行的現代，韓國除了線上付費收聽音樂的系統相當普及之外，實體專輯的銷售量也都能維持在一定的水平。

　　此外，歌曲中的應援也是韓國樂壇特有的文化。如果看過韓國的音樂節目應該不難發現，在歌曲表演的當下，歌迷會齊聲大喊搭配歌曲設計的應援口號，在開頭、結尾、或是曲中某些個段落都有可能出現。應援口號除了代表粉絲的支持之外，也能展現台上藝人受歡迎的程度。

　　每個國家的追星模式都不太一樣，像是台灣的ibon搶票制度、日本加入官方後援會統一抽票、韓國演唱會物超所值的票價等等。從這些差異中，也能觀察出不同民族性反映在追星時的文化和習慣，追星之餘也能學習到每個國家不同的優點和缺點。

어디서
출발해요?
從哪裡出發呢?

觀光

在觀光服務中心

[觀光案內所]
1 관광안내소가 어디죠?
kwan.gwang.an.nae.so.ga-eo.di.jyo

觀光服務處在哪裡?

[package]
2 패키지를 예약하려고요.
ppae.kki.ji.leul-ye.ya.kka.lyeo.go.yo

我想預約行程。

[package]
3 어떤 패키지가 있어요?
eo.ddeon-ppae.kki.ji.ga-i.sseo.yo

有什麼樣的行程呢?

[觀光案內 冊子]
4 관광안내 책자를 하나 주세요.
kwan.gwang.an.nae-chaek.jja.leul-ha.na.ju.
se.yo

請給我一本觀光指南。

[觀光地]　　　[紹介]
5 이쪽 관광지를 소개해 주시겠어요?
i.jjok-kwan.gwang.ji.leul-so.gae.hae-ju.si.
ge.sseo.yo

能不能幫我介紹這裡的
觀光景點呢?

[雪嶽山]　　　　[course]
6 설악산에 가는 코스가 있나요?
seo.lak.ssa.ne-ka.neun-kko.seu.ga-in.na.yo

有沒有到雪嶽山的行
程?

[英語 可能]　　[guide]
7 영어 가능한 가이드가 있나요?
yeong.eo.ka.neung.han.ka.i.deu.ga-in.na.yo

有沒有會說英語的導遊
呢?

[當日course]
8 당일 코스인가요?
tang.il.kko.seu.in.ga.yo

是當天往返的行程嗎?

[仔細]
9 자세히 알려 줄 수 있나요?
cha.se.hi-al.lyeo-jul-su-in.na.yo

可以告訴我詳細的行程
嗎?

[出發]
10 어디서 출발해요?
eo.di.seo-chul.ba.lae.yo

從哪裡出發呢?

[時]   [出發]
11 몇 시에 출발해요 ?
myeot.ssi.e-chul.ba.lae.yo

幾點出發呢 ?

[時間]   [程度]
12 시간이 어느 정도 걸려요 ?
si.ga.ni-eo.neu-jeong.do-keol.lyeo.yo

大約要花多少時間呢 ?

[料金]
13 요금이 얼마예요 ?
yo.geu.mi-eol.ma.ye.yo

旅費多少 ?

[食事]   [包含]
14 식사도 포함돼 있나요 ?
sik.ssa.do-ppo.ham.dwae-in.na.yo

有附餐嗎 ?

[交通費]   [包含]
15 교통비가 포함돼 있나요 ?
kyo.ttong.bi.ga-ppo.ham.dwae-in.na.yo

交通費包含在內嗎 ?

🌸 觀光中

1 들어갈 수 있어요 ?
teu.leo.gal-su-i.sseo.yo

可以進去嗎 ?

[入場料]
2 입장료가 있나요 ?
ip.jjang.nyo.ga-in.na.yo

要入館費嗎 ?

[祝祭]
3 그건 어떤 축제인가요 ?
keu.geon-eo.ddeon-chuk.jje.in.ga.yo

那是什麼樣的祭典 ?

[寫真]
4 사진 찍을 수 있나요 ?
sa.jin-jji.geul-ssu-in.na.yo

可以拍照嗎 ?

[寫真]
5 같이 사진을 찍어도 돼요 ?
ka.chi-sa.ji.neul-jji.geo.do-twae.yo

可以和你一起拍張照
嗎 ?

[化妝室]
6 여기 화장실이 있나요 ?
yeo.gi-hwa.jang.si.li-in.na.yo

這附近有洗手間嗎 ?

[出入禁止]
7 여기 출입금지인가요 ?
yeo.gi-chu.lip.ggeum.ji.in.ga.yo

這裡禁止進入嗎 ?

[陶瓷器 體驗]
8 도자기 체험을 하고 싶어요 .
to.ja.gi-che.heo.meul-ha.go-si.ppeo.yo

我想做陶藝體驗。

[韓服 體驗]
9 한복 체험을 하고 싶어요.
han.bok-che.heo.meul-ha.go-si.ppeo.yo

我想體驗穿韓服。

[韓服 賃貸]　[可能]
10 한복 임대는 가능해요 ?
han.bok-im.dae.neun-ka.neung.hae.yo

可以租借韓服嗎？

[賃貸 料金]
11 임대 요금이 어떻게 되죠 ?
im.dae-yo.geu.mi.eo.ddeo.kke-toe.jyo

租借費用多少？

[寫真 service]
12 사진 서비스가 있나요 ?
sa.jin-sseo.bi.seu.ga-in.na.yo

有代客照相服務嗎？

13 한번에 얼마 받아요 ?
han.beo.ne-eol.ma-pa.da.yo

一次收費多少錢？

[紀念品]
14 살 만한 기념품이 있나요 ?
sal-ma.nan-ki.nyeom.ppu.mi-in.na.yo

有哪些紀念品可以買？

單字充電站

觀光

[觀光] **관광** kwan.gwang 觀光	[旅行社] **여행사** yeo.haeng.sa 旅行社	[觀光案內] **관광안내** kwan.gwang.an.nae 觀光指南
[觀光案內所] **관광안내소** kwan.gwang.an.nae.so 觀光服務處	[觀光bus] **관광버스** kwan.gwang.beo.sseu 觀光巴士	[guide] **가이드** ka.i.deu 導覽／導遊
[旅行案內] **여행안내** yeo.haeng.an.nae 旅遊指南	[入場料金] **입장요금** ip.jjang.yo.geum 入場費	

各種景點

[觀光地]
관광지
kwan.gwang.ji
名勝

[遺蹟]
유적
yu.jeok
古蹟

[遺蹟地]
유적지
yu.jeok.jji
遺址

[紀念碑]
기념비
ki.nyeom.bi
紀念碑

[城]
성
seong
城

[寺院]
사원
sa.won
寺廟

바다
pa.da
海

[博物館]
박물관
pang.mul.gwan
博物館

[美術館]
미술관
mi.sul.gwan
美術館

[遊園地]
유원지
yu.won.ji
遊樂園

[植物園]
식물원
sing.mu.lwon
植物園

[動物園]
동물원
tong.mu.lwon
動物園

[水族館]
수족관
su.jo.ggwan
水族館

[thema land]
테마랜드
tte.ma.laen.deu
主題樂園

[市場]
시장
si.jang
市場

[山]
산
san
山

다리
ta.li
橋

바닷가
pa.dat.gga
海邊

[河川]
하천
ha.cheon
河川

[噴水臺]
분수대
pun.su.dae
噴水池

[溫泉]
온천
on.cheon
溫泉

[港口]
항구
hang.gu
港口

[瀑布]
폭포
ppok.ppo
瀑布

文化藝術

[書藝]
서예
seo.ye
書法

꽃꽂이
ggot.ggo.ji
插花

축제
chuk.je
祭典

탈춤
ttal.chum
面具舞

[農樂]
농악
nong.ak
農樂

판소리
ppan.sso.li
說唱鼓詞（民間傳統戲曲）

[四物]
사물놀이
sa.mul.lo.li
四物樂器

[劇]
마당극
ma.dang.geuk
說唱劇

禁止事項、告示牌

[無斷投棄團束]
쓰레기 무단투기단속
sseu.le.gi-mu.dan.ttu.gi.dan.sok
請勿丟垃圾

[flash使用禁止]
플래시 사용금지
ppeul.lae.si-sa.yong.ggeum.ji
禁止使用閃光燈

[出入禁止]
잔디밭 출입금지
jan.di.bat-chu.lip.ggeum.ji
請勿踐踏草坪

손대지 마십시오 .
son.dae.ji-ma.sip.ssi.o
請勿動手

[禁煙]
금연
keu.myeon
禁菸

[攝影禁止]
촬영금지
chwa.lyeong.geum.ji
禁止攝影

[危險]
위험
wi.heom
危險

[出入禁止]
출입금지
chu.lip.ggeum.ji
禁止進入

[工事中]
공사중
kong.sa.jung
施工中

[駐車禁止]
주차금지
ju.cha.geum.ji
禁止停車

잘못 걸었어요
打錯電話了

打電話

🌸 尋找電話

[電話]
1 전화하고 싶은데요.
jeo.nwa.ha.go.si.ppeun.de.yo

我想打電話。

[公眾電話機]
2 공중전화기가 어디에 있죠?
kong.jung.jeo.nwa.gi.ga.eo.di.e-it.jjyo

哪裡有公共電話？

[電話機]
3 전화기 좀 빌려 주실래요?
jeo.nwa.gi.jom-pil.lyeo-ju.sil.lae.yo

可以借一下電話嗎？

🌸 打電話

[使用]
1 어떻게 사용하는지 가르쳐 주실래요?
eo.ddeo.kke-sa.yong.ha.neun.ji-ka.leu.chyeo-ju.sil.lae.yo

可以告訴我如何操作嗎？

[通話連結]
2 통화 연결이 안 돼요.
ttong.hwa-yeon.gyeo.li-an-twae.yo

電話不通。

[通話中]
3 통화 중입니다.
ttong.hwa-jung.im.ni.da

電話中。

4 소리가 잘 안 들려요.
so.li.ga-jal-an-teul.lyeo.yo

我聽不清楚聲音。

5 다시 한번 말해 주세요.
ta.si-han.beon-ma.lae-ju.se.yo

麻煩請你再說一次。

6 천천히 말해 주세요.
cheon.jeo.ni-ma.lae-ju.se.yo

請說慢一點。

7 큰소리로 말해 주세요.
keun.so.li-lo-ge.ma.lae-ju.se.yo

麻煩請你說大聲一點。

8 전화카드 잔액이 떨어질 것 같아요. [電話card 殘額]
jeo.nwa.kka.deu.ja.nae.gi.ddeo.leo.
jil.ggeot.gga.tta.yo

電話卡的錢好像快用完了。

9 동전이 없어요. [銅錢]
tong.jeo.ni.eop.sseo.yo

我已經沒零錢了。

🌼 通話中

1 이따가 바로 연락할게요. [連絡]
i.dda.ga.pa.lo-yeol.la.kkal.gge.yo

等一下立刻回電給你。

2 다시 연락할게요. [連絡]
ta.si-yeol.la.kkal.gge.yo

我會再打給你。

3 전화해 주셔서 감사합니다. [電話] [感謝]
jeo.nwa.hae-ju.syeo.seo-kam.sa.ham.ni.da

謝謝你的來電。

4 수신자부담전화로 해 주세요. [受信者負擔電話]
su.sin.ja.bu.dam.jeo.nwa.lo-nae-ju.
se.yo

請接對方付費電話。

5 내선 514번으로 바꿔 주세요. [內線] [番]
nae.seon-o.baek.ssip.ssa.beo.neu.lo-pa.
ggwo-ju.se.yo

請接分機514號。

🌼 打電話到別人家裡

會話

🌸 거기 김미순 씨 집입니까? [金美順]
keo.gi-kim.mi.sun-ssi-ji.bim.ni.gga

請問是金美順小姐的家嗎?

🐰 네, 누구세요?
ne-nu.gu.se.yo

是的,請問哪位?

🌸 저는 정재석이라고 합니다. [鄭在碩]
jeo.neun-jeong.jae.seo.gi.la.go-ham.ni.da

我叫鄭在碩。

[美順]
🐯 미순 씨 계세요 ?
mi.sun-ssi.ke.se.yo

請問美順在嗎？

[罪悚]   [外出中]
🐰 죄송한데 지금 외출 중입니다 .
choe.song.han.de-chi.geum-oe.chul-jung.
im.ni.da

抱歉，她現在外出中。

[電話]
🐯 그럼 나중에 다시 전화할게요 .
keu.leom-na.jung.e-ta.si-jeo.nwa.hal.gge.yo

這樣啊，我改天再打電
話過去。

🌸 打電話到公司

會話

[安寧]   [會社]
🐯 안녕하세요 . 여기는 벚꽃회사입니다 .
an.nyeong.ha.se.yo-yeo.gi.neun-peot.ggot.
hoe.sa.im.ni.da

您好，這裡是櫻花公司。

🐰 김신씨좀 바꿔 주세요 .
kim-sin.ssi.jom-pa.ggwo-ju.se.yo

麻煩你我要找金信先生。

[罪悚]
🐯 죄송한데 , 김신씨가 자리에 안 계세요 .
joe.song.han.de-kim-sin.ssi.ga-ja.li.e-an.ke.
se.yo

很抱歉，金信先生不在
座位上。

對答 ❶

🐯 좀 이따가 다시 연락주시겠습니까 ?
jom-i.dda.ga-ta.si-yeol.lak.jju.si.get.sseum.
ni.gga

能請您稍待一會兒再打
電話過來嗎？

[時]   [連絡]
🐰 몇 시에 연락드리는 게 나아요 ?
myeot-ssi.e-yeol.lak.ddeu.li.neun-ge-na.a.yo

方便幾點打過去呢？

[時]   [連絡]
🐯 세 시쯤에 연락 주세요 .
se-si.jjeu.me-yeol.lak-ju.se.yo

麻煩您三點左右打來。

對答❷

[message]
메시지를 남겨 주실래요?
me.si.ji.leul-nam.gyeo-ju.sil.lae.yo

能幫我留個話嗎?

네.
ne

好的。

對答❸

[金] [電話] [傳]
김신씨한테 제가 전화했다고 전해 주세요.
kim.sin-ssi.han.tte-che.ga-jeo.nwa.haet.dda.go-jeo.nae-ju.se.yo

麻煩你跟金先生說,
我有打電話過來。

🌸 打錯電話

會話

여보세요? 김사장님이신가요?
yeo.bo.se.yo-kim.sa.ja.nim.i.sin.ga.yo

喂,請問是金社長嗎?

아닌데요. 잘못 거셨습니다.
a.nin.de.yo-jal.mot-ggeo.syeot.sseum.ni.da

不是,你打錯了喔!

[罪悚]
죄송합니다.
joe.song.ham.ni.da

對不起。

會話

[安寧] [秀浣]
안녕하세요. 수완이네 집이죠?.
an.nyeong.ha.se.yo-su.wa.i.ne.ji.bi.jo

你好,是秀浣家嗎?

[罪悚]
아, 죄송합니다. 잘못 걸었어요.
a-joe.song.ham.ni.da-jal.mot-ggeo.leo.sseo.yo

啊,對不起,打錯了。

🌸 詢問電話號碼

[連絡處]
1 연락처를 가르쳐 주세요.
yeol.lak.cheo.leul-ka.leu.chyeo-ju.se.yo

請告訴你的電話號碼。

[電話番號 案內]　　　　　[番]
2 전화번호 안내는 몇 번이지요?
jeo.nwa.beo.no-an.nae.neun-myeot-bbeo.ni.ji.yo

查號臺是幾號?

[放送局]
3 KBS방송국 전화번호를 물어보려고요.
k.b.s.bang.song.guk-jeo.nwa.beo.no.leul-mu.leo-po.lyeo.go.yo

我想查詢KBS電視臺的電話號碼。

[首爾市 局番]
4 서울시 국번이 몇 번이에요?
seo.ul.si-kuk.bbeo.ni-myeot-bbeo.ni.e.yo

首爾市區域號碼是幾號?

[番]
5 대만 국가번호가 몇 번이에요?
tae.man-kuk.ga.beo.no.ga.myeot-bbeo.ni.e.yo

台灣的國碼是幾號?

🌸 國際電話

[國際電話]
1 국제전화를 하고 싶은데요.
kuk.jje.jeo.nwa.leul-ha.go-si.ppeun.de.yo

我想打國際電話。

[電話機]　　　　[國際電話]
2 이 전화기로 국제전화를 걸 수 있나요?
i.jeo.nwa.gi.lo-kuk.jje.jeo.nwa.leul-keol-ssu-in.na.yo

這電話可以打國際電話嗎?

[台灣]　　　　[電話]
3 대만으로 전화하고 싶어요.
tae.ma.neu.lo-jeo.nwa.ha.go-si.ppeo.yo

我想打電話到台灣。

🌸 公共電話

[電話card]
1 전화카드를 사고 싶어요.
jeo.nwa.kka.deu.leul-sa.go-si.ppeo.yo

我想買電話卡。

2 10원짜리동전으로 바꿔 주세요.
si.bwon-jja.li.tong.jeo.neu.lo-pa.ggwo-ju.se.yo

請幫我換成十元硬幣。

單字充電站

電話用語

[電話] **전화** jeo.nwa 電話	[公眾電話] **공중전화** kong.jung.jeo.nwa 電話亭／公共電話	[電話簿] **전화부** jeo.nwa.bu 電話簿	[內線] **내선** nae.seon 分機

[電話局] **전화국** jeo.nwa.guk 電話局	[電話番號] **전화번호** jeo.nwa.beo.no 電話號碼	[message] **메시지** me.si.ji 留言

[受信者負擔電話] **수신자부담전화** su.sin.ja.bu.dam.jeo.nwa 對方付費電話	[電話card] **전화카드** jeo.nwa.kka.deu 電話卡

엽서를 보내요.
寄明信片

郵局

🌸 尋找

[郵遞局]
1 우체국은 어디예요?
u.che.gu.geun.eo.di.ye.yo

郵局在哪裡？

[近處]　　　　[郵遞筒]
2 이 근처에 우체통이 있어요?
i-keun.cheo.e-u.che.ttong.i-i.sseo.yo

這附近有郵筒嗎？

🌸 在郵局

[窗口]　　　　　[郵票]
1 어느 창구에서 우표를 살 수 있나요?
eo.neu-chang.gu.e.seo-u.ppyo.leul-sal-su-in.na.yo

在哪個窗口可以買郵票？

[元]　　[郵票]　　　[張]
2 50원짜리 우표를 3장 주세요.
o.si.bwon.jja.li-u.ppyo.leul-se.jang-ju.se.yo

請給我三張五十元郵票。

[郵便番號 冊子]
3 우편번호 책자를 보여 주세요.
u.ppyeon.beo.no-chaek.jja.leul-po.yeo-ju.se.yo

請給我看一下郵遞區號簿。

[平倉洞]　　　　[郵便番號]
4 평창동의 우편번호를 가르쳐 주세요.
ppyeong.chang.dong.e-u.ppyeon.beo.no.leul-ka.leu.chyeo-ju.se.yo

請告訴我平倉洞的郵遞區號。

🌸 詢問價錢

[Italia]　　　　　　　　[航空郵便]
1 이탈리아로 보내는 항공우편이 얼마예요?
i.ttal.li.a.lo-po.nae.neun-hang.gong.u.ppyeo.ni-eol.ma.ye.yo

寄到義大利的航空郵件要多少錢？

2 배로 보내면 얼마예요?
pae.lo-po.nae.myeon-eol.ma.ye.yo

海運的話要多少錢？

🌸 詢問時程

[Indonesia]

1 인도네시아까지 며칠 걸려요?
in.do.ne.si.a.gga.ji.myeo.chil-keol.lyeo.yo

寄到印尼要多少天？

[二週內]　　[到著]

2 이 주내 도착할 수 있나요?
i-ju.nae-to.cha.kkal-ssu-in.na.yo

兩周內會到嗎？

🌸 限時、掛號

[郵便]

1 빠른 우편으로 해 주세요.
bba.leun-u.ppyeo.neu.lo-hae-ju.se.yo

我要寄限時。

[登記郵便]

2 등기 우편으로 해 주세요.
teung.gi-u.ppyeo.neu.lo-hae-ju.se.yo

我要寄掛號。

🌸 包裹

[小包]　　　　[台灣]

1 이 소포를 대만으로 보내려고 합니다.
i-so.ppo.leul-tae.ma.neu.lo-po.nae.lyeo.go-ham.
ni.da

我想把這個包裹寄到台灣。

[小包]

2 이 소포의 무게를 좀 재 주세요.
i-so.ppo.e-mu.ge.leul-jom-jae-ju.se.yo

請幫我秤一下這個包裹的重量。

🌸 單字充電站

郵局相關

[郵遞局]
우체국
u.che.guk
郵局

[葉書]
엽서
yeop.sseo
明信片

[郵遞筒]
우체통
u.che.ttong
郵筒

[窗口]
창구
chang.gu
窗口

[航空郵便]
항공 우편
hang.gong.u.ppyeon
航空信

배편／선편
pae.ppyeon／seon.ppyeon
海運

[登記 郵便]
등기 우편
teung.gi.u.ppyeon
掛號

[郵便]
빠른 우편
bba.leun.u.ppyeon
限時郵件

[小包]
소포
so.ppo
包裹

[電報]
전보
jeon.bo
電報

[住所]
받는사람 주소
pan.neun.sa.lam.ju.so
收件人地址

[住所]
주소
ju.so
地址

[姓銜]
이름／성함
i.leum／seong.ham
姓名

[郵便番號]
우편번호
u.ppyeon.beo.no
郵遞區號

[料金]
요금
yo.geum
費用

[郵票]
우표
u.ppyo
郵票

[郵便]
우편
u.ppyeon
郵遞

[入金]
입금
ip.ggeum
匯錢

[計座入金]
계좌입금
ke.jwa.ip.ggeum
匯入帳戶

열심히
배워야 돼요.
要認真學才行

語言學習

[韓國語]
1 한국어를 배우고 있어요.
han.gu.geo.leul-pae.u.go-i.sseo.yo
我在學韓文。

[韓國語]
2 한국어를 할 줄 알아요.
han.gu.geo.leul-hal-jul-a.la.yo
我會韓文。

3 읽을 수는 있는데 말할 수는 없어요.
il.geul.ssu.neun-in.neun.de-ma.lal.ssu.neun-eop.
sseo.yo
我看得懂,
可是不會說。

4 알아듣는데 할 줄 몰라요.
a.la.deun.neun.de-hal-jul-mol.la.yo
我聽得懂,
可是不會說。

[男便]   [Netherland語]
5 제 남편이 네덜란드어를 할 줄 알아요.
je.nam.ppyeo.ni-ne.deol.lan.deu.eo.
leul-hal-jul-a.la.yo
我先生懂荷蘭語。

[Vietnam語]
6 내 여동생은 베트남어를 할 줄 몰라요.
nae.yeo.dong.saeng.eun-pe.tteu.na.meo.
leul-hal-jul-mol.la.yo
我妹妹不懂越南話。

7 그는 한국말을 배우려고 해요.
keu.neun-han.gung.ma.leul-pae.u.lyeo.go.hae.yo
他想學韓文。

[Italia語]
8 우리 어머니는 이탈리아어를 배우신
적이 있어요.
u.li.eo.meo.ni.neun-i.ttal.li.a.eo.leul-pae.u.
sin.jeo.gi.i.sseo.yo
我媽媽學過義大利語。

9 그분이 한국어 선생님이세요.
keu.pu.ni-han.gu.geo-seon.saeng.ni.mi.se.yo
那一位是韓文老師。

語言中心

1 저는 한국어학당을 알아보고 있어요. [韓國語學堂]
jeo.neun-han.gu.geo.hak.ddang.eul-a.la.po.go.i.
sseo.yo

我正在尋找韓語學校。

2 괜찮은 한국어학당을 소개해 줄 수 [韓國語學堂] [紹介]
있나요?
kwaen.ja.neun-han.gu.geo.hak.ddang.eul-so.gae.
hae.jul.ssu.in.na.yo

你能幫我介紹好的韓語學校嗎?

3 일대일 한국어 과외를 원해요. [一對一韓國語課外] [願]
il.ddae.il-han.gu.geo.kwa.oe.leul.wo.nae.yo

我想要一對一的韓語課程。

4 단기 프로그램이 있나요? [短期program]
tan.gi.ppeu.lo.geu.lae.mi.in.na.yo

有短期課程嗎?

5 수업 시 어떤 언어를 사용해요? [授業時] [言語] [使用]
su.eop.ssi.eo.ddeon.eo.neo.leul.sa.yong.hae.yo

上課是用什麼語言?

6 몇 시부터 수업해요? [授業]
myeot.ssi.bu.tteo.su.eo.ppae.yo

幾點開始上課?

7 수업이 맨날 있나요?
su.eo.bi.maen.nal.in.na.yo

每天都有課嗎?

8 방학이 언제부터 시작해요? [放假] [始作]
pang.ha.gi.eon.je.bu.tteo.si.ja.kkae.yo

暑假什麼時候開始?

9 기숙사에 들어갈 수 있나요? [寄宿舍]
ki.suk.ssa.e.teu.leo.kal.ssu.in.na.yo

我可以住宿舍嗎?

10 등록금은 할부 가능한가요? [登錄金] [割賦可能]
teung.nok.ggeu.meun.hal.bu.ka.neung.han.ga.yo

學費可以分期付款嗎?

其他

[發音]　　　　[正確]
1 제 발음이 정확한가요?　　　　　　　　我的發音標準嗎?
je-pa.leu.mi-jeong.hwa.kkan.ga.yo

[發音]
2 발음이 틀리면 말해 주세요.　　　　　發音如果不正確,請告
pa.leu.mi-tteul.li.myeon-ma.lae-ju.se.yo　　訴我。

 單字充電站

語言學習

[外來語] 외래어 oe.lae.eo 外來語	[漢字] 한자 han.ja 漢字	[韓] 한글 han.geul 韓字	[Roman字] 로마자 lo.ma.ja 羅馬拼音

[英語] 영어 yeong.eo 英語	[France語] 프랑스어 ppeu.lang.seu.eo 法語	[Spain語] 스페인어 seu.ppe.i.neo 西班牙語

[獨逸語] 독일어 to.gi.leo 德語	[Italia語] 이탈리아어 i.ttal.li.a.eo 義大利語	[Portugal語] 포르투갈어 ppo.leu.ttu.ga.leo 葡萄牙語

[韓國語] 한국어 han.gu.geo 韓文	[中國語] 중국어 jung.gu.geo 中文	[Indonesia語] 인도네시아어 in.do.ne.si.a.eo 印尼文

[泰國語] 태국어 ttae.gu.geo 泰文	[Arab語] 아랍어 a.la.beo 阿拉伯語	[廣東] 광동어 kwang.dong.eo 廣東話	[學期] 학기 ha.ggi 學期

새 생활을
시작 했어요!
開始新生活了!

租屋

🌸 尋找住處

1 [房]방 좀 [求]구해 주시겠어요?
pang-jom-ku.hae-ju.si.ge.sseo.yo

可以幫我找房子嗎？

2 [大學近處]대학 근처에 [適當]적당한 [房]방이 있을까요?
tae.hak-keun.cheo.e-jeok.ddang.han-pang.
i-i.sseul.gga.yo

大學附近有沒有適合的
房子？

3 [停留場 近處 房]정류장 근처 방을 [求]구하려고 해요.
jeong.nyu.jang-keun.cheo-pang.eul-ku.ha.
lyeo.go.hae.yo

我想找車站附近的房子。

4 더 큰 [房]방은 없나요?
teo-kkeun-bang.eun-eom.na.yo

有沒有更大一點的房間？

5 작아도 [相關]상관없어요. 좀 싼 곳 없을까요?
cha.ga.do-sang.gwa.neop.sseo.yo-jom-ssan-kot-
eob.sseul.gga.yo

小一點也沒關係，有
沒有便宜一點的？

🌸 租屋設備

1 [韓屋]한옥이에요?
ha.no.gi.e.yo

是韓式房屋嗎？

2 [家具]가구가／[option]옵션이 있나요?
ka.gu.ga／op.ssyeo.ni-in.na.yo

有附家具嗎？

3 [heater room]히터 룸인가요?
hi.tteo-lu.min.ga.yo

是暖爐房間嗎？

4 [廚房]주방은 얼마만한가요?
ju.bang.eun-eol.ma.ma.nan.ga.yo

廚房大概有多大？

[駐車場]
5 주차장 있나요?
ju.cha.jang-in.na.yo

有停車場嗎？

[電話]　　[設置]
6 전화를 설치할 수 있나요?
jeo.nwa.leul-seol.chi.hal-ssu-in.na.yo

可以裝電話嗎？

[房]　　　　[化粧室]
7 방 안에 화장실이 있나요?
pang-a.ne-hwa.jang.si.li.in.na.yo

房間內有廁所嗎？

[aircon]
8 에어콘을 달아 주실 수 있나요?
e.eo.kko.neul-ta.la.ju.sil-ssu-in.na.yo

可以請你幫我裝空調嗎？

[one room]　　　　　　[程度]
9 원 룸 크기는 어느 정도 하나요?
wol.lum-kkeu.gi.neun-eo.neu-jeong.do-ha.na.yo

單人房大概多大呢？

週遭環境

[周邊環境]
1 주변환경은 조용한가요?
ju.byeo.nwan.gyeong.eun-jo.yong.han.ga.yo

四周環境很安靜嗎？

[第一]　　　　　　　　[停留場]
2 제일 가까운 정류장은 어디인가요?
je.il-ka.gga.wun-jeong.nyu.jang.eun-eo.di.in.ga.yo

最近的車站在哪裡？

[停留場]
3 여기서 정류장까지는 얼마나 걸려요?
yeo.gi.seo-jeong.nyu.jang.gga.ji.neun-eol.ma.na-keol.lyeo.yo

這裡離車站有多遠？

[近處]　　[病院]
4 이 근처에 병원이 있나요?
i-keun.cheo.e-pyeong.wo.ni-in.na.yo

附近有醫院嗎？

租金

[稅]
1 집세는 얼마예요?
jip.sse.neun-eol.ma.ye.yo

租金多少？

[以內]　　[房]　　　[求]
2 70만 원 이내의 방을 구하고 싶은데요.
chil.sil.ma.nwon-i.nae.e-pang.eul-ku.ha.go.si.ppeun.de.yo

我想找七十萬元以內的房子。

3 조금 더 비싸도 괜찮아요.
jo.geum-teo.pi.ssa.do-kwaen.cha.na.yo
［保證金］

稍微貴一點也沒關係。

4 보증금은 얼마예요?
po.jeung.geu.meun-eol.ma.ye.yo

押金要多少？

［每］   ［支付］
5 매달 어떻게 지불하나요?
mae.dal-eo.ddeo.kke-ji.bu.la.na.yo

每月要如何支付呢？

［電氣稅］   ［gas費］
6 전기세와 가스비는 어떻게 내요?
jeon.gi.se.wa-gga.seu.bi.neun-eo.ddeo.kke-nae.yo

電費和瓦斯費要怎麼付呢？

🌸 契約

［契約］
1 언제 계약하나요?
eon.je-ke.ya.kka.na.yo

何時簽約？

［保證人］   ［必要］
2 보증인이 필요한가요?
po.jeung.i.ni-ppi.lyo.han.ga.yo

需要保證人嗎？

［移事］
3 언제 이사 들어갈 수 있을까요?
eon.je-i.sa-teu.leo.gal-ssu-i.sseul.gga.yo

什麼時候可以搬進去？

4 2달먼저 나가도 돼요??
tu.dal.meon.jeo.na.ga.do.twae.yo

可以提前兩個月退租嗎？

［保證金］
5 보증금에서 얼마를 돌려받을수 있을까요?
po.jeung.geu.me.seo.eol.ma.leul.dol.lyeo.pa.deul.su.i.sseul.gga.yo

請問可以拿回多少保證金？

6 위약금을 물어야돼요?
wi.yak.geu.meul.mu.leo.ya.twae.yo

要付違約金嗎？

✿ 單字充電站

租屋

[税] **집세** jip.sse 房租	[主人] **집주인** jip.jju.in 房東	[電氣税] **전기세** jeon.gi.se 電費	[gas費] **가스비** gga.seu.bi 瓦斯費	[管理費] **관리비** kwal.li.bi 管理費
[公共施設費] **공공시설비** kong.gong.si.seol.bi 公共設施費	[駐車場] **주차장 있음** ju.cha.jang-i.sseum 附停車場	[契約] **계약** ke.yak 契約		[謝禮金] **사례금** sa.le.geum 酬謝金
[浴室] [化妝室] **욕실／화장실 있음** yok.ssil／hwa.jang.sil-i.sseum 附浴室／廁所		[電話料金] **전화 요금** jeo.nwa.yo.geum 電話費		[水道料金] **수도 요금** su.do.yo.geum 水費
[internet費] **인터넷비** in.tteo.net.bbi 網路費	[保證人] **보증인** po.jeung.in 保證人	[賃貸] **임대** im.dae 出租	[保證金] **보증금** po.jeung.geum 押金	[控除金] **공제금** kong.je.geum 抽成

房屋形式

[單獨住宅] **단독주택** tan.dok-jju.ttaek 獨門獨戶	[坪房] **6평방** yuk.ppyeong.bang 六坪房間	[坪房] **10평방** sip.ppyeong.bang 十坪房間
[apart] **아파트** a.ppa.tteu 公寓	[鐵鋼] **철강** cheol.gang 鋼筋	[one room] **원룸** wol.lum 單房

[two room] **투룸** ttu.lum 兩房	[木造] **목조** mok.jjo 木造	[月税] **월세** wol.sse 租房

內部結構

[玄關] **현관** hyeon.gwan 玄關	

[玄關]
현관
hyeon.gwan
玄關

[複道]
복도
pok.ddo
走廊

[兒童房]
아동방
a.dong.bang
兒童房

[房]
안방
an.bbang
主臥房

[化粧室]
화장실
hwa.jang.sil
廁所

[居室]
거실
keo.sil
客廳

[寢室]
침실
chim.sil
寢室

부엌
pu.eok
廚房

[壁欌]
벽장
pyeok.jjang
壁櫥

[方席]
방석
pang.seok
坐墊

[dining room]
다이닝 룸
ta.i.ning.lum
餐廳

[浴室]
욕실
yok.ssil
盥洗室／浴室

창문
chang.mun
窗戶

[門]
미닫이문
mi.da.ji.mun
拉門

[浴槽]
욕조
yok.jjo
浴池

[房]
방
pang
房間

마루
ma.lu
地板

멋진 남자
帥哥

美髮

剪髮

1 이런 스타일로 잘라 주세요.
[style]
i.leon-seu.tta.il.lo-jal.la-ju.se.yo

請幫我照這種髮型剪。

2 머리만 자르면 될 거 같아요.
meo.li.man-ja.leu.myeon-twoel-ggeo.ka.tta.yo

我想剪髮就好。

3 짧게 잘라 주세요.
jjal.ge-jal.la-ju.se.yo

請幫我剪短一點。

4 너무 짧게 자르진 마세요.
neo.mu-jjal.ge-ja.leu.jin-ma.se.yo

請不要剪太短。

5 조금 더 짧게 잘라 주세요.
jo.geum-teo-jjal.ge-jal.la-ju.se.yo

請再剪短一點。

6 머리 끝만 조금 다듬어 주세요.
meo.li-ggeun.man-jo.geum-ta.deu.meo-ju.se.yo

請幫我把髮尾修齊就好。

7 뒤쪽은 조금만 길게 해 주세요.
twi.jjo.geun-jo.geum.man-kil.ge-hae.ju.se.yo

後面要稍微長一點。

8 여섯 시 전에 끝낼 수 있어요?
[時]
yeo.seot-ssi-jeo.ne-ggeun.nael-su-i.sseo.yo

六點前可以結束嗎?

9 드라이하려구요.
[dry]
teu.la.i.ha.lyeo.go.yo

我要吹髮。

10 머리 감고 드라이 좀 해 주세요.
[dry]
meo.li-kam.go-teu.la.i-jom-hae.ju.se.yo

請幫我洗頭和吹髮。

11 이런 헤어스타일이면 돼요.
[hair style]
i.leon-he.eo.seu.ttai.li.myeon-dwae.yo

這種髮型就可以了。

12 옆가르마로 타 주세요.
yeop.gga.leu.ma.lo-tta.ju.se.yo

請幫我旁分。

13 머리 자르고 감는 데 얼마죠?
meo.li-ja.leu-go-kam.neun-de-eol.ma.jyo
　　[美容師]　　　　[相關]

剪髮加洗髮要多少錢？

14 어떤 미용사든 상관없어요.
eo.ddeon-mi.yong.sa.deun-sang.gwa.neop.
sseo.yo
　[豫約]

哪一位美髮師都可以。

15 예약해야 하나요?
ye.ya.kkae.ya-ha.na.yo
　[大略]

需要預約嗎？

16 대략 얼마나 더 기다려야 하나요?
tae.lyak-eol.ma.na-teo-ki.da.lyeo.ya-ha.na.yo

大概還要等多久？

美容院

[permanent]

1 파마 해주세요.
ppa.ma-hae.ju.se.yo

請幫我燙髮。

[magic]

2 매직펌 하려고요.
mae.jik.ppeom-ha.lyeo.go.yo
　　　　　[程度]

我想燙離子燙。

3 어깨에 닿을 정도로 잘라 주세요.
eo.ggae.e-ta.eul-jeong.do.lo-jal.la-ju.se.yo

請幫我剪到肩膀的長度。

4 앞머리를 내 주세요.
am.meo.li.leul.ne.ju.se.yo

請幫我剪出瀏海。

5 머리숱 좀 쳐 주세요.
meo.li.sut-jom-chyeo.ju.se.yo

請幫我打薄。

理髮店

1 머리 좀 잘라 주세요.
meo.li-chom-jal.la-ju.se.yo
　[面刀]

請幫我剪髮。

2 면도 좀 해 주세요.
myeon.do-jom-hae.ju.se.yo

請幫我刮鬍子。

3 구레나룻은 자르지 말아 주세요.
ku.le.na.lu.seun-ja.leu.ji-ma.la-ju.se.yo

鬢角請幫我留著不要剪。

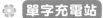

[美容室]
미용실
mi.yong.sil
美容院

[hair salon]
헤어살롱
he.eo.sal.long
美髮沙龍

[hair designer]
헤어디자이너
he.eo.di.ja.i.neo
髮型師

[理髮所]
이발소
i.bal.sso
理髮店

머리 자르기
meo.l-ja.leu.gi
剪髮

[magic]
매직펌
mae.jik.ppeom
離子燙

[permanent]
파마
ppa.ma
燙髮

머리 감기
meo.li-kam.gi
洗髮

머리 하기
meo.li-ha.gi
吹整頭髮／做造型

[massage]
마사지
ma.sa.ji
按摩

가위
ka.wi
剪刀

[理髮器]
이발기
i.bal.gi
剃刀

[面刀器]
면도기
myeon.do.gi
刮鬍刀

앞머리
am.meo.li
瀏海

구레나룻
ku.le.na.lut
鬢角

[鬍鬚]
수염
su.yeom
鬍子

[豫約]
예약
ye.yak
預約

泡湯

 詢問

[溫泉]
1 온천이 어디에 있나요?
on.cheo.ni-eo.di.e-in.na.yo

請問哪裡有溫泉?

[近處] [溫泉]
2 여기 근처에 온천이 있나요?
yeo.gi-keun.cheo.e-on.cheo.ni-in.na.yo

這附近有溫泉嗎?

[溫泉] [時] [始作]
3 온천은 몇 시에 시작하나요?
on.cheo.neun-myeot-ssi.e-si.ja.kka.na.yo

溫泉幾點開放?

[時]
4 몇 시까지 해요?
myeot.ssi.gga.ji-hae.yo

開放到幾點?

5 비누랑 샴푸 있어요?
pi.nu.lang-syam.ppu-i.sseo.yo

有肥皂和洗髮精嗎?

6 뭘 들고 가야 하죠?
mwol-teul.go-ka.ya-ha.jyo

要帶什麼東西去呢?

[男湯入口] [女湯入口]
7 남탕입구(여탕입구)는 어디예요?
nam.ttang.ip.ggu(yeo.ttang.ip.ggu).neun-eo.di.ye.yo

男湯(女湯)的入口在哪裡呢?

[私物函]
8 옷은 사물함에 넣어야 돼요?
o.seun-sa.mu.la.me-neo.o.ya.twae.yo

需要把衣服放在置物箱嗎?

[shampoo] [rinse]
9 샴푸랑 린스 좀 주세요.
syam.ppu.lang-lin.seu-jom-ju.se.yo

請給我洗髮精和潤髮精。

[使用]
10 여기 누가 사용하고 있어요?
yeo.gi-nu.ga-sa.yong.ha.go-i.sseo.yo

這裡有人用嗎?

[洗面臺]
11 여기 세면대 써도 될까요?
yeo.gi-se.myeon.dae-sseo.do-toel.gga.yo

我可以用這個洗臉台嗎?

지갑을 잃어버렸어요!
錢包不見了!

遇到麻煩時

❀ 尋求幫助

1 사람 살려요!
sa.lam-sal.lyeo.yo

救命!

2 무슨 일이에요?
mu.seun-i.li.e.yo

發生什麼事了?

[派出所]
3 파출소가 어디 있는지 가르쳐 주세요.
ppa.jul.so.ga-eo.di.in.neun.ji-ka.leu.
chyeo-chu.se.yo

請告訴我派出所在哪裡。

[警察署]
4 경찰서에 데려다 주세요.
kyeong.chal.sseo.e-te.lyeo.da-ju.se.yo

請帶我去警察局。

[警察]
5 경찰 좀 불러 주세요.
kyeong.chal-jom-pul.leo-ju.se.yo

請幫我叫警察。

[警察]
6 이걸 경찰에게 주려고요.
i.geol-kyeong.cha.le.ge-ju.lyeo.go.yo

我想把這個交給警察。

❀ 遺失物品

[汽車票]
1 기차표를 잃어버렸어요.
ki.cha.ppyo.leul-i.leo.beo.lyeo.sseo.yo

我把車票弄丟了。

↳ 你也可以將☐裡的字代成以下詞彙喔!

[旅卷]
● 여권   護照
yeo.ggwon

● 열쇠   鑰匙
yeol.ssoe

[紙匣]
2 지갑을 잃어버렸어요.
ji.ga.beul-i.leo.beo.lyeo.sseo.yo

我弄丟錢包了。

[紙匣]
3 지갑을 어디에 놔 뒀는지 깜빡했어요.
ji.ga.beul-eo.di.e-nwa-twon.neun.ji-ggam.
bba.kkae.sseo.yo

我忘了把錢包放在哪裡
了。

[地下鐵]
4 지하철에 가방을 놓고 내렸어요.
ji.ha.cheo.le-ka.bang.eul-no.kko-nae.lyeo.
sseo.yo

我把包包忘在電車裡
了。

[taxi]
5 택시에 짐을 놓고 내렸어요.
ttaek.ssi.e-ji.meul-no.kko-nae.lyeo.sseo.yo

我把行李忘在計程車裡
了。

[車番號]
6 차 번호를 모르겠어요.
cha-beo.no.leul-mo.leu.ge.sseo.yo

我不記得車號。

[card]
7 다시 새 카드를 보내 주실 수 있나요?
ta.si-sae.kka.de.leul-po.nae-ju.sil-su-in.na.yo

能再發一張新卡給我
嗎?

8 어제 잃어버렸어요.
eo.je-i.leo.beo.lyeo.sseo.yo

昨天弄丟了。

9 지금 찾는 걸 도와주실 수 있나요?
chi.geum-chan.neun-keol-to.wa.ju.sil-ssu-in.na.yo

現在能幫我找一下嗎?

[紛失物center]
10 분실물센터는 어디에 있어요?
pun.sil.mul.sen.tteo.neun-eo.di.e-i.sseo.yo

失物招領處在哪裡?

[連絡]
11 찾으면 저에게 연락 좀 주시겠어요?
cha.jeu.myeon-cheo.e.ge-yeol.lak-jom-ju.si.
ge.sseo.yo

找到之後能請你跟我連
絡嗎?

🌸 交通事故

[車事故]
1 차 사고가 났어요.
cha.sa.go.ga-na.seo.yo

我發生車禍了。

[車]
2 차에 치였어요.
cha.e-chi.yeo.sseo.yo

我撞車了。

[autoo+bike]

3 오토바이에 치였어요.
o.tto.ba.i.e-chi.yeo.sseo.yo
我撞到摩托車了。

[制限速度]

4 전 제한속도를 지켰어요.
jeon-je.han.sok.ddo.leul-chi.kkyeo.sseo.yo
我有遵守限速。

[綠色]

5 그때는 녹색불이었어요.
keu.ddae.neun-nok.ssaek.bbu.li.eo.sseo.yo
那時是綠燈。

6 사람이 다쳤어요.
sa.la.mi-ta.chyeo.sseo.yo
有人受傷了。

[救急車]

7 구급차 좀 불러 주세요.
ku.geup.cha-jom-pul.leo-ju.se.yo
請幫忙叫救護車。

[車]   [故障]

8 차가 고장났어요.
cha.ga-ko.jang.na.sseo.yo
車子壞掉了。

[tire]   [puncture]

9 타이어가 펑크났어요.
tta.i.eo.ga-ppeong.kkeu.na.sseo.yo
爆胎了。

 遭小偷

1 도둑이야!
to.du.gi.ya
小偷!

[紙匣]

2 내 지갑을 훔쳐갔어요.
nae-ji.ga.beul-hum.chyeo.ga.sseo.yo
我的錢包被搶了。

[旅卷]

3 여권을 도둑 맞았어요.
yeo.ggwo.neul-to.dung-ma.ja.sseo.yo
護照被偷了。

4 집이 털렸어요.
ji.bi-tteol.lyeo.sseo.yo
家裡遭小偷了。

5 소매치기 당했어요.
so.mae.chi.gi-tang.hae.sseo.yo
我被扒手扒了。

[不過]   [分前]

6 불과 몇 분 전의 일이에요.
pul.gwa-myeot-bbun-jeo.ne-i.li.e.yo
才不過幾分鐘前的事。

7 [自轉車]
자전거를 되찾을 수 있을까요?
ja.jeon.geo.leul-toe.cha.jeul-ssu-i.sseul.gga.yo

脚踏車找得回來嗎？

8 도둑 맞았어요.
to.dung-ma.ja.sseo.yo

我被搶了。

9 [autoo+bike] [逃亡]
그놈이 오토바이 타고 도망갔어요.
keu.no.mi-o.tto.ba.i.tta.go-to.mang.ga.sseo.yo

他騎著摩托車逃跑了。

💠 走失

1 길을 잃었어요.
ki.leul-i.leo.sseo.yo

我迷路了。

2 아이를 잃어버렸어요.
a.i.leul-i.leo.beo.lyeo.sseo.yo

我跟我小孩失散了。

3 [女子] [男子]
5살 난 여자아이 (남자아이) 예요.
ta.seot.ssal-nan-yeo.ja.a.i(nam.ja.a.i).ye.yo

五歲的小女孩（小男孩）。

4 [美淑]
이름은 미숙이라고 해요.
i.leu.meun-mi.su.gi.la.go-hae.yo

她的名字叫美淑。

5 [色] [上衣] [色]
아이는 노란색 상의에 파란색 바지를
입고 있어요.
a.i.neun-no.lan.saek-sang.i.e-ppa.lan.saek-pa.ji.
leul-ip.ggo-i.sseo.yo

她穿著黃色上衣配藍色
褲子。

6 아이 좀 찾아 주세요.
a.i-jom-cha.ja-ju.se.yo

請幫我找孩子。

길을 잃었어요.
我迷路了

單字充電站

緊急情況

[紛失物center] **분실물센터** pun.sil.mul.sen.tteo 失物招領處	**소매치기** so.mae.chi.gi 扒手	[gas] **가스가 새다** gga.seu.ga-sae.da 瓦斯外洩
[警察署] **경찰서** kyeong.chal.sseo 警察局	[駐車違反] **주차위반** ju.cha.wi.ban 違規停車	[速度違反] **속도위반** sok.ddo.wi.ban 違規超速
[派出所] **파출소** ppa.chul.sso 派出所	**도둑** to.duk 小偷	[和解] **화해** hwa.hae 和解

Can I find the supermarket in this way!?

감기에 걸렸어요.
我感冒了

生病時

🌸 尋求幫助

[病院]
1 병원에 데려다 주세요.
pyeong.wo.ne.te.lyeo.da-ju.se.yo

請帶我到醫院。

[第一]
2 제일 가까운 병원이 어디예요?
je.il-ka.gga.wun-pyeong.wo.ni-eo.di.ye.yo

最近的醫院在哪裡?

3 움직일 수가 없어요.
um.ji.gil-ssu-ga.eop.sseo.yo

我自己不能動。

4 좀 도와주세요.
jom-to.wa-ju.se.yo

請幫我一下。

[救急車]
5 구급차를 불러 주세요.
ku.geup.cha.leul-pul.leo-ju.se.yo

請幫我叫救護車。

[醫師 先生]
6 의사 선생님을 불러 주세요.
ui.sa-seon.saeng.ni.meul-pul.leo-ju.se.yo

請幫我叫醫生來。

🌸 掛號

[診察]
1 진찰을 받고 싶어요.
jin.cha.leul-pat.ggo-si.ppeo.yo

我想要看診。

[預約]　　　　　　　[相關]
2 예약 안 했는데 상관없나요?
ye.yak-an-haen.neun-de-sang.gwa.neom.na.yo

我沒有預約可以嗎?

[應急室 接受]
3 응급실 접수해 주세요.
eung.geup.ssil-jeop.ssu.hae-ju.se.yo

請幫我掛急診。

🌸 傳達症狀

1 아파요.
a.ppa.yo

我覺得不舒服。

2 배가 아파요.
pae.ga-a.ppa.yo

我肚子痛。

[間間]
3 배가 간간이 찌르듯 아파요.
pae.ga-kan.ga.ni-jji.leu.deut-a.ppa.yo

我的腹部感到陣陣刺痛。

4 아주 아파요.
a.ju-a.ppa.yo

非常痛。

5 조금 아파요.
cho.geum-a.ppa.yo

有點痛。

6 머리가 아파요.
meo.li.ga-a.ppa.yo

我頭痛。

7 너무 추워요.
neo.mu-chu.wo.yo

好冷。

8 머리가 어지러워요.
meo.li.ga-eo.ji.leo.wo.yo

我頭暈。

[嘔逆]
9 구역질이 나고 토하고 싶어요.
ku.yeok.jji.li-na.go-tto.ha.go-si.ppeo.yo

我覺得噁心想吐。

10 열이 좀 나요.
yeo.li-jom-na.yo

我有點發燒。

[泄瀉]
11 설사했어요.
seol.ssa.hae.sseo.yo

我拉肚子。

[痔疾]
12 저 치질이 있어요.
jeo-chi.ji.li-i.sseo.yo

我有痔瘡。

[高血壓]
13 고혈압이 있어요.
ko.hyeo.la.bi-i.sseo.yo

我有高血壓。

🌸 與醫生對話

[注射]
1 주사를 맞아야 되나요?
ju.sa.leul-ma.ja.ya-toe.na.yo
要打針才行嗎？

[妊娠]
2 전 임신했어요.
jeon-im.si.nae.sseo.yo
我懷孕了。

[penicillin]　　　　[allergie]
3 페니실린에 알레르기가 있어요.
ppe.ni.sil.li.ne-al.le.leu.gi.ga-i.sseo.yo
我對青黴素過敏。

[今方]
4 금방 낫겠지요?
keum.bang-nat.gget.jji.yo
很快就會好吧？

[調理]
5 몸조리 어떻게 해야 되나요?
mom.cho.li.eo.ddeo.kke.hae.ya.toe.na.yo
該怎麼調理身體？

6 무슨 일이 있어요?
mu.seun-i.li-i.sseo.yo
怎麼了？

7 어디 아파요?
eo.di-a.ppa.yo
哪裡不舒服？

8 어디 안 좋아 보이는 것 같아요.
eo.di-an-cho.a-po.i.neun-keot-gga.tta.yo
你看起來不太對勁耶。

[藥物 allergie]
9 약물 알레르기가 있어요?
yang.mul-al.le.leu.gi.ga-i.sseo.yo
你會藥物過敏嗎？

會話

여기 아프세요?
yeo.gi-a.ppeu.se.yo
這裡痛嗎？

네, 아파요.
ne-a.ppa.yo
是的，很痛。

別人生病時

[親舊]
1 제 친구가 아파요.
je-chin.gu.ga-a.ppa.yo

我朋友生病了。

[意識]
2 의식을 잃었어요.
ui.si.geul-i.leo.sseo.yo

他失去意識了。

[女]
3 그녀의 얼굴이 파래졌어요.
keu.nyeo.e-eol.gu.li-ppa.lae.jyeo.sseo.yo

她的臉色發青。

受傷時

1 다쳤어요.
ta.chyeo.sseo.yo

我受傷了。

[骨折]
2 다리가 골절됐어요.
ta.li.ga-kol.jeol.twae.sseo.yo

我的腳骨折了。

3 피가 났어요.
ppi.ga-na.sseo.yo

流血了

4 제 손이 까졌어요.
je-so.ni.gga.jyeo.sseo.yo

我的手擦傷了。

5 손목이 삐었어요.
son.mo.gi-bbi.eo.sseo.yo

手腕扭傷了。

[火傷]
6 화상을 입었어요.
hwa.sang.eul-i.beo.sseo.yo

我被燙傷了。

[階段]
7 계단에서 굴러 떨어졌어요.
ke.da.ne.seo.ku.lleo.ddeo.leo.jyeo.sseo.yo

我從樓梯摔下來。

[傷處]   [完全]   [時間]
8 상처가 완전히 나을 때까지 시간이
얼마나 걸려요?
sang.cheo.ga-wan.jeo.ni.na.eul-ddae.gga.ji-si.gan.
ni.eol.ma.na-keol.lyeo.yo

傷口要花多久時間才能
完全治癒？

服藥

[腹痛藥]
1 복통약이 있나요?
pok.ttong.ya.gi.in.na.yo
有沒有肚子痛的藥?

[頭痛] [效果] [藥]
2 두통에 효과가 좋은 약이 있나요?
du.tong.e.hyo.gwa.ga.cho.eun.ya.gi.in.na.yo
有對頭痛有效的藥嗎?

3 언제 먹어요?
eon.je.meo.geo.yo
什麼時候吃?

[食後]
4 식후인가요?
si.kku.in.ga.yo
飯後吃嗎?

5 한번에 몇 알을 먹어요?
han.beo.ne.myeot.a.leul.meo.geo.yo
一次吃幾粒?

6 하루에 몇 번 먹어요?
ha.lu.e.myeot.bbeon.meo.geo.yo
一天吃幾次?

[抗生劑]
7 그거 항생제인가요?
keu.keo.hang.saeng.je.in.ga.yo
那是抗生素嗎?

[解熱劑]
8 그거 해열제인가요?
keu.keo.hae.yeol.je.in.ga.yo
那是退燒藥嗎?

 會話

 [藥] [juice]
그 약은 주스랑 같이 먹어도 돼요?
keu.ya.geun.chu.seu.lang.ka.chi.meo.geo.
do.twae.yo
這個藥可以配果汁喝嗎?

안 돼요.
an.twae.yo
不行。

따뜻한 물이랑 같이 드세요.
dda.ddeu.tan.mu.li.lang.ka.chi.teu.se.yo
請配溫水吃。

單字充電站

看醫生

[醫師] 의사 ui.sa 醫生	[看護師] 간호사 ka.no.sa 護士	[患者] 환자 hwan.ja 病患

아프다 a.ppeu.da 生病／痛	[病院] 병원 pyeong.won 醫院	[ringer注射] 링거주사를 맞다 ling.geo.ju.sa.leul-mat.dda 打點滴	다치다 ta.chi.da 受傷

[手術] 수술 su.sul 手術	[麻醉] 마취 ma.chwi 麻醉	[注射] 주사를 맞다 ju.sa.leul-mat.dda 打針	[應急患者] 응급환자 eung.geu.ppwan.ja 緊急病患

[診療室] 진료실 jil.lyo.sil 診療處	[救急車] 구급차 ku.geup.cha 救護車	[入院] 입원 i.bwon 入院	[退院] 퇴원 ttoe.won 出院

[飲食療法] 음식요법 eum.si.gyo.beop 飲食療法	[接受處] 접수처 jeop.ssu.cheo 掛號處

醫院內各科名稱

| [內科]
내과
nae.ggwa
內科 | [外科]
외과
oe.ggwa
外科 | [小兒科]
소아과
so.a.ggwa
小兒科 | [眼科]
안과
an.ggwa
眼科 | [齒科]
치과
chi.ggwa
齒科 |

| [耳鼻咽喉科]
이비인후과
i.bi.i.nu.ggwa
耳鼻喉科 | [產婦人科]
산부인과
san.bu.in.ggwa
婦產科 | [消化器內科]
소화기내과
so.hwa.gi.nae.ggwa
腸胃科 |

| [allergie科]
알레르기과
al.le.leu.gi.ggwa
過敏科 | [皮膚科]
피부과
ppi.bu.ggwa
皮膚科 | [泌尿器科]
비뇨기과
pi.nyo.ggwa
泌尿科 |

| [神經精神科]
신경정신과
sin.gyeong.jeong.sin.ggwa
精神科 | [精神健康醫學科]
정신건강의학과
jeong.sin.geon.gang.i.hak.ggwa
心理醫科／身心科 |

症狀

| [頭痛]
두통
tu.ttong
頭痛 | [胃痛]
위통
wi.ttong
胃痛 | [齒痛]
치통
chi.ttong
牙齒痛 | **떨림**
ddeol.lim
發冷 | **기침**
ki.chim
咳嗽 |

| [發疹]
발진
pal.jjin
斑疹 | [便秘]
변비
pyeon.bi
便秘 | [宿醉]
숙취
suk.chwi
宿醉 | [泄瀉]
설사
seol.ssa
拉肚子 | [肺炎]
폐염
ppe.yeom
肺炎 |

삐다 bbi.da 扭傷	간지럼 kan.ji.leom 發癢	[感氣] 감기 kam.gi 感冒	[骨折] 골절 kol.jeol 骨折	어지럼 eo.ji.leom 頭昏眼花

벌레 물림 peol.le-mul.lim 昆蟲咬傷	두드러기 tu.deu.leo.gi 蕁麻疹	[盲腸炎] 맹장염 maeng.jang.yeom 盲腸炎	[火傷] 화상 hwa.sang 燒傷／燙傷

[嘔逆] 구역질 ku.yeok.jjil 噁心／想吐	[扁桃炎] 편도염 ppyeon.do.yeom 扁桃腺炎

身體部位

몸 mom 身體	머리 meo.li 頭	얼굴 eol.gul 臉	이마 i.ma 額頭	눈 nun 眼睛
귀 kwi 耳朵	코 kko 鼻子	이 i 牙齒	입 ip 嘴巴	혀 hyeo 舌頭
턱 tteok 下巴	손 son 手	팔 ppal 手臂	발 pal 腳	배 pae 肚子
목 mok 喉嚨／脖子	어깨 eo.ggae 肩膀	가슴 ka.seum 胸	다리 ta.li 腿

[胃] 위 wi 胃	[腸] 장 jang 腸	[肺] 폐 ppe 肺	뼈 bbyeo 骨頭
[心臟] 심장 sim.jang 心臟	[子宮] 자궁 ja.gung 子宮	[肝臟] 간장 kan.jang 肝臟	[血液] 혈액 hyeo.laek 血液
넓적다리 neop.jjeok.dda.li 大腿	종아리 jong.a.li 小腿	[筋肉] 근육 keu.nyuk 肌肉	콩팥 kkong.ppat 腎臟
[神經] 신경 sin.gyeong 神經	[皮膚] 피부 ppi.bu 皮膚／肌膚	무릎 mu.leup 膝蓋	손가락 son.ga.lak 手指

醫療用具

[藥] 약 yak 藥	[藥局] 약국 ya.gguk 藥局	[眼藥] 안약 a.nyak 眼藥	[胃腸藥] 위장약 wi.jang.yak 胃藥	[泄瀉藥] 설사약 seol.ssa.yak 止瀉藥
[軟膏] 연고 yeon.go 軟膏	[pasta] 파스 ppa.seu 貼布	[gauze] 거즈 keo.jeu 紗布	[band] 밴드 paen.deu OK 繃	[繃帶] 붕대 pung.dae 繃帶

[頭痛藥] 두통약 tu.ttong.yak 頭痛藥	[泄瀉劑] 설사제 seol.ssa.je 瀉藥	[感冒藥] 감기약 kam.gi.yak 感冒藥	[vitamin] 비타민 pi.tta.min 維他命劑
[aspirin] 아스피린 a.seu.ppi.lin 阿斯匹靈	[綿棒] 면봉 myeon.bong 棉花棒	[救急函] 구급함 ku.geu.ppam 急救箱	[體溫計] 체온계 che.on.ge 體溫計
[脫脂綿] 탈지면 ttal.ji.myeon 消毒棉花	[allergie藥] 알레르기약 al.le.leu.gi.yak 止癢藥	[處方籤] 처방전 cheo.bang.jeon 處方籤	

빨리 건강 회복하세요.
早日恢復健康

手機電腦

[internet]
1 인터넷을 합니다.
in.tteo.ne.seul-ham.ni.da
上網。

[handphone]　　　[internet]　　[可能]
2 핸드폰이 인터넷도 가능해요 ?
haen.deu.ppo.ni-in.tteo.net.ddo-ka.neung.hae.yo
手機可以上網嗎？

[internet無制限料金制]
3 인터넷 무제한 요금제가 어떻게 되죠 ?
in.tteo.net-mu.je.han-yo.geum.je.ga-eo.ddeo.
kke-toe.jyo
手機上網吃到飽的費率
怎麼算？

4 여기 와이파이 있어요 ?
yeo.gi.wa.i.pa.i.i.sseo.yo
這裡有wifi嗎？

[無線 internet]
5 여기는 무선인터넷을 따로 돈 내야 돼요 ?
yeo.gi.neun-mu.seon-in.tteo.ne.seul-dda.lo-ton-
nae.
ya-twae.yo
使用無線網路需要另外
付費嗎？

[email]
6 핸드폰으로 어떻게 이메일을 보내는지
가르쳐 주세요 .
haen.deu.ppo.neu.lo-eo.ddeo.kke-i.me.i.leul-po.
nae.neun.ji-ka.leu.chyeo-ju.se.yo
請教我怎麼用手機發信
件。

[地圖]　　[商家情報]　　　　[檢索]
7 지도와 상가정보를 어떻게 검색하는지
가르쳐 주세요 .
chi.do.wa-sang.ga.jeong.bo.leul-eo.ddeo.
kke-keom.sae.kka.neun.ji-ka.leu.chyeo-ju.se.yo
請教我怎麼查詢地圖和
店家資訊。

[語言設定]　　　　[中國語]
8 언어 설정은 중국어로 바꿔 주세요 .
eo.neo-seol.jjeong.eun-jung.gu.geo.lo-pa.
ggwo-ju.se.yo
請幫我把語言設定成中
文。

[handphone]
9 핸드폰 밧데리가 떨어졌어요.　　　　　手機沒電了。
　　haen.deu.ppon-pat.dde.li.ga-ddeo.leo.jyeo.sseo.yo

[hand phone料金]
10 핸드폰 요금을 내려고요.　　　　　　我要繳手機費。
　　haen.deu.ppon-nyo.geu.meul-nae.lyeo.go.yo

🌸 單字充電站

手機

[wifi] **와이파이** wa.i.pa.i wifi	[colouring] **컬러링** kkeol.leo.ling 來電音樂	[寫真機機能] **사진기기능** sa.jin.gi.gi.neung 照相功能	[消音] **소음** so.eum 靜音
[受信volume] **수신볼륨** su.sin.bol.lyu 接聽音量	[充電器] **충전기** chung.jeon.gi 充電器	**다시 걸기** ta.si-keol.gi 重撥	[秘密番號] **비밀번호** pi.mil.beo.no 密碼
[編輯] **편집** ppyeon.jip 編輯	[機能] **기능** ki.neung 功能	[再契約] **재계약** jae.ge.yak 續約	[契約] **계약** ke.yak 簽約
[hand phone bell] **핸드폰벨** haen.deu.ppon.bel 來電鈴聲	[裝置] **잠금장치** jam.geum.jang.chi 按鍵鎖	[音聲私書函] **음성 사서함** eum.seong.sa.seo.ham 語音信箱	
[hand phone] **핸드폰걸이** haen.deu.ppon.geo.li 手機吊飾	[待機畫面] **대기화면** tae.gi.hwa.myeon 待機畫面	[full touch phone] **풀터치폰** ppul.tteo.chi.ppon 觸控手機	

[旅行用充電器]
여행용 충전기
yeo.haeng.yong-chung.jeon.gi
旅充

[無音]
무음
mu.eum
靜音模式

[信號]
신호없음
si.no.eop.sseum
沒訊號

[家庭用充電器]
가정용 충전기
ka.jeong.yong-chung.jeon.gi
座充

[連絡處]
연락처
yeol.lak.cheo
聯絡人資訊

[通信社]
통신사
ttong.sin.sa
電信公司

[攝影時]　　　　[認識]
촬영 시 얼굴 인식
chwa.lyeong-si-eol.gul-in.sik
拍攝時臉孔辨識功能

[電源adapter]
USB 전원 어댑터
u.s.b-cheo.nwon-eo.daep.tteo
USB 電源轉換器

[動映像攝影]
동영상 촬영
tong.yeong.sang-chwa.lyeong
錄製影片

[削除]
삭제
sak.jje
刪除

[calendar]
캘린더
kkael.lin.deo
行事曆

[有料download]
유료 다운로드
yu.lyo-ta.ul.lo.deu
付費下載

[internet接續]
인터넷 접속
in.tteo.net-jeop.ssok
網路連線

[hand phone番號]
핸드폰번호
haen.deu.ppon.beo.no
手機號碼

[百萬畫素]
8 백만 화소
ppal.baeng.man-hwa.so
八百萬畫素

[貯藏容量]
저장 용량
jeo.jang-yong.lyang
儲存容量

[無料download]
무료 다운로드
mu.lyo-ta.ul.lo.deu
免費下載

[音聲message]
음성 메시지
eum.seong-me.si.ji
語音留言

[文字message]
문자 메시지
mun.ja-me.si.ji
簡訊

[bell]　　　　[volume]
벨소리볼륨
bel.so.li.bol.lyum
來電音量

[display]
디스플레이
ti.seu.ppeul.le.i
顯示螢幕

[keyboard支援]
키보드 지원
kki.bo.deu-ji.won
鍵盤支援

[audio再生]
오디오 재생
o.di.o-jae.saeng
音訊播放

[語言支援]
언어 지원
eo.neo-ji.won
語言支援

[位置情報]
위치 정보
wi.chi-jeong.bo
定位資訊

[製品仕様]
제품사양
je.ppum.sa.yang
產品規格

[無線通信]
무선 통신
mu.seon-ttong.sin
無線通訊

[smart phone]
스마트폰
seu.ma.tteu.ppon
智慧手機

電腦

[notebook]
노트북
no.tteu.buk
筆記型電腦

[computer]
컴퓨터
kkeom.ppyu.tteo
電腦

[monitor]
모니터
mo.ni.tteo
電腦螢幕

[computer用monitor]
컴퓨터용 모니터
kkeom.ppyu.tteo.yong-mo.ni.tteo
電腦顯示器

[複寫機]
복사기
pok.ssa.gi
印表機

[scanner]
스캐너
seu.kkae.neo
掃描器

[ink保管함]
잉크 보관함
ing.kkeu-po.gwa.nam
墨水匣

[mouse]
마우스
ma.u.seu
滑鼠

鍵盤名稱

[keyboard]	[enter key]	[space bar]
키보드	엔터 키	스페이스 바
kki.bo.deu	en.tteo-kki	seu.ppe.i.seu-pa
鍵盤	Enter 鍵	空白鍵

[shift key]	[delete key]	[alt key]
쉬프트 키	딜리트 키	알트 키
swi.ppeu.tteu-kki	til.li.tteu-kki	al.tteu-kki
Shift 鍵	Delete 鍵	Alt 鍵

電腦畫面

[cursor]	[tool bar]	[住所錄]	[on line]	[file]
커서	툴바	주소록	온라인	파일
kkeo.seo	ttul.ba	ju.so.lok	on.la.in	ppa.il
游標	工具列	通訊錄	上線	文件夾

[畫面保護program]	[folder]	[home]
화면 보호 프로그램	폴더	홈
hwa.myeon-po.ho-ppeu.lo.geu.laem	ppol.deo	hom
螢幕保護程式	資料夾	首頁

[thema]	[soft ware]	[畫面]
테마글꼴	소프트 웨어	바탕화면
tte.ma.geul.ggol	so.ppeu.tteu-we.eo	pa.ttang.hwa.myeon
字型	軟體	桌布

[hard ware]	[off line]	[virus]
하드 웨어	오프라인	바이러스
ha.deu-we.eo	o.ppeu.la.in	pa.i.leo.seu
硬體	離線	病毒

[file]
파일이름
ppa.i.li.leum
檔名

[休紙桶]
휴지통
hyu.ji.ttong
廢紙筒

[添附file]
첨부파일
cheom.bu.ppa.il
附檔

[email]
이메일
i.me.il
電子郵件

[受信函]
수신함
su.si.nam
收件匣

[site]
사이트
sa.i.tteu
網址

[home page]
홈페이지
hom.ppe.i.ji
網站主頁

操作

[壓縮]
압축
ap.chuk
壓縮

[設置]
설치
seol.chi
安裝

[取消]
취소
chwi.so
取消

[入力]
입력
im.nyeok
輸入

[click]
한 번 클릭
han.beon-kkeul.lik
點滑鼠一下

[click]
두 번 클릭
tu.beon-kkeul.lik
點兩下

[rebooting]
리부팅
ta.si-si.jak
重新啟動電腦

[scan]
스캔하기
seu.kkae.na.gi
掃描

[download]
다운로드
ta.un.no.deu
下載

[電源]
전원 켜기
jeo.nwon-kkyeo.gi
開啟電源

[電源]
전원 끄기
jeo.nwon-ggeu.gi
關掉電源

끌어당기다
ggeu.leo.dang.gi.da
拖曳

[format]
포멧
ppo.met
格式化

에러
[error]
e.leo
錯誤

용량
[容量]
yong.nyang
容量

PC 방
[PC房]
ppi.ssi.bang
網咖

이모티콘
[emoticon]
i.mo.tti.kkon
表情符號

入口網站

네이버
[naver]
ne.i.beo
NAVER

다음
[daum]
ta.eum
DAUM

한국야후
[韓國yahoo]
han.gu.gya.hu
YAHOO Korea

네이트
[nate]
ne.i.tteu
NATE

社群網站相關

페이스북
[facebook]
ppe.i.seu.buk
facebook

트위터
[twitter]
tteu.wi.tteo
Twitter

네이트온
[nate on]
ne.i.tteu.on
NATE ON

싸이월드
[cyworld]
ssa.i.wol.deu
Cyworld

메일
[mail]
me.il
電子郵件

카페
[cafe]
kka.ppe
個人園地(會員制)

지식
[知識]
ji.sig
知識

쇼핑
[shopping]
syo.pping
購物

블로그
[blog]
peul.lo.geu
部落格

사전
[辭典]
sa.jeon
字典

뉴스
[news]
nyu.sseu
新聞

증권
[證券]
jeung.gwon
股市

금융
[金融]
keu.myung
理財

[不動產] 부동산 pu.dong.san 房地產	[地圖] 지도 ji.do 地圖	[映畫] 영화 yeong.hwa 電影	[music] 뮤직 myu.jik 音樂	[webtoon] 웹툰 wep.ttun 網路漫畫
[健康] 건강 keon.gang 健康	[game] 게임 ke.im 遊戲	[冊] 책 chaek 書籍	[image] 이미지 i.mi.ji 圖片	더보기 teo.bo.gi 顯示更多
[自動車] 자동차 ja.dong.cha 汽車	[運勢] 운세 un.se 運勢	[style] 스타일 seu.tta.il 時尚美妝	[旅行] 여행 yeo.haeng 旅行	[id] 아이디 a.i.di ID
[service] 서비스 sseo.bi.seu 服務	[event] 이벤트 i.ben.tteu 活動	[檢索] 검색 keom.saek 查詢／搜索	이름 i.leum 姓名	[男] 남 nam 男
[女] 여 yeo 女	[設定] 설정 seol.jjeong 設定	[同意] 동의 tong.i 同意	[確認] 확인 hwa.gin 確認	[刪除] 삭제 sak.jje 刪除
[取消] 취소 chwi.so 取消	[list] 리스트 li.seu.tteu 清單	[遮斷] 차단 cha.dan 封鎖	좋아요 jo.a.yo 讚	
날씨 nal.ssi 天氣／氣象	[動映像] 동영상 tong.yeong.sang 影片	[login] 로그인 lo.geu.in 登入	[logout] 로그아웃 lo.geu.a.ut 登出	

[tv編成表] **TV 편성표** tti.bi.ppyeon.seong.ppyo 電視節目表	[login狀態維持] **로그인 상태유지** lo.geu.in-sang.ttae.yu.ji 保持登入	[聯絡處] **연락처** yeol.lak.cheo 連絡方式
[認證] **인증하기** in.jeung.ha.gi 認證	[段階] **다음단계로** ta.eum.dan.gye.lo 前往下一步	[個人情報] **개인정보** kae.in.jeong.bo 個人資料	[始作] **시작하기** si.ja.kka.gi 歡迎／開始
[會員加入] **회원가입** hoe.won.ga.ip 加入會員	[秘密番號] **비밀번호** pi.mil.beo.no 密碼	[news world] **뉴스월드** nyu.seu.wol.deu 動態消息
[激請] **요청하기** yo.cheong.ha.gi 邀請加入	[追加] **추가하기** chu.ga.ha.gi 新增	[親舊] **친구찾기** chin.gu.chat.ggi 尋找朋友
[親舊] **먼 친구** meon-chin.gu 點頭之交	**아는 사람** a.neun-sa.lam 認識的人	[親]　[親舊] **친한 친구** chi.nan.chin.gu 摯友
[message] **메시지** me.si.ji 收件匣訊息	[親舊] **친구끊기** chin.gu.ggeun.kki 斷交	**사용자지정** sa.yong.ja.ji.jeong 自訂
[親舊]　[親舊] **친구의 친구** chin.gu.e.chin.gu 朋友的朋友	[共有] **공유하기** kong.yu.ha.gi 分享	[親舊] **친구만** chin.gu.man 只限朋友
댓글달기 taet.ggeul.dal.gi 留言回應	**찔러보기** jjil.leo.bo.gi 戳	[全體公開] **전체공개** cheon.che.gong.gae 公開

좋겠네요!
真好!

喜怒哀樂

喜

1 전 정말 행복해요.
[正] [幸福]
jeon-jeong.mal-haeng.bo.kkae.yo
我非常幸福。

2 브라보!
[bravo]
peu.la.bo
太棒了！

3 살아 있어서 너무 좋아요!
sa.la-i.sseo.seo-neo.mu-jo.a.yo
活著真好！

會話

🐰 얼굴이 좋아 보이네요. 무슨 좋은 일이 있나요?
eol.gu.li-jo.a-po.i.ne.yo-mu.seun-jo.eun-i.li-in.na.yo
你看起來很高興的樣子，有什麼好事發生嗎？

🐰 네, 좋은 일이 있어요.
ne-jo.eun-i.li-i.sseo.yo
嗯，是啊。

🐰 좋겠네요.
jo.kken.ne.yo
真好！

關於「喜」的其他表現

기쁘다
ko.bbeu.da
高興

좋아 죽겠다
jo.a-chuk.gget.dda
高興得不得了

재미있다
jae.mi.it.dda
有趣

행복하다
[幸福]
haeng.bo.kka.da
幸福

굉장히 좋다
[宏壯]
koeng.jang.hi-cho.tta
太棒了

怒

1 아주 초조해요.
[焦躁]
a.ju-cho.jo.hae.yo
很焦躁。

2 불공평해요.
[不公平]
pul.gong.ppyeong.hae.yo
不公平。

3 정말 짜증나네요.
[正]
jeong.mal-jja.jeung.na.ne.yo
真令人煩躁。

4 사람을 무시하지 마세요.
[無視]
sa.la.meul-mu.si.ha.ji-ma.se.yo
別瞧不起人。

5 더 이상 못 참겠어요.
[以上]
teo-i.sang-mot-cham.ge.sseo.yo
我受不了了。

6 너무 이기적이에요.
[利己的]
neo.mu-i.gi.jeo.gi.e.yo
太自私了。

7 하는 짓이 너무 못 됐어요.
ha.neun-ji.si-neo.mu-mot-ddwae.sseo.yo
你的作法太卑鄙了。

關於「怒」的其他表現

눈에 거슬리다
nu.ne-keo.seul.li.da
當成眼中釘／礙眼

이해할 수 없다
[理解]
i.hae.hal-ssu-eop.dda
無法理解

못 참겠다
mot-cham.get.dda
受不了

  哀

1 옆에 없어서 너무 쓸쓸해요.
yeo.ppe-eop.sseo.seo-neo.mu-sseul.sseu.lae.yo
你不在我好寂寞。

2 기분이 답답해요.
[氣分]
ki.bu.ni-tap.dda.ppae.yo
心情很鬱悶。

[失望]

3 실망하고 힘이 빠졌어요.
sil.mang.ha.go-hi.mi-bba.jyeo.sseo.yo

灰心喪氣。

4 힘이 하나도 없어요.
hi.mi-ha.na.do-eop.sseo.yo

一點都提不起勁來。

5 그분이 너무 슬퍼 보여요.
keu.bu.ni-neo.mu-seul.ppeo-po.yeo.yo

他看起來好像很悲傷。

6 힘내세요.
him.nae.se.yo

加油。

關於「哀」的其他表現

슬프다 seul.ppeu.da 悲傷	[失望] 실망하다 sil.mang.ha.da 失望	아쉽다 a.swip.dda 可惜	외롭다 oe.lop.dda 寂寞

樂

[期待]

1 기대가 많이 돼요.
ki.dae.ga-ma.ni-twae.yo

真是令人非常期待。

[正]

2 오늘 정말 신나게 놀았어요.
o.neul-jeong.mal-sin.na.ge-no.la.sseo.yo

今天玩得非常開心。

關於「樂」的其他表現

즐겁다 jeul.geop.dda 愉快、高興	재미있다 jae.mi.it.dda 好玩有趣	[期待] 기대되다 ki.dae.doe.da 期待
기뻐서 날아갈 것 같다 ki.bbeo.seo-na.la.gal-ggeot.ggat.dda 高興(得坐不住)	신나다 sin.na.da 興奮	[滿足] 만족하다 man.jo.kka.da 滿足

040

저는 선배를
좋아해요
我喜歡學長

戀愛篇

🌸 喜歡、單戀

[美京]
1 저는 미경 씨가 좋아요.
jeo.neun-mi.gyeong.ssi.ga-jo.a.yo

我喜歡美京。

[先輩]
2 저는 선배를 짝사랑하고 있어요.
jeo.neun-seon.bae.leul-jjak.ssa.lang.ha.go.i.
sseo.yo

我暗戀學長。

[美真]　　　　　[第一]
3 저는 미진 씨가 제일 좋아요.
jeo.neun-mi.jin-ssi.ga-je.il-jjo.a.yo

我最喜歡美真了。

[泰賢]
4 저는 태현이를 좋아해요.
jeo.neun-ttae.hyeo.ni.leul-jo.a.hae.yo

我喜歡泰賢。

🌸 告白

[善熙]
1 저는 선희가 좋아요.
jeo.neun-seo.ni.ga-jo.a.yo

我喜歡善熙。

2 저랑 사귈래요?
jeo.lang-sa.gwil.lae.yo

請跟我交往好嗎？

3 당신한테 반지 오래됐어요.
tang.si.nan.tte-pa.nan.ji-o.lae.dwae.sseo.yo

我喜歡你很久了。

[真摯]
4 저는 진지해요.
jeo.neun-jin.ji.hae.yo

我是認真的。

邀約

會話

1 같이 에버랜드에 갈까요?
[Everland]
ka.chi-e.beo.laen.deu.e-kal.gga.yo

좋아요. 언제 갈까요?
jo.a.yo-eon.je-kal.gga.yo

要不要一起去愛寶樂園
玩?

好啊,什麼時候呢?

오빠, 우리오늘 어디가요?
哥哥 我們今天去哪裡?

學校
다녀오겠습니다.
我去上學了

學校

科系

會話❶

전공이 뭐예요?
[專攻]
jeon.gong.i-mwo.ye.yo
你是什麼系的？

국제무역학과예요.
[國際貿易學科]
kuk.jje.mu.yeo.kkak.ggwa.ye.yo
國貿系。

會話❷

전공이 뭐예요?
[專攻]
jeon.gong.i-mwo.ye.yo
你是什麼系的？

한국음악학과예요.
[韓國音樂學科]
han.gu.geum.a.kkak.ggwa.ye.yo
我是唸韓國音樂的。

各學系名稱

[法學科] **법학과** peo.pak.ggwa 法律系	[經濟學科] **경제학과** kyeong.je.hak.ggwa 經濟系	[文學科] **문학과** mu.nak.ggwa 文學系	[物理學科] **물리학과** mul.li.hak.ggwa 理學系
[理科] **이과** i.ggwa 理科	[醫學科] **의학과** ui.hak.ggwa 醫學系	[文科] **문과** mun.ggwa 文科	[工科] **공과** kong.ggwa 工學系

[經營學科] 경영학과 kyeong.yeong.hak.ggwa 商學系	[農業學科] 농업학과 nong.eo.ppak.ggwa 農學系	[教育學科] 교육학과 kyo.yu.kkak.ggwa 教育學系
[醫藥學科] 의약학과 ui.ya.kkak.ggwa 藥學系	[韓國語學科] 한국어학과 han.gu.geo.hak.ggwa 韓語系	[社會福祉學科] 사회복지학과 sa.hoe.bok.jji.hak.ggwa 社會福利學系
[國際貿易學科] 국제무역학과 kuk.jje.mu.yeo.kkak.ggwa 國際貿易系	[企業情報管理學科] 기업정보관리학과 ki.eop.jjeong.bo.gwal.li.hak.ggwa 企業資訊管理系	

社團活動

會話 1

어떤 동아리에 들어갔어요?
eo.ddeon-tong.a.li.e-teu.leo.ga.sseo.yo

你參加什麼社團？

[籃球]
농구 동아리요
nong.gu-tong.a.li.yo

籃球社。

會話 2

괜찮은 동아리는 있어요?
kwaen.cha.neun-tong.a.li.neun-i.sseo.yo

有沒有什麼好玩的社團？

[劍道]
검도 동아리는 어때요?
keom.do-tong.a.li.neun-eo.ddae.yo

劍道社如何呢？

[洋弓]
양궁
yang.gung
射箭

[in-line skate]
인라인스케이트
in.la.in.seu.kke.i.teu
直排輪

[美式橄欖球]
미식축구
mi.sik.chuk.ggu
美式足球／橄欖球

[ice hockey]
아이스하키
a.i.seu.ha.kki
冰上曲棍球

[soft tennis]
소프트 테니스
so.ppeu.tteu-tte.ni.seu
軟式網球

[soft ball]
소프트볼
so.ppeu.tteu.bol
壘球

[寫真撮影]
사진촬영
sa.jin-chwa.lyeong
攝影

[蹴球]
축구
chuk.ggu
足球

[卓球]
탁구
ttak.ggu
桌球

[合唱團]
합창단
hap.chang.dan
合唱團

[badminton]
배드민턴
pae.deu.min.tteon
羽球

[劍道]
검도
keom.do
劍道

[學生會]
학생회
hak.ssaeng.hoe
學生會

[籠球]
농구
nong.gu
籃球

[排球]
배구
pae.gu
排球

[管弦樂]
관현악
kwa.nyeo.nak
管弦樂

[cheer leader]
치어리더
chi.eo.li.deo
啦啦隊

[跆拳道]
태권도
ttae.ggwon.do
跆拳道

[golf]
골프
kol.peu
高爾夫

[水泳]
수영
su.yeong
游泳

[合氣道]
합기도
hap.ggi.do
合氣道

[空手道]
공수도
kong.su.do
空手道

동아리
tong.a.li
社團

[柔道]	[馬術]	[tennis]	[hockey]	[體操]
유도 yu.do 柔道	마술 ma.sul 騎馬	테니스 tte.ni.seu 網球	하키 ha.kki 曲棍球	체조 che.jo 體操

[boxing]		[野球]	[演劇]	[ski]
복싱 pok.ssing 拳擊	씨름 ssi.leum 摔角	야구 ya.gu 棒球	연극 yeon.geuk 戲劇	스키 seu.kki 滑雪

天氣

🌸 談論天氣

1 비가 올 것 같아요.
   pi.ga-ol-ggeot-gga.tta.yo
   [天動]

   好像快下雨了。

2 천둥 쳤어요.
   cheon.dung-chyeo.sseo.yo

   打雷了。

3 바람이 세요.
   pa.la.mi-se.yo

   風很強。

會話

오늘 날씨가 어때요?
o.neul-nal.ssi.ga-eo.ddae.yo

今天天氣如何？

날씨가 아주 좋아요.
nal.ssi.ga-a.ju-jo.a.yo

天氣非常好。

날씨가 좋은 날에 소풍
가기 딱 좋아.
天氣好的日子最適合
去野餐了

天氣用語

날이 맑다 na.li-mak.dda 晴天	무덥다 mu.deop.dda 炎熱／悶熱	날이 흐리다 na.li-heu.li.da 多雲
바람이 불다 pa.la.mi-pul.da 颱風	춥다 chup.dda 寒冷	덥다 teop.dda 熱	[颱風] 태풍 ttae.pung 颱風

비가 오다 pi.ga-o.da 下雨	눈이 오다 nu.ni-o.da 下雪	맑다 mak.dda 晴朗

맑았다가 흐리다 mal.gat.dda.ga-heu.li.da 晴時多雲	[天動] 천둥 cheon.dung 雷	추위 chu.wi 嚴寒／寒流	시원하다 si.wo.na.da 涼爽

보슬비 po.seul.bi 小雨	큰비 keun.bi 大雨	[地震] 지진 ji.jin 地震	번개 peon.gae 閃電	더위 teo.wi 暑氣

무더위 mu.deo.wi 酷暑／熱浪	[濕度] 습도가 높다 seup.ddo.ga-nop.dda 濕度高	[乾燥] 건조하다 keon.jo.ha.da 乾燥	따뜻하다 dda.ddeu.tta.da 溫暖

人生百態

 談論某人

1 그 사람은 실제[實際] 나이보다 더 젊어 보여요.
keu.sa.la.meun-sil.je.na.i.bo.da-teo.jeol.meo.po.
yeo.yo

那個人實際年齡比外表還年輕。

2 요즘 배가 많이 나왔어요.
yo.jeum-pae.ga.ma.ni-na.wa.sseo.yo

最近我的肚子跑出來了。

3 애가 고집[固執]이 엄청 세요.
ae.ga-ko.ji.bi-eom.cheong-se.yo

他非常頑固。

4 저는 저애랑 안 맞아요.
cheo.neun-jeo.ae.lang-an-ma.ja.yo

我和他不合。

5 그 사람은 머리가 정말[正] 좋아요.
keu.sa.la.meun-meo.li.ga-jeong.mal-jo.a.yo

那個人腦筋很好。

 會話

그녀가 정말[正] 미인[美人]이에요.
keu.nyeo.ga-jeong.mal-mi.i.ni.e.yo

她真是一位美女啊！

그렇죠. 성격[性格]도 좋아요.
keu.leo.jo.seong.gyeol.do.jo.a.yo

是啊，個性也很好喔！

그녀의 피부[皮膚]가 정말[眞] 좋아요.
keu.nyeo.e-ppi.bu.ga-cheong.mal-cho.a.yo

她的皮膚很好。

🌸 單字充電站

外表

귀엽다	예쁘다	[童顏] 동안	[美人] 미인
kwi.yeop.dda	ye.bbeu.da	tong.an	mi.in
可愛	漂亮	娃娃臉	美人

아름답다	멋있다
a.leum.dap.dda	meo.sit.dda
美麗	帥

身高體型

큰 키	작은 키	날씬하다
kkeun-kki	ja.geun-kki	nal.ssi.na.da
高個子	矮個子	瘦

뚱뚱하다	똥배 나오다
ddung.ddung.ha.da	ddong.bae-na.o.da
胖	有小腹

年紀

젊은이	어르신	젊어 보이다	나이 많은 사람
jeol.meu.ni	eo.leu.sin	jeol.meo-po.i.da	na.i-ma.neun-sa.lam
年輕人	老年人	看起來年輕	年長的人

그분은 실제 나이보다 더 늙어
보이시네요 .
keu.bu.meun.sil.je.na.i.bo.da.teo.neul.
geo.po.i.si.ne.yo

他看起來比實際年齡老。

눈가에 주름이 조금 있어요 .
nun.gga.e.ju.leu.mi.jo.geum.i.sseo.yo

眼角有一點皺紋。

個性

[親切] **순하다** su.na.da 溫柔隨和	[親切] **친절하다** chin.jeo.la.da 親切

[陰凶]
음흉하다
eu.myung.ha.da
陰沈

무섭다
mu.seop.dda
可怕

[柔軟]
유연하다
yu.yeo.na.da
身段柔軟

거칠다
keo.chil.da
魯莽／粗心

샘이 나다
sae.mi.na.da
吃醋

[不和]
불화
pu.lwa
失和

[無責任]
무책임
mu.chae.gim
沒有責任感

[固執不通]
고집불통
ko.jip.bbul.ttong
固執己見

안 맞다
an-mat.dda
不投緣／不合

[頑固]
완고하다
wan.go.ha.da
頑固／死腦筋

[明朗]
명랑하다
myeong.nang.ha.da
開朗

말을 잘하다
ma.leul-ja.la.da
能言善道

무뚝뚝하다
mu.dduk.ddu.kka.da
沉默寡言

[性急]
성급하다
seong.geu.ppa.da
急躁

[變德]
변덕스럽다
pyeon.deok.sseu.leop.dda
捉摸不定

[長點]
장점이없다
jang.jeo.mi.eop.dda
沒有優點

잘 어울리지 못하다
jal-eo.ul.li.ji-mo.tta.da
不好相處

[性格]
성격이 비뚤어지다
seong.gyeo.gi-pi.ttu.leo.ji.da
性格扭曲

아는 사람이 많다
a.neun-sa.la.mi-man.tta
人脈廣

명랑하다	음흉하다	완고하다	순하다	무섭다
開朗	陰沉	頑固	溫柔隨和	可怕

能力

[理解力]
이해력이 좋다
i.hae.lyeo.gi-cho.tta
理解力佳

머리가 잘 돌아가다
meo.li.ga-jal-to.la.ga.da
腦筋靈敏

느리다
neu.li.da
遲鈍

[反應]
반응이 빠르다
pa.neung.i-bba.leu.da
反應快

우리 잘 어울릴 것 같아요.
我們好像很合得來

一考定勝負

　　每年11月是韓國高三生參加「高考」的日子，高考是韓國的大學入學考試，全名是「大學修學能力考試」。在這天全國有高達60多萬名的考生參加考試，這不僅是考生全力以赴的一天，也是大韓民國一年一度的大事，全國人民都會為了這天繃緊神經。

　　當高考接近時，大街小巷處處可以看到文具店、餐飲店等等貼出為高考生加油的紙條和卡片，許多店家也會推出憑學生證、准考證即可打折的優惠。學弟妹組成應援團為辛苦的高三學長姐加油；學生家長除了照顧考生的健康之外，還會去寺廟誦經、點蠟燭乞求考試順利；韓流偶像們也會在考前錄影片、手寫信件等等為考生加油。如同台灣考試前吃粽子求包中一樣，韓國的習俗是要吃年糕和硬糖，祈求可以「黏上」榜單，而考試當天早上不能喝海帶湯，因為海帶滑滑的有掉榜的意思。

　　全國上上下下都為了這一天在準備著，對考生而言更是人生中最重要的一場考試。因此在高考當天政府為了確保考試過程順利，從早上開始就安排了一連串的措施，讓考生可以不受干擾地應試。

　　為了讓大家早上可以不塞車地順利到達考場，在高考的這天不但全國上班時間延後一個小時，連股市也晚一小時開盤。除了加開地鐵和公車班次之外，路旁還有警車隨時待命，接送需要幫助的考生前往考場。

　　考試當天為了給學生良好的考試環境，全國實行「靜音」的政策。考場周邊兩百公尺內皆有交通管制，禁止鳴放喇叭制造噪音，許多工地也在今天暫停施工。原定的軍事演習全部改期，下午考英文聽力的時段更規定全國所有機場禁止起降，40分鐘間影響了大約70個航班。

　　這些政策或許會造成很多不便，然而為了讓辛苦讀書準備考試的學生能平安度過這場重要的考試，不受打擾地順利發揮平時所學，全國人民依然全力配合，給孩子一個完善的考試環境。

PART
5

韓國便利通

韓國的行政區

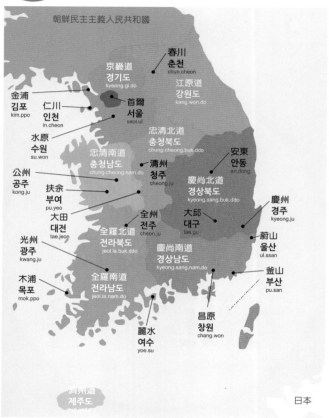

朝鮮民主主義人民共和國

春川
춘천
chun.cheon

京畿道
경기도
kyeong.gi.do

江原道
강원도
kang.won.do

金浦
김포
kim.ppo

仁川
인천
in.cheon

首爾
서울
seol.ul

水原
수원
su.won

忠清北道
충청북도
chung.cheong.buk.ddo

安東
안동
an.dong

忠清南道
충청남도
chung.cheong.nam.do

清州
청주
cheong.ju

慶尚北道
경상북도
kyeong.sang.buk.ddo

公州
공주
kong.ju

慶州
경주
kyeong.ju

扶余
부여
pu.yeo

全州
전주
cheon.ju

大邱
대구
tae.gu

大田
대전
tae.jeon

全羅北道
전라북도
jeol.la.buk.ddo

蔚山
울산
ul.ssan

光州
광주
kwang.ju

慶尚南道
경상남도
kyeong.sang.nam.do

木浦
목포
mok.ppo

全羅南道
전라남도
jeol.la.nam.do

釜山
부산
pu.san

昌原
창원
chang.won

麗水
여수
yoe.su

濟州道
제주도

日本

1
首爾特別市
서울특별시
seo.ul.tteuk.bbyeol.si

2
光州廣域市
광주광역시
kwang.ju.gwang.yeok.si

3
大邱廣域市
대구광역시
tae.gu.gwang.yeok.ssi

4
蔚山廣域市
울산광역시
ul.ssan.gwang.yeok.ssi

5
釜山廣域市
부산광역시
pu.san.gwang.yeok.ssi

6
仁川廣域市
인천광역시
in.cheon.gwang.yeok.ssi

7
大田廣域市
대전광역시
tae.jeon.gwang.yeok.ssi

8
江原道
강원도
kang.won.do

9
春川市
춘천시
chun.cheon.si

10
江陵市
강릉시
kang.neung.si

11
原州市
원주시
won.ju.si

12
東海市
동해시
tong.hae.si

13
三陟市
삼척시
sam.cheok.ssi

14
束草市
속초시
sok.cho.si

15
太白市
태백시
ttae.baek.ssi

16
京畿道
경기도
kyeong.gi.do

17
水原市
수원시
su.won.si

18
城南市
성남시
seong.nam.si

19
議政府市
의정부시
ui.jeong.bu.si

20
安養市
안양시
a.nyang.si

21
富川市
부천시
pu.cheon.si

22
光明市
광명시
kwang.myeong.si

23
東豆川市
동두천시
tong.du.cheon.si

24
安山市
안산시
an.san.si

25
高陽市
고양시
ko.yang.si

26
果川市
과천시
kwa.cheon.si

27
九里市
구리시
ku.li.si

28
平澤市
평택시
ppyeong.ttaek.ssi

29
南楊州市
남양주시
na.myang.ju.si

30
烏山市
오산시
o.san.si

31
始興市
시흥시
si.heung.si

32
軍浦市
군포시
kun.ppo.si

33
義旺市
의왕시
ui.wang.si

34
河南市
하남시
ha.nam.si

35
坡州市
파주시
ppa.ju.si

36
利川市
이천시
i.cheon.si

37
龍仁市
용인시
yong.in.si

38
安城市
안성시
an.seong.si

39
金浦市
김포시
kim.ppo.si

40
華城市
화성시
hwa.seong.si

41
廣州市
광주시
kwang.ju.si

42
楊州市
양주시
yang.ju.si

43
慶尚南道
경상남도
kyeong.sang.nam.do

44
昌原市
창원시
chang.won.si

45
馬山市
마산시
ma.san.si

46
晉州市
진주시
jin.ju.si

47
鎭海市
진해시
ji.nae.si

48
統營市
통영시
ttong.yeong.si

49
泗川市
사천시
sa.cheon.si

50
金海市
김해시
ki.mae.si

51
密陽市
밀양시
mi.lyang.si

52
梁山市
양산시
yang.san.si

53
巨濟市
거제시
keo.je.si

54
慶尚北道
경상북도
kyeong.sang.buk.ddo

55 浦項市
포항시
ppo.hang.si

56 慶州市
경주시
kyeong.ju.si

57 金泉市
김천시
kim.cheon.si

58 安東市
안동시
an.dong.si

59 龜尾市
구미시
ku.mi.si

60 榮州市
영주시
yeong.ju.si

61 永川市
영천시
yeong.cheon.si

62 尚州市
상주시
sang.ju.si

63 聞慶市
문경시
mun.gyeong.si

64 慶山市
경산시
kyeong.san.si

65 全羅南道
전라남도
jeol.la.nam.do

66 木浦市
목포시
mok.ppo.si

67 麗水市
여수시
yeo.su.si

68 順川市
순천시
sun.cheon.si

69 羅州市
나주시
na.ju.si

70 光陽市
광양시
kwang.yang.si

71 全羅北道
전라북도
jeol.la.buk.ddo

72 全州市
전주시
jeon.ju.si

73 益山市
익산시
ik.ssan.si

74
井邑市
정읍시
jeong.eup.ssi

75
南原市
남원시
na.mwon.si

76
金提市
김제시
kim.je.si

77
群山市
군산시
kun.san.si

78
忠淸南道
충청남도
chung.cheong.nam.do

79
天安市
천안시
cheo.nan.si

80
公州市
공주시
kong.ju.si

81
保寧市
보령시
po.lyeong.si

82
牙山市
아산시
a.san.si

83
瑞山市
서산시
seo.san.si

84
論山市
논산시
non.san.si

85
忠淸北道
충청북도
chung.cheong.buk.ddo

86
淸州市
청주시
cheong.ju.si

87
忠州市
충주시
chung.ju.si

88
堤川市
제천시
je.cheon.si

89
濟州特別自治道
제주특별자치도
je.ju.tteuk.bbyeol.ja.chi.do

90
西歸浦市
서귀포시
seo.gwi.ppo.si

91
濟州市
제주시
je.ju.si

愛喝咖啡的韓國人

column ⑤

常看韓劇的人應該不難發現，韓國人非常熱愛喝咖啡，其中對冰美式更是熱衷。在韓國甚至有一個說法：「當你不知道買什麼請大家喝的時候，買美式咖啡就對了！」

韓國街上四處林立著許多咖啡店，因為市場競爭激烈，不管是連鎖店還是獨立店家都有一定的品質，裝潢也都各有特色。除了咖啡之外，還有飲料、甜品、點心、週邊商品等等，更會推出許多季節限定的商品，因此許多遊客到韓國觀光的時候都會排入咖啡廳的行程。

根據2015年的統計調查顯示，韓國人每週攝取最頻繁的食品是咖啡，每週平均會喝高達12.2次，泡菜則是以每週11.9次位居第二。由此可見在韓國人的日常生活中，咖啡是個不可或缺的存在。

雖然咖啡產業很興盛，但事實上咖啡引進韓國的歷史並不悠久。西元1902年韓國才開始出現稱為「茶房」的咖啡廳，但因為價格昂貴，所以對當時的社會來說是一種奢侈的享受。直到西元1999年第一家星巴克在梨大開幕後，咖啡館才正式開始在韓國普及，晉身為國民最愛的飲品。

首爾可說是咖啡廳的集散地，除了隨處可見的連鎖咖啡店之外，各區也有許多特色咖啡廳。充滿藝術和年輕氣息的弘大、恬靜文雅的三清洞

和仁寺洞、成熟有品味的狹鷗亭等等。找間喜歡的咖啡廳，點杯飲料再配上鬆餅，與朋友度過一個悠閒又愜意的下午之後，再一起繼續接下來的旅程也是種不錯的旅遊方式喔！

●位於梨大的韓國第一家星巴克
（圖片提供：Shan）

韓國地鐵圖

大田 대전지하철
Daejeon subway

磐石
智足
老隱
世界盃競技場
九岩　儒城溫泉　甲川　月坪　葛馬　政府廳舍
顯忠院
市廳
炭坊　龍汶　五龍　西大田十字路　中區廳　中央路　大田　大洞　新興　板岩

光州 광주지하철
kwangju subway

❶ 1號線第1區間
❷ 2號線第2區間

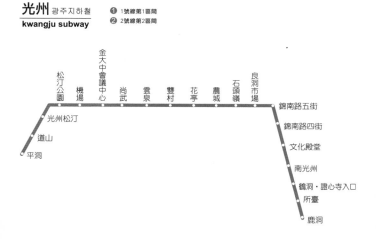

松汀公園　機場　金大中會議中心　尚武　雲泉　雙村　花亭　農城　石頭嶺　良洞市場
光州松汀
道山
平洞
錦南路五街
錦南路四街
文化殿堂
南光州
鶴洞・證心寺入口
所臺
鹿洞

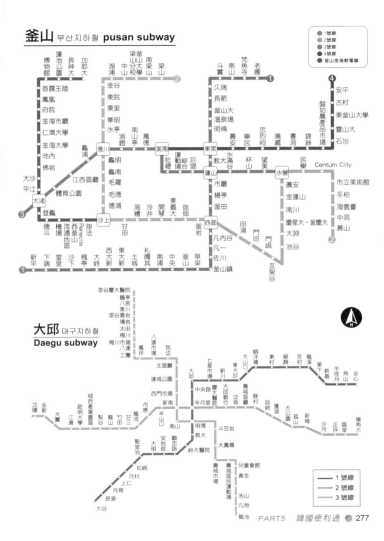

一號線
1호선
i.lo.seon

逍遙山
소요산
so.yo.san

東豆川
동두천
tong.du.cheon

保山
보산
po.san

東豆川中央
동두천중앙
tong.du.cheon.jung.ang

紙杏
지행
ji.haeng

德亭
덕정
teok.jjeong

德溪
덕계
teok.gge

楊州
양주
yang.ju

綠楊
녹양
no.gyang

佳陵
가능
ka.neung

議政府
의정부
ui.jeong.bu

回龍
회룡
hoe.lyong

望月寺
망월사
mang.wol.ssa

道峰山
도봉산
to.bong.san

道峰
도봉
to.bong

放鶴
방학
pang.hak

倉洞
창동
chang.dong

鹿川
녹천
nok.cheon

月溪 **월계** wol.ge	光云大 **광운대** kwang.wun.tae	石溪 **석계** seok.gge	新里門 **신이문** si.ni.mun
外大前 **외대앞** oe.dae.ap	回基 **회기** hoe.gi	清涼里 **청량리** cheong.nyang.ni	祭基洞 **제기동** je.gi.dong
新設洞 **신설동** sin.seol.dong	東廟前 **동묘앞** tong.myo.ap	東大門 **동대문** tong.dae.mun	鍾路5街 **종로5가** jong.no.o.ga
鍾路3街 **종로3가** jong.no.sam.ga	鍾閣 **종각** jong.gak	市廳 **시청** si.cheong	首爾站 **서울역** seo.ul.lyeok
南營 **남영** na.myeong	龍山 **용산** yong.san	鷺梁津 **노량진** no.lyang.jin	大方 **대방** tae.bang
新吉 **신길** sin.gil	永登浦 **영등포** yeong.deung.ppo	新道林 **신도림** sin.do.lim	九老 **구로** ku.lo （分兩條路線）

九一 구일 ku.il (往仁川方向)	開峰 개봉 kae.bong	梧柳洞 오류동 o.lyu.dong	溫水 온수 on.su
驛谷 역곡 yeok.ggok	素砂 소사 so.sa	富川 부천 pu.cheon	中洞 중동 jung.dong
松內 송내 song.nae	富開 부개 pu.gae	富平 부평 pu.ppyeong	白雲 백운 pae.gun
銅岩 동암 tong.am	間石 간석 kan.seok	朱安 주안 ju.an	道禾 도화 to.hwa
濟物浦 제물포 je.mul.ppo	桃源 도원 to.won	東仁川 동인천 tong.in.cheon	仁川 인천 in.cheon
加山數碼園區 가산디지털단지 ka.san.di.ji.tteol.dan.ji (往新昌方向)	禿山 독산 tok.ssan		

衿川區廳
금천구정
keum.cheon.gu.cheong

光明
광명
kwang.myeong

石水
석수
seok.ssu

冠岳
관악
kwa.nak

安養
안양
a.nyang

鳴鶴
명학
myeong.hak

衿井
금정
keum.jeong

軍浦
군포
kun.ppo

堂井
당정
tang.jeong

義王
의왕
ui.wang

成均館大學
성균관대
seong.gyun.gwan.dae

華西
화서
hwa.seo

水原
수원
su.won

細柳
세류
se.lyu

餅店
병점
pyeong.jeom

西東灘
서동탕
seo.tong.tang

洗馬
세마
se.ma

烏山大學
오산대
o.san.dae

烏山
오산
o.san

振威
진위
ji.nwi

松炭
송탄
song.ttan

西井里
서정리
seo.jeong.ni

芝制
지제
ji.je

平澤	成歡	稷山	斗井
평택	성환	직산	두정
ppyeong.ttaek	seong.hwan	jik.ssan	tu.jeong

天安	鳳鳴	雙龍	牙山
천안	봉명	쌍용	아산
cheo.nan	pong.myeong	ssangn.nyong	a.san

排芳	溫陽溫泉	新昌
배방	온양온천	신창
pae.bang	o.nyang.on.cheon	sin.chang

二號線
2호선
i.ho.seon

喜鵲山	新亭十字路口
까치산	신정네거리
gga.chi.san	sin.jeong.ne.geo.li

陽川區廳	道林川	新道林
양천구청	도림천	신도림
yang.cheon.gu.cheong	to.lim.cheon	sin.do.lim
		（分兩條路線）

大林	九老數碼園區	新大方
대림	구로디지털단지	신대방
tae.lim	ku.lo.di.ji.tteol.dan.ji	sin.dae.bang
（往大林方向）		

新林	奉天	首爾大入口
신림	봉천	서울대입구
sil.lim	pong.cheon	seo.ul.dae.ip.ggu

落星岱	舍堂	方背	瑞草
낙성대	사당	방배	서초
nak.sseong.dae	sa.dang	pang.bae	seo.cho

首爾教大	江南	驛三	宣陵
교대	강남	역삼	선릉
kyo.dae	kang.nam	yeok.ssam	seol.leung

三成	綜合運動場	新川
삼성	종합운동장	신천
sam.seong	jong.ha.bun.dong.jang	sin.cheon

蠶室	蠶室渡口	江邊
잠실	잠실나루	강변
jam.sil	jam.sil.la.lu	kang.byeon

九宜 **구의** ku.i	建大入口 **건대입구** keon.dae.ip.ggu	聖水 **성수** seong.su （分兩條路線）

堤島 **뚝섬** dduk.sseom （往堤島接循環線）	漢陽大學 **한양대** ha.nyang.dae	往十里 **왕십리** wang.sim.ni	上往十里 **상왕십리** sang.wang.sim.ni

新堂 **신당** sin.dang	東大門歷史文化公園 **동대문역사문화공원** tong.dae.mu.nyeok.ssa.mu.nwa.gong.won	乙支路4街 **을지로 4 가** eul.ji.lo.sa.ga

乙支路3街 **을지로 3 가** eul.ji.lo.sam.ga	乙支路入口 **을지로입구** eul.ji.lo.ip.ggu	市廳 **시청** si.cheong	忠正路 **충정로** chung.jeong.lo

阿峴 **아현** a.hyeon	梨大 **이대** i.dae	新村 **신촌** sin.chon	弘大入口 **홍대입구** hong.dae.ip.ggu

合井 **합정** hap.jjeong	堂山 **당산** tang.san	永登浦區廳 **영등포구청** yeong.deung.ppo.gu.cheong

文來
문래
mul.lae

龍踏
용답
yong.dap
（往龍踏方向）

新踏
신답
sin.dap

龍頭
용두
yong.du

新設洞
신설동
sin.seol.dong

三號線
3호선
sa.mo.seon

大化
대화
tae.hwa

注葉
주엽
ju.yeop

鼎鉢山
정발산
jeong.bal.san

馬頭
마두
ma.du

白石
백석
paek.sseok

大谷
대곡
tae.gok

花井
화정
hwa.jeong

元堂
원당
won.dang

元興
원흥
wo.neung

三松
삼송
sam.song

紙杻
지축
ji.chuk

舊把拔
구파발
ku.ppa.bal

延新內	佛光	礔礇	弘濟
연신내	불광	녹번	홍제
yeon.sin.nae	pul.gwang	nok.bbeon	hong.je

毋岳岭	獨立門	景福宮	安國
무악재	독립문	경복궁	안국
mu.ak.jjae	tong.nim.mun	kyeong.bok.ggung	an.guk

鍾路3街	乙支路3街	忠武路	東大入口
종로3가	을지로3가	충무로	동대입구
jong.no.sam.ga	eul.ji.lo.sam.ga	chung.mu.lo	tong.dae.ip.ggu

藥水	金湖	玉水	狎鷗亭
약수	금호	옥수	압구정
yak.ssu	keu.mo	ok.ssu	ap.ggu.jeong

新沙	蠶院	高速巴士客運站
신사	잠원	고속터미널
sin.sa	ja.mwon	ko.sok.tteo.mi.neol

首爾教大	南部客運站	良才
교대	남부터미널	양재
kyo.dae	nam.bu.tteo.mi.neol	yang.jae

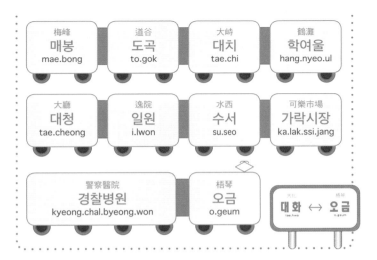

梅峰
매봉
mae.bong

道谷
도곡
to.gok

大峙
대치
tae.chi

鶴灘
학여울
hang.nyeo.ul

大廳
대청
tae.cheong

逸院
일원
i.lwon

水西
수서
su.seo

可樂市場
가락시장
ka.lak.ssi.jang

警察醫院
경찰병원
kyeong.chal.byeong.won

梧琴
오금
o.geum

大化 ↔ 오금
tae.hwa   o.geum

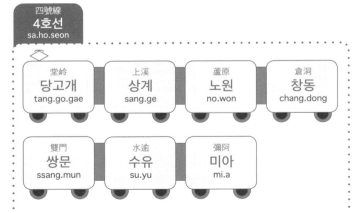

四號線
4호선
sa.ho.seon

堂峴
당고개
tang.go.gae

上溪
상계
sang.ge

蘆原
노원
no.won

倉洞
창동
chang.dong

雙門
쌍문
ssang.mun

水逾
수유
su.yu

彌阿
미아
mi.a

彌阿十字路口
미아삼거리
mi.a.sam.geo.li

吉音
길음
ki.leum

誠信女大入口
성신여대입구
seong.sin.yeo.dae.ip.ggu

漢城大入口
한성대입구
han.seong.dae.ip.ggu

惠化
혜화
he.hwa

東大門
동대문
tong.dae.mun

東大門歷史文化公園
동대문역사문화공원
tong.dae.mu.nyeok.ssa.mu.nwa.gong.won

忠武路
충무로
chung.mu.lo

明洞
명동
myeong.dong

會賢
회현
hoe.hyeon

首爾站
서울역
seo.ul.lyeok

淑大入口
숙대입구
suk.ddae.ip.ggu

三角地
삼각지
sam.gak.jji

新龍山
신용산
si.nyong.san

二村
이촌
i.chon

銅雀
동작
tong.jak

總神大入口
총신대입구
chong.sin.dae.ip.ggu

舍堂
사당
sa.dang

南泰嶺
남태령
nam.ttae.lyeong

立岩
선바위
seon.ba.wi

競馬公園
경마공원
kyeong.ma.gong.won

大公園
대공원
tae.gong.won

果川
과천
kwa.cheon

政府果川廳舍
정부과천청사
cheong.bu.gwa.cheon.cheong.sa

仁德院
인덕원
in.deo.gwon

坪村
평촌
ppyeong.chon

凡溪
범계
peom.ge

衿井
금정
keum.jeong

山本
산본
san.bon

修理山
수리산
su.li.san

大夜味
대야미
tae.ya.mi

半月
반월
pa.nwol

常綠樹
상록수
sang.nok.ssu

漢陽大學
한대앞
han.dae.ap

中央
중앙
jung.ang

古棧
고잔
ko.jan

草芝
초지
cho.ji

安山
안산
an.san

新吉溫泉
신길온천
sin.gi.lon.cheon

正往
정왕
jeong.wang

烏耳島
오이도
o.i.do

당고개 ↔ 오이도
堂峴　　　　烏耳島
tang.go.gae　　　o.i.do

五號線
5호선
o.ho.seon

傍花
방화
pang.hwa

開花山
개화산
kae.hwa.san

金浦機場
김포공항
kim.ppo.gong.hang

松亭
송정
song.jeong

麻谷
마곡
ma.gok

鉢山
발산
pal.san

雨裝山
우장산
u.jang.san

禾谷
화곡
hwa.gok

喜鵲山
까치산
gga.chi.san

新亭
신정
sin.jeong

木洞
목동
mok.ddong

梧木橋
오목교
o.mo.ggyo

楊坪
양평
yang.ppyeong

永登浦區廳
영등포구청
yeong.deung.ppo.gu.cheong

永登浦市場
영등포시장
yeong.deung.ppo.si.jang

新吉
신길
sin.gil

汝矣島
여의도
yeo.i.do

汝矣渡口
여의나루
yeo.i.na.lu

麻浦
마포
ma.ppo

孔德
공덕
kong.deok

兒嶺
애오개
ae.o.gae

忠正路
충정로
chung.jeong.lo

西大門
서대문
seo.dae.mun

光化門
광화문
kwang.hwa.mun

鍾路3街
종로3가
jong.no.sam.ga

乙支路4街
을지로4가
eul.ji.lo.sa.ga

東大門歷史文化公園
동대문역사문화공원
tong.dae.mu.nyeok.ssa.mu.nwa.gong.won

青丘
청구
cheong.gu

新金湖
신금호
sin.geu.mo

杏堂
행당
haeng.dang

往十里
왕십리
wang.sim.ni

馬場
마장
ma.jang

踏十里
답십리
tap.ssim.ni

長漢坪
장한평
jang.han.ppyeong

君子
군자
kun.ja

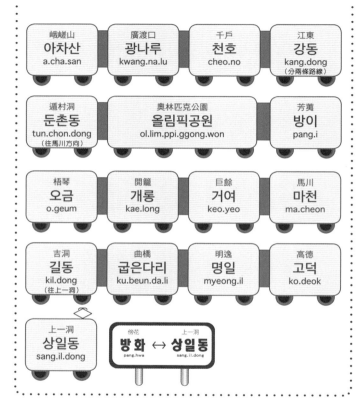

峨嵯山
아차산
a.cha.san

廣渡口
광나루
kwang.na.lu

千戶
천호
cheo.no

江東
강동
kang.dong
（分兩條路線）

遁村洞
둔촌동
tun.chon.dong
（往馬川方向）

奧林匹克公園
올림픽공원
ol.lim.ppi.ggong.won

芳荑
방이
pang.i

梧琴
오금
o.geum

開籠
개롱
kae.long

巨餘
거여
keo.yeo

馬川
마천
ma.cheon

吉洞
길동
kil.dong
（往上一洞）

曲橋
굽은다리
ku.beun.da.li

明逸
명일
myeong.il

高德
고덕
ko.deok

上一洞
상일동
sang.il.dong

傍花
방화
pang.hwa

↔

上一洞
상일동
sang.il.dong

烽火山 **봉화산** pong.hwa.san	花郎臺 **화랑대** hwa.lang.dae	泰陵入口 **태릉입구** ttae.leung.ip.ggu	石溪 **석계** seok.gge
石串 **돌곶이** tol.go.ji	上月谷 **상월곡** sang.wol.gok	月谷 **월곡** wol.gok	高麗大 **고려대** ko.lyeo.dae
安岩 **안암** a.nam	普門 **보문** po.mun	昌信 **창신** chang.sin	東廟前 **동묘앞** tong.myo.ap
新堂 **신당** sin.dang	青丘 **청구** cheong.gu	藥水 **약수** yak.ssu	波堤岭 **버티고개** peo.tti.go.gae
漢江鎭 **한강진** han.gang.jin	梨泰院 **이태원** i.ttae.won	綠莎坪 **녹사평** nok.ssa.ppyeong	三角地 **삼각지** sam.gak.jji

孝昌公園前
효창공원앞
hyo.chang.gong.wo.nap

孔德
공덕
kong.deok

大興
대흥
tae.heung

廣興倉
광흥창
kwang.heung.chang

上水
상수
sang.su

合井
합정
hap.jjeong

望遠
망원
mang.won

麻浦區廳
마포구청
ma.ppo.gu.cheong

世界盃體育場
월드컵경기장
wol.deu.kkeop.ggyeong.gi.jang

數位媒體城
디지털미디어시티
ti.ji.tteol.mi.di.eo.si.tti

繪山
증산
jeung.san

賽折
새절
sae.jeol

鷹岩
응암
eung.am

驛村
역촌
yeok.chon

佛光
불광
pul.gwang

甕岩
독바위
tok.bba.wi

延新內
연신내
yeon.sin.nae

龜山
구산
ku.san

烽火山   龜山
봉화산↔구산
pong.hwa.san   ku.san

七號線
7호선
chi.lo.seon

富平區廳
부평구청
pu.pyeong.gu.cheong

掘浦川
굴포천
gul.po.cheon

三山體育館
삼산체육관
sam.san.che.yuk.ggwan

上洞
상동
sang.dong

富川市廳
부천시청
bu.cheon.si.cheong

新中洞
신중동
sin.jung.dong

春衣
춘의
chu.ni

富川綜合運動場
부천종합운동장
bu.cheon.jong.ha.bun.dong.jang

喜鵲屋
까치울
kka.chi.ul

溫水
온수
on.su

天旺
천왕
cheo.nwang

光明十字路口
광명사거리
kwang.myeong.sa.geo.li

鐵山
철산
cheol.san

加山數位園區
가산디지털단지
ka.san.di.ji.tteol.dan.ji

南九老
남구로
nam.gu.lo

大林
대림
tae.lim

新豊
신풍
sin.ppung

波拉梅
보라매
po.la.mae

新大方丁字路口
신대방삼거리
sin.dae.bang.sam.geo.li

長丞拜基
장승배기
jang.seung.bae.gi

上道
상도
sang.do

崇實大入口
숭실대입구
sung.sil.dae.ip.ggu

南城
남성
nam.seong

總神大入口
총신대입구
chong.sin.dae.ip.ggu

內方
내방
nae.bang

高速巴士客運站
고속터미널
ko.sok.tteo.mi.neol

盤浦
반포
pan.ppo

論峴
논현
no.nyeon

鶴洞
학동
hak.ddong

江南區廳
강남구청
kang.nam.gu.cheong

清潭
청담
cheong.dam

堤島遊園地
뚝섬유원지
dduk.sseo.myu.won.ji

建大入口
건대입구
keon.dae.ip.ggu

兒童大公園
어린이대공원
eo.li.ni.dae.gong.won

君子
군자
kun.ja

中谷
중곡
jung.gok

龍馬山
용마산
yong.ma.san

四佳亭
사가정
sa.ga.jeong

面牧
면목
myeon.mok

上鳳
상봉
sang.bong

中和
중화
jung.hwa

墨谷
먹골
meok.ggol

泰陵入口
태릉입구
ttae.leung.ip.ggu

孔陵
공릉
kong.leung

下溪
하계
ha.ge

中溪
중계
jung.ge

蘆原
노원
no.won

馬得
마들
ma.deul

水落山
수락산
su.lak.ssan

道峰山
도봉산
to.bong.san

長岩
장암
jang.am

掘浦川
굴포천 ↔ 장암
gul.po.cheon

長岩
chang.am

岩寺
암사
am.sa

千戶
천호
cheo.no

江東區廳
강동구청
kang.dong.gu.cheong

夢村土城
몽촌토성
mong.chon.tto.seong

蠶室
잠실
jam.sil

石村
석촌
seok.chon

松坡
송파
song.ppa

可樂市場
가락시장
ka.lak.ssi.jang

文井
문정
mun.jeong

長旨
장지
jang.ji

福井
복정
pok.jjeong

山城
산성
san.seong

南漢山城入口
남한산성입구
na.man.san.seong.ip.ggu

丹岱五叉路口
단대오거리
tan.dae.o.geo.li

新興
신흥
si.neung

壽進
수진
su.jin

牡丹
모란
mo.lan

岩寺　　　牧丹
암사 ↔ 모란
am.sa　　mo.lan

開花 新論峴
개화 ↔ 신논현
kae.hwa sin.no.nyeon

開花	金浦機場
개화	**김포공항**
kae.hwa	kim.ppo.gong.hang

機場市場	新傍花	麻谷渡口
공항시장	**신방화**	**마곡나루**
kong.hang.si.jang	sin.bang.hwa	ma.gong.na.lu

陽川鄉校	加陽	曾米
양천향교	**가양**	**증미**
yang.cheon.hyang.gyo	ka.yang	jeung.mi

登村	鹽倉	新木洞	仙遊島
등촌	**염창**	**신목동**	**선유도**
teung.chon	yeom.chang	sin.mok.ddong	seo.nyu.do

堂山	國會議事堂	汝矣島
당산	**국회의사당**	**여의도**
tang.san	ku.kkoe.i.sa.dang	yeo.i.do

賽江	鷺梁津	鷺得	黑石
샛강	노량진	노들	흑석
saet.ggang	no.lyang.jin	no.deul	heuk.sseok

銅雀	舊盤浦	新盤浦
동작	구반포	신반포
tong.jak	ku.ban.ppo	sin.ban.ppo

高速巴士客運站	砂平	新論峴
고속터미널	사평	신논현
ko.sok.tteo.mi.neol	sa.ppyeong	sin.no.nyeon

彥州	宣靖陵	三成中央
언주	선정릉	삼성중앙
eon.ju	seon.jeong.neung	sam.seong.kimg.jung.ang

奉恩寺	綜合運動場
봉은사	종합운동장
pong.eon.sa	jong.ha.bun.dong.jang

仁川一號線
인천1호선
in.cheon-i.lo.seon

桂陽	橘峴	樸村	林鶴
계양	귤현	박촌	임학
ke.yang	kyu.lyeon	pak.chon	i.mak

桂山	京仁教大入口	鵲田
계산	경인교대입구	작전
ke.san	kyeong.in.gyo.dae.ip.ggu	jak.jjeon

葛山	富平區廳
갈산	부평구청
kal.san	pu.ppyeong.gu.cheong

富平市場	富平	東樹
부평시장	부평	동수
pu.ppyeong.si.jang	pu.ppyeong	tong.su

富平丁字路口	間石五叉口
부평삼거리	간석오거리
pu.ppyeong.sam.geo.li	kan.seo.go.geo.li

仁川市廳	藝術會館
인천시청	예술회관
in.cheon.si.cheong	ye.su.loe.gwan

仁川客運站
인천터미널
in.cheon.tteo.mi.neol

文鶴體育場
문학경기장
mu.nak.ggyeong.gi.jang

仙鶴
선학
seo.nak

新延壽
신연수
si.nyeon.su

源仁齋
원인재
wo.ni.jae

東春
동춘
tong.chun

東幕
동막
tong.mak

大學城
캠퍼스타운
kaem.peo.seu.ta.un

科技公園
테크노파크
tte.kkeu.no.ppa.kkeu

知識信息園區
지식정보단지
chi.sik.jjeong.bo.dan.ji

仁川大學
인천대학교
in.cheon.dae.hak.gyo

中央公園
센트럴파크
sen.tteu.leol.ppa.kkeu

國際業務園區
국제업무지구
kuk.jje.eom.mu.ji.gu

桂陽
계양 ⟷ 國際業務地區 **국제업무지구**
ke.yang   kuk.jje.eom.mu.ji.gu

機場線
공항철도
kong.hang.cheol.do

首爾
서울
seo.ul

孔德
공덕
kong.deok

弘大入口
홍대입구
hong.dae.ip.ggu

數位媒體城
디지털미디어시티
ti.ji.tteol.mi.di.eo.si.tti

金浦機場
김포공항
kim.ppo.gong.hang

桂陽
계양
ke.yang

黔岩
검암
keo.mam

青羅國際都市
청라국제도시
cheong.na.guk.jje.do.si

永宗
영종
yeong.jong

雲西
운서
un.seo

機場貨物廳舍
공항화물청사
kong.hang.hwa.mul.cheong.sa

仁川國際機場
인천국제공항
in.cheon.guk.jje.gong.hang

首爾
서울 ↔ **인천국제공항**
seo.ul　　in.cheon.guk.jje.gong.hang
仁川國際機場

PART5　韓國便利通 ● 303

往十里
왕십리
wang.sim.ni

首爾林
서울숲
seo.ul.sup

狎鷗亭羅德奧
압구정로데오
ap.ggu.jeong.ro.de.o

江南區廳
강남구청
kang.nam.gu.cheong

宣靖陵
선정릉
seon.jeong.neung

宣陵
선릉
seol.leung

漢堤
한티
han.tti

道谷
도곡
to.gok

九龍
구룡
ku.lyong

開浦洞
개포동
kae.ppo.dong

大母山入口
대모산입구
tae.mo.sa.nip.ggu

水西
수서
su.seo

福井
복정
pok.jjeong

嘉泉大學
가천대
kyeong.won.dae

太平
태평
ttae.ppyeong

牡丹
모란
mo.lan

野塔
야탑
ya.ttap

二梅
이매
i.mae

書峴
서현
seo.hyeon

藪內
수내
su.nae

亭子
정자
jeong.ja

美金 미금 mi.geum	梧里 오리 o.li	竹田 죽전 juk.jjeon	寶亭 보정 po.jeong

駒城 구성 ku.seong	新葛 신갈 sin.gal	器興 기흥 ki.heung	上葛 상갈 sang.gal

清明 청명 cheong.meong	靈通 영통 yeong.ttong	網浦 망포 mang.po	梅灘 매탄 mae.ttan

水原市廳 수원시청 su.won.si.cheong	水原 수원 su.won	梅橋 매교 mae.gyo

왕십리 ↔ 수원
wang.sim.ni   su.won

新盆唐線
신분당선
sin.bun.dang.seon

江南
강남
kang.nam

良才
양재
yang.jae

良才市民森林
양재시민의숲
yang.jae.si.mi.ne.sup

清溪山入口
청계산입구
cheong.ge.san.ip.ggu

板橋
판교
ppan.gyo

亭子
정자
jeong.ja

東川
동천
tong.cheon

水枝區廳
수지구청
su.ji.gu.cheong

星福
성복
seong.bok

上峴
상현
sang.heon

光教中央
광교중앙
gwang.gyo.jung.ang

光教
광교
gwang.gyo

江南
강남
kang.nam
↔
光教
광교
gwang.gyo

加佐
가좌
ga.jwa

弘大
홍대입구
hong.dae.ip.gu

西江大
서강대
seo.gang.dae

孔德
공덕
gong.deok

孝昌公園
효창공원
hyo.chang.gong.won

龍山
용산
yong.san

二村
이촌
i.chon

西冰庫
서빙고
seo.bing.go

漢南
한남
han.nam

玉水
옥수
ok.ssu

應峰
응봉
eung.bong

往十里
왕십리
wang.sim.ni

淸涼里
청량리
cheong.nyang.ni

回基
회기
hoe.gi

中浪
중랑
jung.nang

上鳳
상봉
sang.bong

忘憂
망우
mang.u

養源
양원
yang.won

九里
구리
ku.li

陶濃
도농
to.nong

養正
양정
yang.jeong

德沼
덕소
teok.sso

陶深
도심
to.sim

八堂 **팔당** ppal.dang	雲吉山 **운길산** un.gil.san	兩水 **양수** yang.su	新院 **신원** si.nwon

菊秀 **국수** kuk.ssu	我新 **아신** a.sin	梧濱 **오빈** o.bin	楊平 **양평** yang.ppyeong

元德 **원덕** won.deok	龍門 **용문** yong.mun

가좌
가좌 ↔ 용문
ga.jwa   yong.mun

영등
서울역

서울 ↔ 문산
seo.ul mun.san

首爾
서울
seo.ul

新村
신촌
sin.chon

加佐
가좌
ka.jwa

數碼媒體城
디지털미디어시티
ti.ji.tteol.mi.di.eo.si.tti

水色
수색
su.saek

花田
화전
hwa.jeon

江梅
강매
gang.mae

幸信
행신
haeng.sin

陵谷
능곡
neung.gok

大谷
대곡
tae.gok

谷山
곡산
kok.ssan

白馬
백마
paeng.ma

楓山
풍산
ppung.san

一山
일산
il.ssan

炭峴
탄현
ttan.hyeon

野塘
야당
ya.dang

雲井
운정
un.jeong

金陵
금릉
keum.neung

金村
금촌
keum.chon

月龍
월롱
wol.long

坡州
파주
ppa.ju

文山
문산
mun.san

上鳳
상봉
sang.bong

忘憂
망우
mang.u

新內
신내
sin.nae

葛梅
갈매
kal.mae

別內
별내
byeol.lae

退溪院
퇴계원
ttoe.ge.won

思陵
사릉
sa.leung

金谷
금곡
keum.gok

坪內好坪
평내호평
ppyeong.nae.ho.ppyeong

天摩山
천마산
cheon.ma.san

磨石
마석
ma.seok

大成里
대성리
tae.seong.ni

清平
청평
cheong.ppyeong

上泉
상천
sang.cheon

加平
가평
ka.ppyeong

屈峰山
굴봉산
kul.bong.san

白楊里
백양리
pae.gyang.ni

江村
강촌
kang.chon

金裕貞
김유정
ki.myu.jeong

南春川
남춘천
nam.chun.cheon

春川
춘천
chun.cheon

上鳳
상봉 ↔ 춘천
sang.bong   chun.cheon

水仁線
수인선
su.in.seon

烏耳島	達月	月串	蘇萊浦口
오이도	**달월**	**월곶**	**소래포구**
o.i.do	dal.wol	wol.got	so.rae.po.gu

仁川論峴	虎口浦	南洞產業園區
인천논현	**호구포**	**남동인더스파크**
in.cheon.no.nyeon	ho.gu.po	nam.dong.in.deo.seu.ppa.kkeu

源仁齋	延壽	松島	仁荷大學
원인재	**연수**	**송도**	**인하대**
woninjae	yeon.su	song.do	i.na.dae

崇又	新浦	仁川
숭이	**신포**	**인천**
sung.ei	sin.po	in.cheon

오이도 ↔ 인천
o.i.do in.cheon

板岩
판암
ppa.nam

新興
신흥
si.neung

大洞
대동
tae.dong

大田
대전
tae.jeon

中央路
중앙로
jung.ang.no

中區廳
중구청
jung.gu.cheong

西大田十字路
서대전네거리
seo.dae.jeon.ne.geo.li

五龍
오룡
o.lyong

龍汶
용문
yong.mun

炭坊
탄방
ttan.bbang

市廳
시청
si.cheong

政府廳舍
정부청사
jeong.bu.cheong.sa

葛馬
갈마
kal.ma

月坪
월평
wol.ppyeong

甲川
갑천
kap.cheon

儒城溫泉
유성온천
yu.seong.on.cheon

九岩
구암
ku.am

顯忠院
현충원
hyeon.chung.won

世界競技場
월드컵경기장
wol.deu.kkeop.ggyeong.gi.jang

老隱
노은
no.eun

智足
지족
ji.jok

磐石
반석
pan.seok

板岩
판암
ppa.nam

↔

磐石
반석
pan.seok

🌸 光州地下鐵路線

鹿洞
녹동
nok.ddong

所臺
소태
so.ttae

鶴洞・證心寺入口
학동・증심사입구
hak.ddong.jeung.sim.sa.ip.ggu

南光州
남광주
nam.gwang.ju

文化殿堂
문화전당
mu.nwa.jeon.dang

錦南路四街
금남로4가
keum.nam.no.sa.ga

錦南路五街
금남로5가
keum.nam.no.o.ga

良洞市場
양동시장
yang.dong.si.jang

石頭嶺
돌고개
tol.go.gae

農城
농성
nong.seong

花亭
화정
hwa.jeong

雙村
쌍촌
ssang.chon

雲泉
운천
un.cheon

尚武
상무
sang.mu

金大中會議中心
김대중컨벤션센터
kim.dae.jung.kkeon.ben.syeon.sen.tteo

機場
공항
kong.hang

松汀公園
송정공원
song.jeong.gong.won

光州松汀
광주송정
kwang.ju.song.jeong

道山
도산
to.san

平洞
평동
ppyeong.dong

鹿洞
녹동
nok.ddong

↔

平洞
평동
pyeong.dong

釜山地下鐵路線

一號線
1호선
i.lo.seon

新平 **신평** sin.ppyeong	下端 **하단** ha.dan	堂里 **당리** tang.ni	沙下 **사하** sa.ha
槐亭 **괴정** koe.jeong	大峙 **대티** tae.tti	西大新 **서대신** seo.dae.sin	東大新 **동대신** tong.dae.sin
土城 **토성** to.seong	札嘎其 **자갈치** ja.gal.chi	南浦 **남포** nam.ppo	中央 **중앙** jung.ang
釜山 **부산** pu.san	草梁 **초량** cho.lyang	釜山鎮 **부산진** pu.san.jin	佐川 **좌천** jwa.cheon
凡一 **범일** peo.mil	凡內谷 **범내골** peom.nae.gol	西面 **서면** seo.myeon	釜田 **부전** pu.jeon

| 楊亭 양정 yang.jeong | 市廳 시청 si.cheong | 蓮山 연산 yeon.san | 敎大 교대 kyo.dae |

| 東萊 동래 tong.nae | 明倫 명륜 myeong.nyun | 溫泉場 온천장 on.cheon.jang | 釜山大 부산대 pu.san.dae |

| 長箭 장전 jang.jeon | 久瑞 구서 ku.seo | 斗實 두실 tu.sil | 南山 남산 nam.san |

| 梵魚寺 범어사 peo.meo.sa | 老圃 노포 no.ppo |

新平 ↔ 老圃
신 평 ↔ 노 포
sin.ppyeong   no.ppo

二號線
2호선
i.ho.seon

| 莨山 장산 jang.san | 中洞 중동 jung.dong | 海雲臺 해운대 hae.un.dae | 冬柏 동백 tong.baek |

市立美術館
시립미술관
si.lim.mi.sul.gwan

Centum City
센텀시티
sen.tteom.si.tti

民樂
민락
mil.lak

水營
수영
su.yeong

廣安
광안
kwang.an

金蓮山
금련산
keum.nyeon.san

南川
남천
nam.cheon

慶星大・釜慶大
경성대・부경대
kyeong.seong.dae-pu.gyeong.dae

大淵
대연
tae.yeon

池谷
못골
mot.ggol

支架谷
지게골
ji.ge.gol

門峴
문현
mu.nyeon

門田
문전
mun.jeon

田浦
전포
jeon.ppo

西面
서면
seo.myeon

釜岩
부암
pu.am

伽倻
가야
ka.ya

東義大
동의대
tong.i.dae

開琴
개금
kae.geum

冷井
냉정
naeng.jeong

周禮
주례
ju.le

甘田 감전 kam.jeon	沙上 사상 sa.sang	德浦 덕포 teok.ppo	毛德 모덕 mo.deok

毛羅 모라 mo.la	龜南 구남 ku.nam	龜明 구명 ku.myeong	德川 덕천 teok.cheon

水亭 수정 su.jeong	華明 화명 hwa.myeong	栗里 율리 yul.li	東院 동원 tong.won

金谷 금곡 keum.gok	湖浦 호포 ho.ppo	甑山 증산 jeung.san

釜山大學梁山分校 부산대양산캠퍼스 pu.san.dae.yang.san.kkaem.ppeo.seu	南梁山 남양산 na.myang.san	梁山 양산 yang.san

莨山
장산
chang.san ↔ 梁山
양산
yang.san

三號線
3호선
sa.mo.seon

水營	望美	杯山	水滿谷
수영	망미	배산	물만골
su.yeong	mang.mi	pae.san	mul.man.gol

蓮山	巨堤	綜合運動場
연산	거제	종합운동장
yeon.san	keo.je	jong.ha.bun.dong.jang

社稷	美南	萬德	南山亭
사직	미남	만덕	남산정
sa.jik	mi.nam	man.deok	nam.san.jeong

淑嶝	德川	龜浦
숙등	덕천	구포
suk.ddeung	teok.cheon	ku.ppo

江西區廳	體育公園
강서구청	체육공원
kang.seo.gu.cheong	che.yu.ggong.won

大渚
대저
tae.jeo

水營		大渚
수영	←→	대저
su.yeong		tae.jeo

四號線
4호선
sa.ho.seon

美南　　　　安平
미 남 ↔ 안 평
mi.nam　　an.ppyeong

| 美南
미남
mi.nam | 東萊
동래
tong.nae | 壽安
수안
su.an | 樂民
낙민
nang.min |

| 忠烈祠
충렬사
chung.nyeol.ssa | 鳴藏
명장
myeong.jang | 書洞
서동
seo.dong | 錦絲
금사
keum.sa |

| 盤如農產品市場
반여농산물시장
pa.nyeo.nong.san.mul.si.jang | 石坮
석대
seok.ddae | 靈山大
영산대
yeong.san.dae |

| 東釜山大學
동부산대학
tong.bu.san.dae.hak | 古村
고촌
ko.cheon | 安平
안평
an.ppyeong |

釜山金海輕電鐵
부산김해경전철
pu.san.ki.mae.kyeong.jjeon.cheol

加耶大	長神大	蓮池公園	博物館
가야대	**장신대**	**연지공원**	**박물관**
ka.ya.tae	jang.sin.tae	yeon.ji.gong.won	bang.mul.gwan

首露王陵	鳳凰	府院	金海市廳
수로왕릉	**봉황**	**부원**	**김해시청**
su.lo.wang.neung	bong.hwang	bu.won	ki.mae.si.cheong

仁濟大學	金海大學	池內	佛岩
인제대	**김해대학**	**지내**	**불암**
in.je.dae	ki.mae.dae.hak	ji.nae	bu.lam

大沙	平江	大渚	登龜
대사	**평강**	**대저**	**등구**
dae.sa	pyeong.gang	dae.jeo	deung.gu

德斗	機場	西釜山流通地區
덕두	**공항**	**서부산유통지구**
deok.ddu	gong.hang	seo.bu.san.yu.tong.ji.gu

掛法Renecite	沙上	加耶大 ←→ 沙上
괘법르네시떼	**사상**	**가야대 ←→ 사상**
gwae.beop.reu.ne.si.dde	sa.sang	ka.ya.tae / sa.sang

大邱地下鐵路線

一號線
1호선
i.lo.seon

大谷　　安心
대곡 ↔ 안심
tae.gok　　an.sim

大谷	辰泉	月背	上仁
대곡	**진천**	**월배**	**상인**
tae.gok	jin.cheon	wol.bae	sang.in

月村	松峴	聖堂池	大明
월촌	**송현**	**성당못**	**대명**
wol.chon	song.hyeon	seong.dang.mot	tae.myeong

安地郎	顯忠路	岭大醫院
안지랑	**현충로**	**영대병원**
an.ji.lang	hyeon.chung.no	yeong.dae.byeong.won

教大	明德	半月堂	中央路
교대	**명덕**	**반월당**	**중앙로**
kyo.dae	myeong.deok	pa.nwol.dang	jung.ang.no

大邱	七星市場	新川
대구	**칠성시장**	**신천**
tae.gu	cheol.sseong.si.jang	sin.cheon

東大邱	大山口	峨洋橋	東村
동대구	큰고개	아양교	동촌
tong.dae.gu	kkeun.go.gae	a.yang.gyo	tong.chon

解顏	芳村	龍溪	栗下
해안	방촌	용계	율하
hae.an	pang.chon	yong.ge	yu.la

新基	半夜月	角山	安心
신기	반야월	각산	안심
sin.gi	pa.nya.wol	kak.ssan	an.sim

二號線
2호선
i.ho.seon

汶陽	多斯	大實	江倉
문양	다사	대실	강창
mu.nyang	ta.sa	tae.sil	kang.chang

啟明大學	城西產業園區	梨谷
계명대	성서산업단지	이곡
ke.myeong.dae	seong.seo.sa.neop.ddan.ji	i.gok

龍山
용산
yong.san

竹田
죽전
juk.jjeon

甘三
감삼
kam.sam

頭流
두류
tu.lyu

內唐
내당
nae.dang

小嶺
반고개
pan.go.gae

新南
신남
sin.nam

半月堂
반월당
pa.nwol.dang

慶大醫院
경대병원
kyeong.dae.byeong.won

大邱銀行
대구은행
tae.gu.eu.naeng

泛魚
범어
peo.meo

壽城區廳
수성구청
su.seong.gu.cheong

晚村
만촌
man.chon

丹提
담티
tam.tti

蓮湖
연호
yeo.no

大公園
대공원
tae.gong.won

孤山
고산
ko.san

新梅
신매
sin.mae

沙月
사월
sa.wol

正坪
정평
jeong.pyeong

林堂
임당
im.dang

嶺南大
영남대
yeong.nam.dae

漆谷慶大醫院
칠곡경대병원
chil.gok.ggyeong.dae.byeong.won

鶴亭
학정
hak.jjeong

八莒
팔거
pal.geo

東川
동천
dong.cheon

漆谷雲岩
칠곡운암
chil.go.gu.nam

鳩岩
구암
ku.am

太田
태전
ttae.jeon

梅川
매천
mae.cheon

梅川市場
매천시장
mae.cheon.si.jang

八達
팔달
pal.dal

工團
공단
gong.dan

萬坪
만평
man.pyeong

八達市場
팔달시장
pal.dal.si.jang

院岱
원대
won.dae

北區廳
북구청
buk.ggu.cheong

達城公園
달성공원
dal.seong.gong.won

西門市場
서문시장
seo.mun.si.jang

新南
신남
sin.nam

南山
남산
nam.san

明德
명덕
myeong.deok

斗笠岩
건들바위
geon.deul.ba.wi

大鳳橋
대봉교
dae.bong.gyo

壽城市場
수성시장
su.seong.si.jang

壽城區民運動場
수성구민운동장
su.seong.gu.mi.nun.dong.jang

兒童會館
어린이회관
eo.li.ni.hoe.gwan

黃金
황금
hwang.geum

壽城池
수성못
su.seong.mot

池山
지산
ji.san

凡勿
범물
beom.mul

龍池
용지
yong.ji

韓國各地旅遊景點

 首爾旅遊景點

남산한옥마을 nam.sa.ha.nong.ma.eul 南山韓屋村	[南山cable car] 남산케이블카 nam.san.kke.i.beul.kka 南山纜車	[n首爾tower] N 서울타워 seo.ul.tta.wo 首爾塔
명동 myeong.dong 明洞	남대문 nam.dae.mun 南大門	동대문시장 tong.dae.mun.si.jang 東大門市場
[migliore] 밀리오레 mi.li.o.le Migliore 美利來	[free market] 프리마켓 ppeu.li.ma.kket 自由市場	희망시장 hi.mang.si.jang 希望市場
[弘大] 홍대 hong.dae 弘益大學	[弘大亂打專用館] 홍대 난타전용관 hong.dae-nan.tta.jeo.nyong.gwan 弘大亂打劇場	[梨大] 이대 i.dae 梨花女大
신촌 sin.chon 新村	덕수궁 teok.ssu.gung 德壽宮	국립중앙박물관 kung.nip.jjung.ang.bang.mul.gwan 國立中央博物館
낙산공원 nak.ssan.gong.won 駱山公園	[lotte world] 롯데월드 lot.dde.wol.deu 樂天世界	[coex] 코엑스 kko.ek.sseu COEX

[everland]
에버랜드
e.beo.laen.deu
愛寶樂園

[永登浦 time square]
영등포 타임스퀘어
yeong.deung.ppo-tta.im.seu.kkwe.eo
永登浦時代廣場

광장시장
kwang.jang.si.jang
廣藏市場

종로
jong.no
鍾路

[龍山 i park mall]
용산 아이파크몰
yong.san-a.i.ppa.kkeu.mol
龍山購物中心

인사동
in.sa.dong
仁寺洞

삼청동
sam.cheong.dong
三清洞

한강유람선
han.gang.yu.lam.seon
漢江遊覽船

[江南高速 terminal 地下商家]
강남고속터미널 지하상가
kang.nam.go.sok.tteo.mi.neol-ji.ha.sang.ga
江南高速巴士客運站地下街

여의도
yeo.i.do
汝矣島

세빛둥둥섬
se.bit.ddung.dung.seom
漂浮島

이태원
i.ttae.won
梨泰院

🌸 江原道旅遊景點

남이섬
[南怡]
na.mi.seom
南怡島

태백산
tae.baek.ssan
太白山

설악산
seo.lak.ssan
雪嶽山

오션월드
[ocean world]
o.syeon.wol.deu
海洋世界

오죽헌
o.ju.kkeon
烏竹軒

용평리조트
[龍平resort]
yong.ppyeong.li.jo.tteu
龍平渡假村

정동진
jeong.dong.jin
正東津

🌸 京畿道旅遊景點

오두산 통일전망대
o.du.san-ttong.il.jeon.mang.dae
鰲頭山統一展望台

판문점
ppan.mun.jeom
板門店

청평호반
cheong.ppyeong.ho.ban
清平湖畔

재인폭포
jae.in.ppok.ppo
才人瀑布

소요산
so.yo.san
逍遙山

한국민속촌
han.gung.min.sok.cheon
韓國民俗村

🌸 忠清北道旅遊景點

월악산국립공원
wo.lak.ssan.gung.nip.ggong.won
月岳山國家公園

고수동굴
ko.su.dong.gul
古藪洞窟

충주호
chung.ju.ho
忠州湖

죽령폭포
jung.nyeong.ppok.ppo
竹嶺瀑布

속리산국립공원
song.ni.san.gung.nip.ggong.won
俗離山國家公園

🌸 忠清南道旅遊景點

독립기념관
tong.nip.ggi.nyeom.gwan
獨立紀念館

대천해수욕장
tae.cheon.hae.su.yok.jjang
大川海水浴場

계룡산국립공원
ke.lyong.san.gung.nip.ggong.won
雞龍山國家公園

🌸 慶尚北道旅遊景點

회룡포
hoe.lyong.ppo
回龍浦

주왕산
ju.wang.san
周王山

청량사
cheong.nyang.sa
清涼寺

[河回世界] [博物館]
하회세계탈박물관
ha.hoe.se.ge.ttal.bang.mul.gwan
河回世界面具博物館

🌸 慶尚南道旅遊景點

[牛浦]
우포늪
u.ppo.neup
牛浦沼澤

황매산
hwang.mae.san
黃梅山

[花開十里]
화개 10 리벚꽃길
hwa.gae.sim.ni.beot.ggot.ggil
花開十里櫻花步道

🌸 全羅北道旅遊景點

내변산 직소폭포
nae.byeon.san-jik.sso.ppok.ppo
內邊山直沼瀑布

대두산 풍혈냉천
tae.du.san-ppung.hyeol.laeng.cheon
大頭山風穴冷泉

내장산국립공원
nae.jang.san.gung.nip.ggong.won
內藏山國家公園

🌸 全羅南道旅遊景點

다도해 해상국립공원
ta.do.hae-hae.sang.gung.nip.ggong.won
多島海海上國家公園

백양사
pae.gyang.sa
白羊寺

송광사 벚꽃
song.gwang.sa-peot.ggot
松廣寺櫻花

大田旅遊景點

유성온천
yu.seong.on.cheon
儒城溫泉

구봉산
ku.bong.san
九峰山

大邱旅遊景點

대구수목원
tae.gu.su.mo.gwon
大邱樹木園

팔공산
ppal.gong.san
八公山

측백수림
cheuk.bbaek.ssu.lim
側柏樹林

光州旅遊景點

무등산도립공원
mu.deung.san.do.lip.ggong.won
無等山道立公園

광주국립박물관
kwang.ju.gung.nip.bbang.mul.gwan
光州國立博物館

양동시장
yang.dong.si.jang
良洞市場

釜山旅遊景點

태종대
ttae.jong.dae
太宗臺

용두산공원
yong.du.san.gong.won
龍頭山公園

자갈치시장
ja.gal.chi.si.jang
札嘎其市場

[釜山 aquarium]
부산아쿠아리움
pu.sa.na.kku.a.li.um
釜山水族館

부산시립미술관
pu.san.si.lim.mi.sul.gwan
釜山市立美術館

국제시장
kuk.jje.si.jang
國際市場

해운대 해수욕장
hae.un.dae-hae.su.yok.jjang
海雲臺海水浴場

광안리해수욕장
kwang.an.ni.hae.su.yok.jjang
廣安海水浴場

오륙도
o.lyuk.ddo
五六島

송도 해수욕장
song.do-hae.su.yok.jjang
松島海水浴場

[冬柏]
동백섬
tong.baek.sseom
冬柏島

🌸 濟州島旅遊景點

수월봉
su.wol.bong
水月峰

송악산 전망대
song.ak.ssan-jeon.mang.dae
松岳山展望臺

[琉璃]   [城]
유리의성
yu.li.e.seong
琉璃之城

[天地淵瀑布]
천지연 폭포
cheon.ji.yeon-ppok.ppo
天地淵瀑布

[龍]   [海岸]
용머리 해안
yong.meo.li-hae.an
龍頭海岸

분재예술원
pun.jae.ye.su.lwon
盆栽藝術院

[africa博物館]
아프리카박물관
a.ppeu.li.kka.bang.mul.gwan
非洲博物館

[teddy bear museum]
테디베어뮤지엄
tte.di.be.eo.myu.ji.eom
泰迪熊博物館

[特產物]
특산물
tteuk.ssan.mul
名產

[贈物]
선물
seon.mul
伴手禮／禮物

경주 - 찰보리빵
kyeong.ju-chal.bo.li.bbang
慶州－銅鑼燒

공주 - 밤
kong.ju-pam
公州－栗子

제주도 - 귤
je.ju.do-kyul
濟州島－橘子

[覆盆子]
고창 - 복분자술
ko.chang-pok.bbun.ja.sul
高敞－覆盆子酒

통영 - 굴
ttong.yeong-kul
統營－牡蠣

[綠]
보성 - 녹차
po.sang-nok.cha
寶城－綠茶

속초 - 오징어
sok.cho-o.jing.eo
束草－魷魚

나주 - 배
na.ju-pae
羅州－水梨

상주 - 곶감
sang.ju-got.ggam
尚州－柿餅

[陶瓷器]
이천 - 도자기
i.cheon-to.ja.gi
利川－陶瓷器

韓國名店瀏覽

🌸 百貨公司、購物中心

[樂天百貨店]
롯데백화점
lot.dde.bae.kkwa.jeom
樂天百貨公司

[九老 outlet]
구로아울렛
ku.lo.a.ul.let
九老名牌暢貨中心

[新世界百貨店]
신세계백화점
sin.se.ge.bae.kkwa.jeom
新世界百貨公司

[lotte premium outlet]
롯데프리미엄아울렛
lot.dde.ppeu.li.mi.eo.ma.ul.let
樂天名牌暢貨中心

[驪州premium outlet]
여주프리미엄아울렛
yeo.ju.ppeu.li.mi.eo.ma.ul.let
驪州名牌暢貨中心

[現代百貨店]
현대백화점
hyeon.dae.bae.kkwa.jeom
現代百貨公司

[愛敬百貨店]
애경백화점
ae.gyeong.bae.kkwa.jeom
愛敬百貨公司

[galleria百貨店]
갤러리아백화점
kael.leo.li.a.bae.kkwa.jeom
Galleria 百貨公司

🌸 生活精品、用品百貨

다이소
ta.i.so
DAISO

[watsons]
왓슨스
wat.sseun.seu
屈臣氏

[artbox]
아트박스
a.tteu.bak.sseu
Artbox

[living plus]
리빙플러스
li.bing.ppeul.leo.seu
Living Plus

[kosney]
코즈니
kko.jeu.ni
Kosney

미샤
mi.sya
Missha

이니스프리
i.ni.seu.ppeu.li
Innisfree

더 페이스샵
teo.ppe.i.seu.syap
The Face Shop

더샘
teo.saem
The saem

에뛰드하우스
e.ddwi.deu.ha.u.seu
Etude House

네이처리퍼블릭
ne.i.cheo.li.ppeo.beul.lik
Nature Republic

잇츠스킨
it.cheu.seu.kkin
It's Skin

홀리카 홀리카
hol.li.kka.hol.li.kka
Holika Holika

[olive young]
올리브영
ol.li.beu.yeong
Olive Young

투쿨포스쿨
ttu.kkul.ppo.seu.kkul
Too Cool for School

토니모리
tto.ni.mo.li
TONYMOLY

스킨푸드
seu.kkin.ppu.deu
Skin Food

[laneige]
라네즈
la.ne.jeu
蘭芝

3 concept eyes
3CE
3CE

한스킨
han.seu.kkin
Hanskin

바닐라코
ba.nil.la.ko
banila.co

클리오
keul.li.o
CLIO

[sulwhasoo]
설화수
seo.lwa.su
雪花秀

書店

교보문고
kyo.bo.mun.go
教保文庫

영풍문고
yeong.ppung.mun.go
永豐文庫

북스리브로
puk.sseu.li.beu.lo
Books Libro

반디앤루니스
pan.di.ael.lu.ni.seu
Bandi & Luni's

速食店

[lotteria]
롯데리아
lot.dde.li.a
儂特利

맥도날드
maek.ddo.nal.deu
麥當勞

[burgerking]
버거킹
peo.geo.kking
漢堡王

[smoothie king]
스무디킹
seu.mu.di.kking
Smoothie King

미스터 도너츠
mi.seu.tteo.do.neo.cheu
Mister Donuts

던킨 도너츠
teon.kkin.do.neo.cheu
Dunkin Donuts

餐飲店

[橋村chicken]
교촌치킨
kyo.chon.chi.kkin
橋村炸雞

원할머니보쌈
wo.nal.meo.ni.bo.ssam
元祖奶奶生菜包肉

놀부부대찌개
nol.bu.bu.dae.ji.gae
挪夫部隊鍋

본죽
bon.juk
本粥

공릉닭한마리
gong.leung.dal.kan.ma.li
孔陵一隻雞

강호동백정
gang.ho.dong.baek.jeong
姜虎東白丁烤肉

제임스치즈등갈비
je.im.seu.chi.jeu.deung.gal.bi
詹姆士起司豬肋排

便利商店

지에스이십오
ji.e.seu.i.si.bo
GS 25

세븐일레븐
se.beu.nil.le.bun
7-11

[family mart]
훼미리마트
hwe.mi.li.ma.tteu
全家

[home plus 24時]
홈플러스 24 시
hom.ppeul.leo.seu.i.sip.ssa.si
Home Plus 24 小時

씨유
ssi.yu
CU

미니스톱
mi.ni.seu.top
MINISTOP

 咖啡廳

[starbucks]
스타벅스
seu.tta.beok.sseu
星巴克

빈스빈스커피
bin.seu.bin.seu.kkeo.ppi
BEANSBINS COFFEE

투썸플레이스
ttu.sseom.ppeul.le.i.seu
Twosome Place

커피스미스
kkeo.ppi.seu.mi.seu
Coffee Smith

커피베이
kkeo.ppi.be.i
Coffee Bay

할리스커피
hal.li.seu.kkeo.ppi
Hollys Coffee

커피빈
kkeo.ppi.bin
Coffee Bean

＊星巴克又暱稱為「별다방」
＊Coffee Bean又暱稱為「콩다방」

 三溫暖、汗蒸幕

명동 한증막
myeong.dong.han.jeung.mak
明洞汗蒸幕

[sparex sauna]
스파렉스 사우나
seu.ppa.lek.sseu-sa.u.na
Sparex 三溫暖

[dragon hill spa]
드래곤힐스파
teu.lae.go.nil.seu.ppa
龍山三溫暖

씨랄라 워터파크
ssi.lal.la-wo.tteo.ppa.kkeu
Sea La La Water Park 三溫暖

超市

이마트
i.ma.tteu
E Mart

홈플러스
hom.ppeul.leo.seu
Home Plus

코스트코
kko.seu.tteu.kko
Costco

[lotte mart]
롯데마트
lot.dde.ma.tteu
樂天超市

그랜드 마트
keu.laen.deu.ma.tteu
Grand Mart

麵包店

파리바게뜨
ppa.li.ba.ge.ddeu
Paris Baguette

뚜레쥬르
ddu.le.jyu.leu
Dous Les Jours

크라운베이커리
kkeu.la.un.be.i.kkeo.li
Crown Bakery

파리크라상
ppa.li.kkeu.la.sang
Paris Croissant

신라명과
sil.la.myeong.gwa
新羅銘菓

◉ memo ◉